名家经典散文丛书

在时光中盛开

（苏）普里什文　著
徐慎泽　译

江苏凤凰文艺出版社
JIANGSU PHOENIX LITERATURE AND ART PUBLISHING, LTD

图书在版编目（CIP）数据

在时光中盛开 / (苏) 普里什文著 ; 徐慎泽译 . --
南京 : 江苏凤凰文艺出版社 , 2018.4 （2024.2 重印）
（名家经典散文丛书）
ISBN 978-7-5594-0658-3

Ⅰ . ①在… Ⅱ . ①普… ②徐… Ⅲ . ①散文集 – 苏联
Ⅳ . ① I512.65

中国版本图书馆 CIP 数据核字 (2017) 第 136386 号

书　　名	在时光中盛开
著　　者	（苏）普里什文
译　　者	徐慎泽
责任编辑	黄孝阳　王　青
出版发行	江苏凤凰文艺出版社
出版社地址	南京市中央路 165 号，邮编：210009
出版社网址	http://www.jswenyi.com
印　　刷	三河市双升印务有限公司
开　　本	880 × 1230 毫米　1/32
印　　张	10
字　　数	240 千字
版　　次	2018 年 4 月第 1 版　2024 年 2 月第 4 次
标准书号	ISBN　978-7-5594-0658-3
定　　价	69.80 元

目录 CONTENTS

春之篇

spring

光与水的春天

初融的檐滴

对那些日日观察自然的人们来说，是更多的光亮，报来了最早的春信。于是，在乡间，人们纷纷传说着，狗熊开始在巢穴中翻身了。太阳的笑靥愈发璀璨了。尽管还有些霜冻在前头，吉卜赛人还是把他的羊皮袄子卖了。

在俄罗斯中部，到了一月份的时候，灰鸦呱呱叫起来了，叫得声情并茂，小麻雀打闹得不可开交，狗儿呜呜发情了，小嘴乌鸦热火朝天的交配也开始了。

等到了二月份，房子向阳的屋檐上，滴下了初融的冰水。山雀唧唧喳喳地欢唱着，麻雀忙忙碌碌地筑巢窠，啄木鸟笃笃笃地啄木，发出的声音好似在敲鼓。

一月、二月，还有早春三月的开头，这些都是光的春天。天上的冰封也似乎破碎消融了。举头望去，可以看见大块浮冰似的云朵，在头顶急急地行过。如果你在大城镇，在笨重的石砌大厦空隙间仰望，可以看得最清楚不过了。在那时，我会在镇上，像个吝啬鬼似的拼命工作，为了每一个卢布而动嘴磨舌、争吵不休，直到末了，为了挣钱，我终于闹腾够了，就会退隐到一个子儿也挣不到的地方去，满心的惬意与逍遥。能在镇上遇见光的早春，然后再到乡下去，亲近自然，见识下水的春天、草木的春天、甚至不定说还有人的春天，这人算是有福的了。

严冬过后，当光的春天翩跹而至，光彩照人，那些与大自然毗邻而居的人们变得焦躁不安起来，不停地揣度猜测着：今年的春天会是什么样的？年年春回大地，都是一番与往年判然不同的模样，从来没有哪年的春天，是同往年相仿佛的。

今年，光的春天徘徊流连大地太久了，春日里那些莹光晶亮的雪色，映照得人眼几乎难以逼视。

人人都念叨着："春天一夜之间就会走的。"

乘着雪橇出远门的人们担忧着，他们可能会在半路上扔下雪橇用不着了，然后牵着辔绳，领着马匹，徒步向前走去。

新一年的春天从来不会和往年一样，正是这样，生活才会如此美妙——因为每年才都会有盼头，才都会激动难耐地盼出新意来。

老乡们不管什么时候互相遇见了，话头里谈的都只是春天。

"这春天，眨眼工夫就要走了。"

"春天哪，不一会儿就会走的。"

积云在此处

一夜之间，大风吹雪，在我家屋前积起一座硕大的雪堆——那雪平滑晶莹，熠熠生辉，如同天鹅未曾揉乱的胸脯。前门外堆着这昨夜厚厚的积雪，我开出门去颇是费力。我用铲子把蓬松新积的雪花铲到一边，再掘开底下厚厚的冰层，在门前动手挖出一条走道来。

我并不惋惜铲去了积雪。抬头望去，在大片浮冰似的云朵之中，行过一朵奇异的云，这云与冬天的那些云朵是如此不同：这云硕大无朋，带着暖意，平整光滑而又熠熠生辉，也像是那天鹅未曾揉乱的胸脯。这里，那里，处处是似曾相识的景象，它们随着春天一同翩然归来，却又永远是如此新鲜与纯净。迎接这些景象的到来，我从不惶恐失色；而目送它们离去，我也从不怅然若失——与春天一样，这些景象姗姗而来，翩然而去，并且，只要我活在人间，便定然会看到它们再度归来。那么，我还需要叹惋什么呢？我已不再是个孩童了，而是已经做了父亲，并且是我眼前景象的主人。

人到了知天命之年，这就不是一句玩笑话了。还记得《圣经》上是怎么说的么？六年要耕种田地，第七年地要守圣安息。七个安息年过后，就到了第五十年。你要大发角声，这年必为你的禧年。[1]

“喂，孩子们，快起来呀！”我叫喊着，“快来帮我一把——我的禧年近了！”

两个孩子一个叫廖瓦，另一个叫彼佳，他们生来是打猎好手，两个都是。我把自己对打猎的激情传承给他们，但是小心翼翼，不无节制——他们从不会仗着枪法好，就滥杀滥打，打猎只是为了有东西吃，或者给博物馆做标本用。从圣诞到早春这段休猎的时节，两个孩子大多数晚上都在镇上跳舞，玩得晚了回到村子里来，什么时候都有。廖瓦还长出了小胡子。他偷偷摸摸地拿了我的剃须刀刮了刮，当然，那样看起来好多了。而弟弟的脸上还是光生生的。

四十圣徒节[2]过后，当白嘴鸦、云雀还有其他小鸟飞回来的时候，我的孩子们就把跳舞的事儿丢在一边，打点装备，为山鸡的交配季节做好准备了。打猎正是好时节，我和两个孩子在林中折腾了一天，荷枪而归的路上，两个孩子常会聊起跳舞的事儿，回想起来未免有些惊诧。他们确信不疑地对我说，去镇上跳舞不过是为了消磨些时光。

---

① 出自《圣经·旧约》利未记第25节中关于安息年和禧年的经文，由于无法获得东正教圣经中译本，此处参照的是基督教和合本，下同。——译者注

② 为俄旧历三月九日，春分，按俄民间说法，为第二次迎春时候。参见潘安荣中译本。——译者注

"瞧啊，我的孩子们，"我说，"现在正是明媚大好的光的春天。我们要是不小心，地窖可是要变成'水帘洞'了呀。还不赶快铲雪呀?"

于是，我们竭心尽力地铲啊，铲啊，干得浑身筋骨都活络康健了不少，越干越虎虎生威满是力气。

我把铲子往厚厚的积雪里一插，倚铲而立，心中爱意涌动——我却说不清，这爱的究竟是谁。

紫色的森林上空，有两只乌鸦在翻滚翱翔。

原来，我所深爱至亲的，竟是这鸟儿呀！在荒凉阴冷的冬日，严霜茫茫，太阳似乎被钉死在炫目的树干上，大雪掩埋了万物，人兽的踪迹都湮灭了，大多数鸟儿都冻得坠地而亡，只有我一人步履艰难，踽踽独行，心中不知是否能归家。彼时彼刻，正是那乌鸦，做我孤独的旅伴，在一片沉寂的皑皑白雪之上高高地飞翔，霜侵的翅膀拂风而过，发出刮擦的声响……

而现在，小嘴乌鸦正爱得发狂。那飞得低的腾空直上，朝那飞得高的猛赶，然后不断地向上攀飞，而那飞得高的呢，也是一样。两只鸟追啊赶啊，越飞越高，直到突然，听得一声尖利的叫声，两只鸟又一阵俯冲，竞赛从头再来。

乌鸦翻跟头，这是多么欢欣跳跃的景象呀！美妙的旋律在我心中奏响，那是一曲无言的歌，歌里有蔚蓝的天空，还有一朵带着暖意的云，那朵云如同一只硕大的白鸟，鸟的胸脯如天鹅一般，洁白无瑕，未曾揉乱，飘飘悠悠，行过春意盎然的天空。

看哪，土地！

一连三天都没有霜冻，浓重的雾气蹑手蹑脚地动工，消融了积雪。

“爸爸，快出来呀，到这儿来！”彼佳叫喊着，“快来听听，那些白颊鸟在唱歌呢。”

我走了出去，侧耳倾听。白颊鸟的歌声悦耳动听，微风拂面，暖意融融。道路全然变成了铁锈色，微微隆起，如驼背人的背。

仿佛是有人千方百计地想要追赶上春天。终于，他得偿所愿了，抓住了春姑娘，挽留住了她前行的脚步，使她沉思着稍作停留。四围的公鸡啼鸣得正欢，雾霭迷蒙中，蓝色的森林若隐若现。

彼佳站在那儿，透过丝丝缕缕乳白色飘动的雾气，定睛细望，突然，在田地里，远远的地方，他发现了什么黑沉沉的东西。

“看哪，土地露出来了！”

他跑着冲进屋子里，我听到他大声叫着：

“快过来看呀，廖瓦！快点呀——土地露出来了!”

连母亲也走了出来，手搭在眼前遮着光，问道：

“在哪儿呢?”

彼佳跑出几步远，站定，像哥伦布发现新大陆似的，遥指着远处尚余残雪的地方，嚷道：

“看哪，土地!”

雾气蒙蒙

临近中午时分，头顶的雾气渐渐稀薄消散了，森林的颜色也渐渐加深，原先还是蓝色，如今近乎紫色了。是廖瓦带来了好消息：

“坑坑洼洼的地方涨水啦!”他还觉察到，山鸡在树上安顿下来，准备着唱求偶的歌了。

“山鸡可能只是在觅食吧。”我说。

“可不呢，”他反驳道，“它们栖止的位子老低老低的——那儿可没什么东西可吃的。”

我顺着大路往村子里走，准备买点粮食。平行着大路，还有一条路，老乡们冬天驾雪橇往集市上赶的时候，走的就是这条道。大路上的积雪化得可快了，融化的雪水朝着水沟一路汩汩流淌。但这另外一条路上的雪，满洒着牲口粪，叫路过的车马压得严严实实，硬得像铁一样。还要有很长一段时间，老乡们赶集的马拉雪橇要打这条道走，因为实在没有别的路可走的。

雾气还没全然散尽，眼前还是一片迷茫，望不见村子，但那儿的鸡鸣声已经可以听到。我离村子越来越近，鸡鸣声听来也越发嘹亮，咆哮一般——整个村子就仿佛是一只大公鸡，在高声啼鸣不已。不久之后，白嘴鸦也会呱呱大叫，吵吵嚷嚷地把乌鸦从自己的巢里赶出去。接下来，圣乔治日①要来了，就轮到乌鸦的好戏登场了。最后，农家的姑娘们也要放开嗓门，一展歌喉了。

---

① 每年的 4 月 23 日是圣乔治的纪念日。圣乔治为罗马骑兵军官，约公元 260 年出生于巴勒斯坦，骁勇善战。他因试图阻止戴克里先皇帝治下对基督徒的迫害，于公元 303 年被杀，成为殉道者。公元 494 年为教皇格拉修一世封圣。——译者注

众水的第一首歌

快到晚上了，我们出门去看看，吹起诱人的哨子，花尾榛鸡会不会上钩。

在这样的春天里，饶有趣味的是，看着花尾榛鸡在坚实的雪地上跑来跑去，时不时地停下来，听听声音，它们离我们时常太近了，近得都几乎可以伸手抓到。

因为微微下了场晚霜，给积雪覆了层面包皮似的壳，回来的路泥泞难走，我们的脚老是踩碎冰层，陷在雪地里。橙黄色的落日光亮刺目，沼泽地里的池塘也映照得闪闪发光，好似块块窗玻璃。我们急切地想知道，听到的声音是否真的是山鸡求偶的歌。我们父子三人爬上一座小山丘，山丘光溜溜的，几乎没有积雪，我们就站在那儿驻足聆听。

我从烟斗里吸了一口烟。有微风自北徐徐吹来。我们朝北细听，霎时顿悟了——那是底下很近的地方，春水潺潺流过小桥的声音呀——可真像是山鸡在唱歌呢。

山鸡交尾

夜空群星闪耀。屋里越发冷了几分。我出门看看，外面怎样，遇上了我的乡邻，一个老农，正好也在外面透透气。

“外面真是冰冰冷啊。”我说。

乡邻没有马上接口，而是四处望了望，看了看雪，又看了看天上的星星，然后跺着脚说道：

“孙子找爷爷来喽！”[①]

我在雪地里走了几步，冰壳还算结实。

“这孙子还不错哩。”我说了句，进屋去把孩子们叫醒。

我告诉他们说，这可能是这年最后的坚冰层了。我们要到沃罗戈什去，看看山鸡开始交尾了没有。即便我们没听到求偶的歌声，也能看到点鸟翼留在雪地上的蛛丝马迹。

“爸爸，你对你的活儿可真熟啊。”廖瓦乐滋滋地说着，赶忙把彼佳摇醒。

地上的雪冻得邦邦硬，最近的降雪，又洒上了层薄薄的雪

---

① 俄俗语，此处孙子指雪，爷爷指霜。——原注

粉。不管我们走哪条道儿，一路走来都是一桩乐事。方圆几俄里[①]的森林和沼泽，对我们来说都是轻车熟路，再亲切不过了。为了打猎，我们曾经筚路蓝缕，在林中辟出路来，也曾带着猎狗一路追踪，我们还给这里的每一座小岛、每一个洞穴、每一块山丘都起了名字：有“空旷的林间空地”[②]，那儿矗立着三棵参天的大松树，树下是野兔的康庄大道。在两片广大的沼泽间，有一处干地，我们把它叫作“歇息”，还有一处叫“金色的草甸”。大概再走八俄里，有一处山头，上面长满了松树，四周被浅沼地围绕，有时几乎过不去。当地人就把这地方叫作“小树林”，但我们另给它起了个“阿拉温高地”[③] 的名儿。我们踩着硬邦邦的、洒着雪粉的冰壳，轻轻巧巧地就走了八俄里，到了“小树林”。爬上山坡，迎面而来的，是自南方吹来的第一缕微风。我忽然记起了，大伙儿是怎么说今年春天的：“春天啊，眨眼工夫就会走的。”于是，我不由忧心起来——如果南风再这么吹啊吹的，这天气又阳光灿烂的话，我们穿过沼泽回去的路，可就不好走了。

我们站在那儿，倚着树干，静静等着第一缕曙光，侧耳倾听着。你当然可以一辈子都在树林子里，又观察又研究的，但是有的时候，就是会有这样的事情发生，把你一下子难倒，令

---

① 俄里为俄国计量单位，相当于1.067公里。——译者注

②“空旷的林间空地”是作家列夫·托尔斯泰出世、生活和长眠之地的名字，位于俄罗斯图拉市西南12公里。——译者注

③ 阿拉温高地是瓦尔代高地的别名，地处俄罗斯的欧洲部分境内。——原注

你惶惑不已。正当我们在那儿驻足倾听的时候，从底下的浅沼地传来一声冰层破碎的声音。冰层像被震碎的玻璃一样七零八碎，碎冰片坠落的时候，发出清脆的叮当声——一定是有个庞然大物在迅速向我们袭来。我们父子三人指头扳着扳机，站在那里，屏住呼吸，在一片漆黑之中，等待着这个庞然大物的出现。只见那东西正要到我们岛上来的时候，突然转了个身，扭头朝沼泽那边去了。在我们叫作“歇息”的干地上，冰层破碎声止息了片刻，后来又开始窸窣作响，我们听了老长一段时间，想着真是没完没了。

彼佳最先听到期待已久的“呼呼声”，声音在东方，正是红灿灿的曙光破晓的地方。后来，廖瓦也听到那声音了。那声音定然是从极远的地方传来的，我一时还听不到，后来，我满耳是唧唧作鸣、类似于蟋蟀的声音，在臆想中，似乎仍然能约摸听到驼鹿踏碎沼泽浮冰的声音。因为是两个孩子先听到那呼呼声的，所以就让他们跑下山坡去，蹚过浮冰的浅沼地，追踪那猎物，尽管踩碎浮冰的声音可能会把山鸡惊跑。

看着绚烂的朝霞辉映，感受着轻柔的微风拂面，不觉恬然自适。我站在山坡上，悠然俯瞰，下面是片片浅沼地，棵棵深灰的松树苍然耸立，点缀其间。

我自己也说不清，究竟在那儿站立了多久。我久久凝望着殷红的朝霞，似乎整整望了一个世纪之久，直到听到底下传来一声枪响。我感到由衷的欣喜，比亲手将那鸟儿收入囊中还要欢欣雀跃——不知为何，比起亲自手到擒来，我更急切地盼望看到自己的孩子们大胜而归。不过最后，我也有机会一展身手。我三蹦两跳冲下山坡，突然听到巨翼振飞无可名状的呼呼声，于是，我立马转身，只见树冠间一片红彤彤的朝霞之中，闪过一个黑影。我当机立断开了一枪，几乎是近距离平射。一开始听到声音的那另一只鸟，逃脱了。不过还好，能命中一只也已经不错了。那只中枪的鸟坠落了下来，掉在松树下面一个巨大的蚁丘上，蚁丘上的积雪还没有融化。我坐了下来，面向朝霞。

在同一个方向，这时又传来一声枪响，可我几乎没有留意到，因为在我歇脚的蚁丘周围，冉冉而升的旭日将一个谜团重重的世界显露了出来，而我正试图解开这些谜团。在冰面以下，有条窄窄的水道，一股细细的流水在涓涓流淌。那么，这水道是怎么形成的呢？我疑惑了片刻，很快找到了答案：积雪刚开始消融的时候，有一只田鼠在雪地上跑过，小爪子把雪踩实，踩出了一道沟槽。后来，又降了次霜，又开始融雪。沟槽里被田鼠踩实的雪化得慢，而周围的雪化得快，到了再次冰冻的时候，就形成了这条坚冰之下的水道，涓涓地流水了。

我可能是睡着了，但在空旷的野地里，我往往即便是睡着了，感觉与思绪依旧绵绵不绝，全然忘却的只是时间的流逝。一根突然弹起的嫩梢让我惊醒过来。这条嫩梢上原来压着雪，梢头就冻在田鼠踏过的水道处，结着冰，现在突然松了绑，晃悠了下又立直了，定睛一看，原是一棵小树。我惊坐起身，触目尽是蓝盈盈的水，环绕着我们称作“阿拉温高地”的地方，此外别无他物。

我甚至没有想到，我们所处已是一座孤岛。不过，困在孤岛上也没多大关系——总有办法出去的。看到光与水的春天再临人间，我喜不自胜，立刻记起了《圣经》里的话："六年要耕种田地，第七年地要守圣安息。七个安息年过后，就到了第五十年。你要大发角声，这年必为你的禧年。"

我把枪管从枪上卸了下来，对着枪口尽情地吹着。孩子们惊慌着跑来。我让他们学我的样，也这么卸下枪管来吹，说道：

"孩子们，吹响你们的号角吧。我的禧年到了！"

水的春天

因为今年是安息年，我的那片地要守圣安息，我就不写什么小说故事了，而是把事事物物都写下来，连个名儿都不改，并且记下这个春天里的每一天——就让大地做我故事里的主人公吧。

当我不再在春天里出远门，就觉得有种紧迫感，促使着我去观察自然，并且把事事物物都记下来。当我静立止步的时候，大自然却活泼生动了起来。今年，我获得了个物候观测的自然研究项目，不过我也将记下点私事儿、一点联翩的浮想以及与人们的一些际遇，这样，我的生活就能专注于大自然了。

我记录下“长尾山雀成双成对”的那天，彼佳接到通知说，他们学校要重组为七年制小学，他当年就能拿到毕业证书了。那么，彼佳如果要继续读中学的话，我们全家就得搬到另外一个镇上去。我们正考虑着，能否搬到个与水更亲近的地方去，就写了申请，希望住到佩列斯拉夫尔－扎列斯基去，那是个小镇，就在美丽的普列谢耶沃湖边。在长尾山雀配对的那天，也是彼佳接到学校重组通知的那天，我碰巧收到了佩列斯拉夫尔博物馆主任的一封回信。他在信中告诉我说，当地的学校还不错，两个孩子可以在博物馆里继续上自然课。那里鸟儿多得数不胜数，森林里还有驼鹿、山猫和狗熊。走出镇外三俄里，在较高的湖岸边，还有一处历史遗迹，那里保存着彼得大帝鼎鼎有名的游艇。他们还在考虑，要在空的宫殿里建立个自然研究站，还说，如果我想在自然研究领域有所作为，作出些开拓性成就的话，可以在宫殿里随便挑间房子用。

他接着告诉我，怎么才能到他那儿：我们可以骑马驾车走捷径过去，或者乘火车绕道莫斯科，在贝伦代伊村站下。

我不由对这些朗朗上口的地名心驰神往。我想象着那是沙皇贝伦代伊①的宫殿，我越这么浮想联翩，就越暗自激动不已。

---

① 沙皇贝伦代伊是俄罗斯民间传说中的传奇人物，往往同俄国古老的民族传统，以及基督教传入俄国以前的诗歌相联系。——原注

“好吧，贝伦代伊，”我自言自语道，“这正合你的胃口。”

我钟爱自然，却从未因此而嫌恶城市。相反，我也爱流光溢彩的城市，还有城里那纷繁多样、摄人心魄的世界。可当我厌倦了城里的生活，就会搭上一辆电车，不出二十分钟，我就又在空阔阔的野地里了。我一定生来就是个自由自在的人。我可以在渔民、猎手或者农民的小木屋里生活上几年。我和劳动人民相处融洽，而中产阶级的丰饶富足却令我扫兴，让我浑身不自在。但是，这也不减我对某些宫殿和大城市的喜好。我蜗居的这间小木屋，真是个鬼地方。夏天暴雨倾注的时候，屋里除了炉子，没一块干地方，而到了冬天呢，连件羊皮袄子都没法脱掉。

打铁要趁热，赶紧收拾行囊，钉好箱箱包包，捆好绳绳索索！

“廖瓦，用膝盖把箱子压压实，”我大呼小叫着，“压压实，不然，在路上可要散了呀。彼佳，给枪上好油，擦擦干净。我们要打山猫和狗熊去啦，你知道的。”

两个孩子要待到考完试再走，我们就先启程了。大雁也在一路北翔，或许，它们也像我们一样，要往普列谢耶沃湖去咧。

仙鹤飞来

最后，我们在高里茨克修道院安顿了下来。这个修道院呈十字形，坐落在特鲁别日河和普列谢耶沃湖畔。修道院的场地很空阔，可以容纳几千人。或许，在过去，为了躲避外敌入侵，人们会在此处避难。不过现在，这里是一片荒凉冷落，有几口大钟，已经没有了钟舌，只有当地的历史学家、博物馆主任放养的几头山羊，在鱼塘边游来荡去。那鱼塘原是大主教所挖，照的是诺亚方舟的尺寸。与几头山羊在一起奔跑嬉戏的，还有个小女孩，叫加利娅，是生物学家、博物馆主任助理的女儿。

登上小钟塔，可以鸟瞰修道院围墙之外的世界——古镇上星罗棋布着许多教堂和修道院，村民在其间蜿蜒而行，络绎不绝地往集市走去。这个古镇就像是个博物馆，满是杂七杂八的大杂烩。古老的女修道院还叫作“山上圣母修道院”，而女修道院所在的山则称为“癞痢山”，山上有一条街叫“哨子街”，又改名叫“弗拉达尔斯基街”，街旁的一条巷子则叫“猎鹰巷”，因为为伊凡雷帝[1]管鹰的在这里住过。下面还有林立的教堂，建得密密匝匝，刚好容得车辆通过。其中有一个教堂，叫“四十殉道者教堂”，坐落在特鲁别日河汇入普列谢耶沃湖的地方，是为了纪念在别处投湖殉道的四十位基督徒而建的。在河口的正对面，还有一座教堂，名叫“通告教堂”[2]，据当地的渔民介绍，这名字是为普列谢耶沃湖赫赫有名的鲱鱼捕捞业作介绍的意思。再往前，还有一处至圣所，叫“山上圣弗奥多尔”。

在河道纵横的浅沼地欢庆过了水的春天，再到这儿来，看到普列谢耶沃湖静静地躺卧在那儿，还像是片冰封的平原，对我们来说，真是件奇怪的事儿。只有看到了那湖薄薄的锯齿状边缘，才能分辨出，这原来是个冰冻的湖泊。

在修道院左侧的山上，矗立着一座白色的宫殿，那是为了缅怀彼得大帝，纪念俄国海军的诞生而建的。在湖对面的另一座山头上，还埋藏着一座古老的修道院，叫“亚历山大山修道院”，那是为了纪念佩列斯拉夫尔公爵亚历山大·涅夫斯基[3]，当地人就叫它“亚力罗[4]的地儿”。

我刚到这儿，就从当地的历史学家那儿听来了这些掌故，

① 伊凡雷帝，即伊凡四世·瓦西里耶维奇，1530—1584，是俄国历史上的第一位沙皇。他出生时电闪雷鸣，因此被称为伊凡雷帝，但这一称呼也与他在位时屡次发动的大清洗有关。——译者注

② 这个俄文词的字面意思是“介绍”。——原注

③ 亚历山大·涅夫斯基，真名为亚历山大·雅罗斯拉维奇，俄罗斯统帅和政治家，诺夫戈罗德公爵（1236年—1251年在位），1252年起为弗拉基米尔大公。——译者注

④ 亚力罗是斯拉夫人象征太阳与繁衍的异教神。——原注

那个历史学家一辈子都在研究他的家乡佩列斯拉夫尔。

“我是这儿的第七任房客了，”他用浓重的弗拉基米尔方言跟我说道，“第一任房客是个御前弄臣。所以这里有‘弄臣小灌木林’、‘弄臣沟’，甚至还有座塔叫‘弄臣塔’。”

第一任是个弄臣，接着是个芬兰异教祭司，再接着是别的什么人，最后是大主教。历史学家还告诉我，有个村叫“复活村”，当地老乡又给村子起了个诨名叫“魔鬼村”。不过他讲这些的时候，我都没留心听，因为对那个御前弄臣印象实在是太深刻了，脑子里不住的在想着那个弄臣。

或许，那村子本来叫“弄臣村”，可神父们为了同闹哄哄的弄臣或者亚力罗作对，就传讲耶稣基督受难复活的奇迹，直到生性温和的本土神祇亚力罗，被以讹传讹变成了神秘而邪恶的魔鬼。

所有这些修道院和教堂，包括彼得大帝的游艇，还有“亚力罗的地儿”，都是博物馆的瑰宝。

“从亚力罗到彼得大帝，”我惊叹道，“这博物馆真是蔚为大观啊！”

“彼得大帝之后还有呢，”历史学家接口道，“我可以带您去看看叶卡捷琳娜大帝[①]和伊丽莎白女皇[②]时期的遗迹呢。”

正说着，新到了些参观者，我们就和他们一道，到“圣母

① 叶卡捷琳娜二世·阿列克谢耶芙娜，俄罗斯帝国女皇，1762－1796 年在位。——译者注

② 伊丽莎白一世·彼得罗芙娜，俄罗斯帝国女皇（1741 年—1762 年），彼得一世与叶卡捷琳娜一世之女。——译者注

升天教堂”去参观。

历史学家是个很棒的东道主，满腹的地方掌故，娓娓道来。更为难能可贵的是，他这个地地道道的俄国人，不仅能够粗枝大叶的做介绍，而且，如果有必要，还能领着你循着羊肠小径，往历史深处追寻。

历史学家留意到，不是所有的听众，都对叶卡捷琳娜大帝时期的画像或者伊丽莎白女皇时期的巴洛克装饰风格[①]感兴趣，他们的目光在教堂蓝色的拱顶上游移不定。于是，历史学家转换了话题，介绍起大主教根那迪·克罗汀斯基的故事，说大主教在这里死于霍乱，就安葬在教堂里。安葬大主教的地方有栅板隔开，坟头中间坟起，覆有墓罩。过去，修士会从墓罩下取出些沙土来，分发给信众，信众们以为，这沙土是挤过地下的石头和木头，自己拱上坟头的。现在，人人可以把墓罩拉到一边，看到沙土被倒在一个普普通通的糖梅罐头里，罐头上刻着“埃纳姆牌杂锦糖果”几个字。

可这还是没能把一位参观者逗乐，他对巴洛克装饰风格也不感兴趣。米哈伊尔·伊万诺维奇就退到一幅壁画前面，上面画着拉撒路和财主的故事[②]。

---

① 巴洛克（艺术和建筑）风格是指（艺术品和建筑）过分雕琢、装饰曲线过多，以追求动势和起伏、浮华铺张为特点。——译者注

② 出自《圣经·新约》路加福音第16节经文，拉撒路是个浑身生疮、受尽苦难的乞丐，死后进入天堂，被天使放在希伯来人始祖亚伯拉罕怀里；而财主死后则在阴间受苦。——译者注

"你看，"他对那个郁郁不乐的年轻人说，"资产阶级在地狱的火焰之中煎熬，而无产阶级则被放在了亚伯拉罕的怀里。"

听到这儿，小伙子眼前一亮，说道："原来老早以前就有这等事儿啦！"

"是啊，"历史学家答道，"确实是很久很久以前就有了。"

我们从教堂出来的时候，沿着修道院的防卫土墙向下望去，只见在今天这样暖和的日子里，湖上的冰开始消融了，湖岸边的融水给湖镶上了一道细细的蓝边，一群仙鹤正嘎嘎叫着，高翔过头顶。

红隼飞来

博物馆的院子里，春日融融，几只蝴蝶在款款翩飞。生物学家谢尔盖·谢尔盖耶维奇记下了那天发生的一件重要的事：一些有害博物馆的小甲虫越过了墙头，爬到院子里来了。他收集来一些干树叶，装进袋子里，筛了一下，然后透过放大镜，仔细观察筛下来的这些面包屑似的小虫。

“谢尔盖·谢尔盖耶维奇，”我说，“我相信，在您收集来的那六万只甲虫里，一定有一只是您的最爱。您收集甲虫，一定是从那一只开始集起的。”他似乎不明白我的意思，我不得不再问了他一遍：“有哪只甲虫是您的最爱吗？”

他深思熟虑了片刻。

“我的意思是，与您本人切切相关的那只，您懂的。”我有些迟疑地说。

“当然有啊！”他眉飞色舞起来，“不过那不是一只甲虫，而是一种甲虫。”

一种甲虫！我刚才之所以这么问起他，就是为了让他从种种甲虫的注意力上移开，记起那独一无二的某一只。或许，当他一度陷入绝望的深渊，正是那只甲虫惊鸿一现，给他的生活注入新的冀望。好吧，他说是一种甲虫，那就是一种甲虫吧。

我请他说说是哪种。

这位生物学家，身壮体胖，毛发浓密，自己就跟个大甲虫似的，这会儿粲然笑了起来，答道：

“是金龟子！”

我们走到他的书房里，查看他收集的那些金龟子——那里有成千上万只金龟子，有的保存在玻璃柜子里，也有的简简单单的用棉花裹着，每只都配有一块标牌说明。

我听着他介绍，急切地想知道，他的第一只金龟子从何而来，又是怎样细枝末节的个人境遇，促使着他收集这么多的金龟子，把它们钉在针上。

我经常梦想着，找到某种具有科研价值的甲虫，为着研究这种甲虫而忙忙碌碌，直到生命终了。有好几次，我觉得我已经找到了，但是我过早尝到了甜头，后来竟难以为继。我似乎不是专门的行家，除非把敏锐地观察生活也算作是一种专业，那还可以勉强充数。

大概一个小时之内，我就竭尽所能，汲取了谢尔盖·谢尔盖耶维奇所有藏品的精华。于是，我又开始寻寻觅觅，找寻新鲜事儿。抬头望天，我注意到，一些红隼在天际盘旋翱翔，还有，冰湖周围，那道融水的蓝边变宽阔些了。

有人告诉我，如果天再这么和暖下去，再过一个礼拜左右，湖上就要开始打梭子鱼了。我决定不再耽搁下去，召集博物馆委员会开个会，把组织自然研究的想法提出来。

在这一领域，我已经积累了些经验，脑子里关于研究的想法，也正在成形。归结起来，我的想法是，在传统的科学研究方法之外，再强调一种与生俱来的乡土情怀，把对自然的热切情感与艺术综合之类的结合起来。我相信，一个有天赋而又热爱自然的平常人，虽然没受过多少教育，可也至少抵得上一两个训练有素的科学家。

我和几个出色的科学家谈谈自己的想法时，常常失望地发现，这些天赋超群的人，做起事来，竟和我们这些门外汉一样。而当我又把同样的想法跟一般的专家说的时候，他们却一副不屑一顾的神色，心不在焉地听着。或许是我的说服力不够吧？

于是这次，我就绝口不提自己的奇思妙想，只作了个简短的报告，报告了下我们青年博物学者协会在莫斯科索科尼基公园的工作情况，并建议在佩列斯拉夫尔也建立个类似的研究团体。

我报告说："这里唯一的差别是，我们在索科尼基公园进行研究时，研究资源相对有限，我们的研究可以称之为'微观研究'，因为那儿有微气候和微环境，我们最出色的工作是在研究蚊子上。而这里，我们可以进行'宏观研究'——有一片广阔的湖泊和无边无际的森林可供观察。我们可以建立一个生物观测站，附设地理部，并同索科尼基的部门合作，我们进行'宏观研究'，他们则继续从事'微观研究'。"

谢尔盖·谢尔盖耶维奇看起来忧心忡忡，他似乎是误以为，我急切地想避免那些费时费力而又枯燥乏味的工作，而在他看来，正是这些工作，能造就年轻人。

那全然不是我的本意，但我已做好准备，对此论争一番。我说，对年轻人最为有益的，并不是微观研究本身，而是在工作中激发出来的兴趣。如果能兴味盎然地工作，那么，再枯燥乏味的活儿，也能变成一桩乐事。

意见产生了分歧。历史学家和我赞成"宏观研究"，地区委员会的委员也表示附议。而谢尔盖·谢尔盖耶维奇的提议，则获得了教育部主席的赞许。而气象学家，一个身材瘦削、看上去病怏怏的家伙，则还在那边迟疑不决。

在讨论结束、投票表决前，我又添了句："尽管统领一杯茶的自然法则，与统领普列谢耶沃湖的，是同一个法则，可是晃悠杯中的茶，同湖上起风暴，绝不是一码事儿。”

在这当儿，谢尔盖·谢尔盖耶维奇可能是想表示异议，突然晃了下手臂，结果碰翻了杯热茶，洒在了气象学家的腿上。气象学家一跃而起，冲出了房间。

“你没事儿吧？”他回到屋里时，我们关切地问了句。

“没事，”他冷冰冰地回道，“你们做宏观的做宏观，做微观的做微观，我只是‘洒观’。”①

委员会最后决定：一、节假期间，邀请一名在索科尼基公园工作的代表前来，协助明确本协会工作目标。二、安排博梯克博物馆闲置宫殿的四间朝南房间，分配给新到的物候学家居住。

天鹅飞过

破晓以来，天朗气清，早霜不一会儿就消融了。到了中午

① 此处为文字游戏，在俄语中，“洒湿”一词与“宏观”“微观”两词是押韵的。——原注

时分，穿着件大衣都嫌热了。鸥鸟先我来到，如今在修道院杂草丛生的池塘上飞来飞去，噭噭尖鸣不已。

我沿着湖岸漫步，朝着博梯克博物馆的新落脚处走去。年代较久的那方湖岸地势较高，被山涧和沟渠切得阑干纵横，伤痕累累。另一方湖岸则地势较低，是一片沼泽湿地。在斯拉夫人的语言里，有一个古老的词，形容沟渠，叫作 vrag。最靠近修道院的那条沟渠，称为“弄臣沟”，接着是一条狭窄的河道，流过韦斯科沃村和梅梅卡山，再前面是“圣母升天沟”和“幼君山”，最后是“咆哮山”和“咆哮泉”。就是在这咆哮山上，保存着彼得大帝的游艇，圣物一般，这游艇也叫博梯克，博梯克博物馆的名称因此得来。

我刚登上咆哮山没一会儿，还没来得及四处望望，游艇看守人的妻子娜杰日达·帕夫洛夫娜就给我讲了个彼得大帝的传说。相传，彼得大帝喜爱江河湖泊。有一天，彼得大帝御驾出游，遥遥地望见普列谢耶沃湖，龙心大悦，就调转马头，策马踏过成熟的玉米地，直奔湖水而来。有一个在韦斯科沃村边收割黑麦的妇人，看见有人骑马践踏玉米地，就劈头盖脸地骂了出来。彼得大帝听了大笑不止，重重地赏了村民一番，甚至还召见了一两个村民到杜马议事。这就是村里“杜姆诺夫”这个姓氏的由来。[1] 看守游艇的伊凡·阿基莫维奇也姓杜姆诺夫，这就意味着，他有一位老祖宗也曾在彼得大帝的杜马里议过事。

---

① 杜马是俄罗斯议会的意思，杜马与杜姆诺夫是同源词，故有此说。——译者注

他们带着我在放游艇的小屋里转了圈，游艇的船底已经烂穿，这是彼得大帝舰队的唯一遗物了，舰队原是“为年轻的沙皇取悦赏玩而建的”。我记起，传说时隔三十年之后，彼得大帝重访此地，看到舰队停放在那儿朽烂不堪，龙颜大怒，下了道措辞严厉的圣旨给佩列斯拉夫尔的地方官。一开始，地方官自然不得不有所行动，但是后来，事情也就晃荡过去了，最后，就只剩下了一艘游艇——一条破破烂烂的小船，从宫殿的一个主人手里，传给下一个。沙皇尼古拉斯一世最后下令，让一个地方贵族把船买下。他们还在此地造了座小型宫殿、凯旋门，还立了座大理石纪念碑，碑上勒着彼得大帝的圣旨：

“佩列斯拉夫尔地方长官听令：汝等当奉令保存此处舟船舰艇诸遗物，如若玩忽职守，汝等及汝等子孙后代定当严惩不贷，钦此。”

我对彼得大帝的圣旨印象颇深，于是，踱到山边的峭壁，眺望普列谢耶沃湖，遥想这一片澹澹湖光，竟是我俄国舰队的摇篮。日暮时分，夕阳西下，湖边的那圈融水愈发分明了，被晚霞映得绯红。我听到一些细微的声响，声轻而悦耳，定是极高之处，有群天鹅飞过。

在宫殿里，我们找到了些支架和木板，就地取材，动手做成了床和桌子。我们还把整个地方彻底清扫了一下，然后，坐在那儿，静静地听着林中树木的喁喁低语声——通常，只有在最最漆黑幽暗、深不可测的峡谷里，才能听到这声音——而现在，我们是在个宫殿里，还装着又高又大的窗户！炉子里找不到个窟窿，没法安茶炉的烟囱，我们只得把茶炉取出来，放在门口烧。我拎着茶炉刚出门，就听到山鸡求偶的叫声，就在离门口百步远的地方。而当我走下地窖取些柴火，霍地又蹦出个大灰兔来，惊慌失措地跑开了。

我们品着茶，欣然听着树木的喁喁低语之声。

榛树花开

森林负雪，苍白斑驳。山谷中水流淙淙，绵绵不绝。再往上，得了点阳光的暖意，一棵榛树正粲然怒放，满树的柔荑花序灿若黄金。猎狗亚力克误将淙淙的流水声听成了山鸡的叫声，第一次伺伏下来。其实真的是有山鸡在叫，不过是在远些的地方。当我们过去，把那只叫唤的公鸡惊了起来，还有四只母鸡伴着它一起飞。那棵树还在喁喁低语，透过紧闭的窗户，我们日日夜夜都能听到那声音。我爱那棵树，它似有个与我血脉相连的魂魄。我虽不多讲它，在这明媚的春日里，独爱欣然聆听它的低吟。

博梯克博物馆正对着的那片湖边还是封冻着，但湖里的梭子鱼已经可以浮上来，穿过冰中的水道，泼刺着游到岸边了。游艇看守人杜姆诺夫手握鱼叉，已经就位——一个名副其实的海神。再过去些，站着两个有名的捕梭子鱼好手，科米萨洛夫兄弟，再过去是教堂执事，这样一路望去，我们这边一直到纳德戈罗德，湖对岸一直到扎奥泽里耶——一群“海神”把整个湖岸团团围住。

他们告诉我，梭子鱼浮上来的时间是晨光初露到日出之间，大约是上午九点，还有中午，以及下午五点至日落。我跟“海神”们说，有人在查理奇诺的湖里拖网捕捞的时候，曾经抓到过一条梭子鱼，足足有三普特[①]重，身上还戴着个鲍里斯·戈杜诺夫[②]放上去的金戒指，不知道在普列谢耶沃湖里，会不会也有这样的梭子鱼。

“那是当然，”“海神”们说，“可这湖深得很咧，那样的大鱼从来不浮上来。不过湖里倒是有石斑鱼，也是给彼得大帝戴了戒指的。”

“最近有人打到梭子鱼吗?”

“梭子鱼还没出来呢，不过‘奶鱼’我们倒是打了不少。”

---

① 普特是俄国重量单位，相当于16.38公斤。——译者注

② 鲍里斯·戈杜诺夫是俄国沙皇。1584年，沙皇伊凡四世去世，其次子费多尔即位。而此时实际操纵国家大权的是费多尔的妻兄，领主鲍里斯·戈杜诺夫。——译者注

他们说的“奶鱼”就是公梭子鱼，身形要比母梭子鱼小了不少。

磨坊主邀我一起打野鸭，他自己带上只做诱饵的母鸭。可我就是不相信他带的那只诱饵靠谱，就一口回绝了他。磨坊主从头到脚泥迹斑斑，邋遢不堪。我就跟他讲，你家原先还是贵族呢，就你这满身是泥的样子，还出来四处走动，不太体面吧。

他喃喃自语道：“您看，我也是没办法呀。”

我指着那个和他一起来的小伙子，说：“那你的帮手怎么看起来整整齐齐、干干净净的呢?”

小伙子窘迫地替他解释说，他那天刚去过区执委会。在那种场合，他是从来不洗的，有时还要故意弄得脏兮兮的——这年头，要想往上爬，就得看上去像个工人阶级。

向晚时分，天色青青欲雨。

屋子里只安了一层窗户，树木又如此切近，躺在屋里，犹如睡在森林里一般。我梦如镜，反映着外面的世界。在我的梦境里做主角的，总是那棵喁喁低语的树——我梦见，自己就像那棵树一样，挺立在幽深的峡谷里。突然，传来一声尖利的鸭叫，惊破了我的梦。我想到，那一定是磨坊主做诱饵的母鸭在叫。接着，我听到那母鸭子发疯似的“嘎嘎”乱叫，那意思是，它看见公鸭了。我从床上跳起来，匆忙跑到前门去看，那会儿，那公鸭子一定正朝母鸭子游过去呢，因为我一开门，就听到了一声枪响。晦暗不明中，我看不见那公鸭子，只依稀望见磨坊主的小木屋。

我等茶炉水开的那当儿，磨坊主又打中了两只公鸭。

吃过早饭，我想着，磨坊主打野鸭应该差不多该收工了，就下山朝磨房走去。一到磨坊主家里，看到那光景，我就把他戏称作“鲁滨逊”[①] 了，因为他屋里整个儿是遭了海难的样子。放眼望去，屋里样样物什都是又破又脏，零零落落散了一地，屋顶还有个大洞，抬头就望得见天。“鲁滨逊”坐在生着的炉子边，拔着鸭毛，和他一同打猎的几个人，则坐在旁边削着土豆。几个人里，最惹眼的是约什卡，他在跟大伙儿聊着山鸡呐。他说，有些山鸡毛色发青，还有些则发黄。沙锥鸟的身形也是有大有小。至于野鸭嘛，个个不同，就像人一样，可以一一分辨开来，野兔也是如此。

这都是些什么人呢？他们有些是小职员，还有机修工，在镇里人看来，算是半个野蛮人。然而，这些人才是真正对大自然有研究的人，那种对大自然的真挚感情——既不是出于小市民的多愁善感，也不是因为读多了卢梭或托尔斯泰的作品——只有在他们身上，还留存着。他们这类人，正是我研究野生动物最为理想的帮手。我把自己的想法告诉了他们。我们就在那小木屋里，就在闲聊的当口，一致同意，不再射杀任何博梯克博物馆附近正在筑巢的鸟儿，并且可能的话，连野兔也不打。

说起野兔，我告诉他们，就在博梯克博物馆的地窖里，我

---

① 鲁滨逊是英国作家丹尼尔·笛福小说《鲁滨逊漂流记》中的主人公，遭遇海难流落荒岛。——译者注

还不经意碰到过一只。

“是一只灰兔子吗？”约什卡问，“冬天博梯克博物馆经常会有野兔，甚至在佩列斯拉夫尔就有。您知道K家的房子吗？不知道吗？那M家的房子您知道吗？那您知道谁家的房子呀？”

我告诉约什卡，我知道镇上的古建筑：十二世纪的大教堂、水磨房和要塞的遗迹，还有陶器厂旧址（现在上面伫立着丹尼洛夫修道院）以及托克塔米什柱子……

“哦，您知道托克塔米什柱子啊？正对着柱子有间村舍，带着个大大的菜园。那菜园子里有只野兔子，靠吃卷心菜茎过活。下过第一场雪的时候，我们放狗捉过它。”

约什卡分毫不漏地向我们描述了捉兔子的过程，一路追来，穿过的名胜古迹可多呢：先是追出镇子到了博梯克博物馆，再横穿大湖到了亚历山德罗夫山下（那山上曾经发掘出一座异教的斯拉夫神庙），然后又折回镇上，沿着苏维埃街追过去，经过要塞的时候，那兔子的右眼撞上了根铁棒，为了躲开小伙子们的追捕，兔子慌不择路，冲进了大门敞开的民兵站。先前时候，因为追失了兔子的踪迹，几个人吹口哨叫住了猎狗，拴上狗链条，正踱回家去。突然，在苏维埃街上发现了新鲜的脚踪，就又把狗放了出来。猎狗沿着兔子的足迹追踪，径直向民兵站跑去，一路吠叫追猎，直冲民兵站办公室，狗主人跟在后面。这时，民兵们已经逮住了野兔，正在抓阄确定兔子归谁。

我一到家，就把这故事记了下来。为着追一只兔子，横穿一个镇子，这事儿我可从没干过。一路上穿过那么多的名胜古迹，想来真是妙趣横生。我刚写到兔子眼睛受伤那地方，突然记不清了，只得又回到镇上去，再去磨坊主家问个究竟。“鲁滨逊”这会儿一个人在家。

“您还记得野兔右眼撞上铁棒，那是在哪儿吗?”

“是在圣灵教堂前的广场上，”“鲁滨逊”答道，“那儿戳着根铁栏杆。”

光阴与爱情

我那做诱饵的母鸭，是只普普通通的家鸭孵出来的，但它的父亲是只野公鸭，所以孵出来的小鸭子一个个长得都跟野鸭无异。在这群杂交的小鸭子之中，我挑了这只叫得最响的出来，用来引诱野鸭子。在我的这只母鸭子魅人的“嘎嘎”声中，不知有多少毛羽鲜亮、一心求爱的公野鸭，经不住诱惑断送了性命。猎人往往是铁石心肠，毫不留情的，不过有一次，我还是没忍心开枪。

薄暮时分，非明非暗。我去到林子里，把那只做诱饵的母鸭从篮子里抓出来，一只鸭腿上缚了根长长的绳子，绳子头上系了个重块，然后把鸭子放到浅水边。我自己躲进破破烂烂的小木屋，隐蔽起来，墙上有道罅隙，正好供我观察水边的情况。

一对野鸭正扑扑从头顶飞过。灰色的母鸭飞在前面，后面紧跟着只公鸭，披着求偶季节的鲜亮毛羽。忽然，对面又来了对野鸭。两对野鸭正要交会，从天上俯冲下来一只老鹰，想要袭击后来的那对中的母鸭，但是没有得手。母鸭子赶忙飞下来，在灌木丛里藏身。老鹰拿母鸭子没办法，只好缓缓的振翅起飞，升入高天青云之中。那只受了惊的公鸭缓过神来，待在那儿，独自飞了一小圈，却找不到它的母鸭。前面过去些地方，第一对野鸭继续翩飞。落单的公鸭一定以为，前面飞着的就是它的母鸭和陌生的追求者，于是赶了上去。

那只飞散了的母鸭很快定了定神，从灌木丛中游了出来，嘎嘎叫唤起来。又有一只公野鸭凑了过来，于是，我那只做诱饵的母鸭和这只母野鸭就叫唤着比试起来。虽然我的鸭子叫得差不多声嘶力竭，但还是被那只母野鸭占了上风，赢得了公野鸭的欢心。

刚才那第一对野鸭，飞了一大圈之后又返了回来，后头还跟着那只失魂落魄的公野鸭。那只公鸭子莫非还在以为，前头是自己的母鸭和陌生的追求者？

此时此刻，那只公鸭的母鸭子正洋洋自得地用嘴理着毛，悄无声响。而我那只做诱饵的母鸭子呢，这会儿没了对手，就试着去引诱那只公鸭，终于成功了。我真的怀疑，在鸭子的爱情中，是哪只母鸭并不重要，只要是只母鸭就行了。或许，对鸭子来说，光阴的流逝要比人快得多，片刻的分离，就相当于我们十载未偿的激情？再或许，就在那只公鸭子无望地追求它想象中的伴侣之时，真实存在的那只母鸭子撩人的叫唤声，如此生动的勾起了它爱人的形象，以至于它爱上了整片河流和林木？

它飞落到我的诱饵跟前，如此迅疾，我来不及开枪。交尾过后，它心满意足地绕我的诱饵游了一圈，那是公鸭特有的礼节性动作。我本可以轻而易举的射中它，但我忆起了自己的青春岁月，那时，我也曾痴恋着这大千世界，于是便放了它。

白桦树汁涨起来

我折下条细细的白桦树枝，拿来通烟斗。枝条的断面上淌出一滴汁液，在阳光下闪闪发亮。森林里斑斑驳驳，杂色缤纷。

这儿是块白皑皑的积雪，那儿又有片蓝盈盈的水面。白日里天气和暖得很。我料到，沙锥鸟求偶的飞行大约随时就要开始，于是，到了中午，我就到索罗米迪诺村去，向一个捕猎野禽的老手米哈伊尔·伊万诺维奇·米涅耶夫请教，哪里是站着猎鸟的最佳地点。老猎手看起来并不是老态龙钟，虽然沙皇亚历山大二世那会儿的事情他记得清清楚楚，他自己的孙子也刚刚做了个孩子的爸。老家伙找起来可不容易。他有四个儿子，自己却没有家，于是就像一个住在乡下的李尔王[①]似的，从这个儿子家里，搬到那个儿子家里。他已经同前两个儿子吵了一架，难以收拾，所以现在就住在三儿子家。

别人帮我一起找老猎手的时候，把他那点家事一股脑儿都告诉了我，后来，在老猎手的住处等待夜幕降临的时候，老家伙打开话匣子又跟我讲了好多自己的故事。我们去找最佳射猎地点的一路上，他还在滔滔不绝地讲着，但我已经没什么心思听了，急于想早点脱身。可我还是不由自主地听他说着，时不时地应上一两句，也就是别冷场。

“法院决定，把奶牛判给他了。”

“是吗?”

“千真万确，判给他了。”

老猎手拉住我的袖子，横在前面不让我走，打破我的沉默，

---

① 李尔王是英国传说中人物，有三个女儿，但是前两个女儿不孝，相继将他赶出家门，后被小女儿收留，莎士比亚有同名戏剧《李尔王》。——译者注

把整个世界都挡在外面。他想听听我的意见。老家伙真烦呐！我嘴里自己冒了句话出来：

“怎么办呢?”

他松手甩开我的袖管，上前走了一步，说道：

“我就甩开我那儿子，就像刚才甩开你的袖管那样，径直找别的儿子去了。”

我听到头顶有只母鸭在“吱哩吱哩”的叫唤，可是老猎手的谈兴正浓，我没法抽身瞄准。

“他们在你家煮着茶炉呢，你知道的吧。再不回去，茶可就喝不到了。”

“煮茶炉那是不差，”他答道，“可我不爱喝茶，喝什么茶呢?他那儿有根圆木倒是需要挪个地儿。”

“那你还不回家?”

“是根老大老粗的木头咧！”

老猎手爽朗的笑了几声，走开了，可没走几步，又回头对我重复了句：

“是根大得够戗的圆木头！”

我突然想到，这时节，老猎手的儿子们扛起了所有的忧心事儿和劳力活儿，老家伙才有工夫出来打猎，欣赏大自然的复苏，同我这个新到的客人谈天。

“你真是个会偷享福的老头儿。”我说。

他听了这话，看起来舒心得很，又折回来，朝我乐悠悠的眨眼睛：

“你说得不错，这交税、买保险、付这费那费的是他们，可不是我……”

两只鸟轻快地飞过头顶，这次，我没错过时机，没有瞄准，就朝后面那只开了一枪。原来是只肥大的公野鸭在追逐母鸭。一阵窸窣声过后，那只中了枪的公鸭子，擦过白桦树叶，跌落在树下纯净的积雪上。

“继续走你的路吧，”我对老猎手说，“回去喝你的茶去。”

“我会的。我茶也要喝，高兴的时候呢，猎也要打。跟他们在一起，整天没完没了念叨交税和买保险的事儿。”

同我的料想不同，先前的经验也不灵验，老猎手走后，万物并没有复归深沉的寂静，就是熙熙攘攘充满了新生命活力的那种，而是陷入了一片死寂。整个林子里唯一的声响，就是一只孤独的画眉在唱着哀怨的曲调，此外就是闪闪发光的白桦树汁，从切口滴答滴落的声音。这片死寂令我焦躁不安，和谐不复存在了，整片林子给我的那种恐怖的感觉，就好像是一个迷信的人，想象出来各种各样的怕人东西。我没有了平衡感，所以才感到恐惧，恨不得大喊大叫，朝着树木和一切挡在路上的东西开枪。突然，我听到人们的叫喊声，从一处空旷地带传来，走到近前，我听出了是“鲁滨逊”和约什卡，猜想着这伙人正打猎归来。

“你们在吵什么呐?”他们走到跟前的时候，我问。

“我刚刚在说，‘鲁滨逊’今天早上告诉您的准是假的。”约什卡说。

“不，不会有错的。”“鲁滨逊”说：“那只野兔的眼睛很容易撞上圣灵教堂旁边的铁栏杆。”

“可你没亲眼看见！那些铁栏杆有指头粗呢。兔子眼睛准是戳上了带倒钩的铁丝。”

谈起丘鹬，大伙儿的意见也不一致。有人说时间还太早。有人说丘鹬已经飞过来了，只是早上天太冷，它们才不飞出来交配。还有些人说，它们在南方冻死了，没有丘鹬可打了。

“沙锥鸟开始交尾了吗？”我问。

“沙锥鸟在这儿呢。”

“听到麻鹬叫了吗？”

“它们叫得正欢呢。”

“奇怪丘鹬怎么还没来。”

“大概是冻死了吧。”

老梭子鱼

那天晚上，我从镇上回来的时候，已经很晚了。我通常是招呼下赶大车拉木材的人，趁着他们回程，搭个便车。这次也不出所料，一个醉意醺醺的年轻车夫，送了我一程，他准保是辛苦了一天之后，喝上了一两杯。我一开始出于客套，推辞了一番，但车夫再问我的时候，我就毫不客气地跳上了雪橇。车夫告诉我，他名叫伊凡·巴祖诺夫，是从韦斯科沃村来的。

“是鼎鼎有名的打梭子鱼好手吧？”我问道。

“算是半个专家吧，”他答道。“怎么称呼您？”

我把自己的名字告诉了他。

“我说，米哈伊尔·米哈伊洛维奇，”车夫问，“您有没有被哪种动物折腾过？”

“那是折腾惯了呀，巴祖诺夫老弟。你没听说我是个猎人吗？”

“原来您是个猎人啊。我当然听说过您。今天真是幸会。您真是个猎人不假？我还是个打梭子鱼的呢。捕鱼这块儿，我细枝末节都熟得很呐。我‘大学’上的就是这个。我说得没错吧？”

“不错。”

“我可是个行家！我现在就跟您里里外外都讲讲。我是个打梭子鱼的，就这东西最折腾我了。我讲的当然是梭子鱼的事，不过拿人来打个比方。就好比吧，有个小伙子大白天的想跟心上人干好事，可旁边有一大拨人呢，这事儿怎么能成呢——自然是成不了。这情形您那时候也经历过吧，米哈伊尔·米哈伊洛维奇？”

“谁没有呢。”我说。

“那人这块儿的事儿，您算是同意我说的啦。那么，我跟您讲啊，这放在其他动物身上，也是一样的道理——梭子鱼呢，也不例外。鱼子在鱼肚子里鼓得发胀，可就是时机没到，事儿没能成。就像人干好事儿要到晚上，梭子鱼呢，也有自己恰当的时候。”

“这个我知道，”我说，“是在冰雪初融的时候吧？”

“对啦。最早的融水汇入大湖的时候，母梭子鱼就会逆流向上游，那时节，我就会抛下手头的一切活儿，跑到湖边去守着。”

巴祖诺夫接着不厌其烦的告诉我，他是怎么为着打鱼的事儿跟妻子闹别扭，又怎么好言好语的哄劝她，最后妻子终于放他打鱼去。快到我家路口的时候，他硬拦着我不放，非要让我听完他的故事。

“人们结婚办喜事儿，总爱挑天气和暖些的时候，梭子鱼也是一样，因为鱼子在肚子里胀得难受。母梭子鱼游到浅滩上，抵着水底，把鱼卵挤出来，‘奶鱼’再浇上鱼白。有一次，我亲眼看到七条‘奶鱼’，围着条又大又老的母梭子鱼嗖嗖游动。那些不懂这道道的门外汉，就会去叉那‘奶鱼’，而把母梭子鱼，那条真正的大家伙，给放跑了。可我清楚得很，就举起鱼叉直刺窝在‘奶鱼’下方的母梭子鱼，我也算是半个专家咧。”

我也跟他讲了件老想不通的事儿。七月里的一天晚上，我在湖岸边走着走着，突然看见一样东西从水里戳出来，像是只死人的手。那看起来很像是湖水把具尸体冲到了岸边。我走得近些去看，才发现那不是死人的手，而是一条大梭子鱼。我朝鱼开了一枪，鱼肉结实得很——那鱼太老了。

“诺，你刚才还在说，”我说，“母梭子鱼像人一样，知道产卵的恰当时间，在早春时分，才会游到岸边来。可这事儿发生在盛夏，你是怎么想的？”

“我跟您说吧，”巴祖诺夫答道，“又暖和又晴好的天气里，有时母梭子鱼就会游到岸边。和人一样，母梭子鱼也有自己的回忆。这您大可以相信我，我好歹也算半个专家。有的时候呐，一个老女人干起昏头事儿来，比小姑娘还厉害，因为她年轻时候的那点情事儿，她总也忘不掉。”

打梭子鱼

有一段日子，白天暖暖和和的，差不多是热天了，晚上却月色清冷，降下严霜。结果到了明早，湖边的那圈融水又封冻了起来，结了一英寸厚的冰。如今的这圈融水，宛似一条阔悠悠、蓝盈盈的河，只在水湾处还有些坚冰未化。但在赶集的日子里，老乡们还是驾着雪橇在冰封的湖面上穿过，从乌索利耶到佩列斯拉夫尔去。

湖上已经开始打梭子鱼。只是因为晚间结的湖冰未化，纵使有梭子鱼游上来，也没法不动声响地接近它，早上的时光给浪费了过去。不过，打梭子鱼的人还是轮班各就各位，手执鱼叉，屹立不动，随时准备动手。到了晚上，水边是星星点点，一片灯火胧明。渔民们三个一组，涉入坚冰与湖岸之间齐膝深的水中，一个举着火把探照，另外两人则手握鱼叉待命。此时此刻，最大的梭子鱼随时可能出现。

我试图走上前去，同渔民们攀谈几句，不过他们显然不爱搭理，一见有人来，就避开了。我自讨没趣，就找好个位子，拿着枪守着，可实在是沉闷得很，无聊难耐。我实在没法理解，渔民们怎么有这个耐心，在那儿苦苦守候。后来，我总算有点了然了：一旦一组中有一个发现了一条梭子鱼，举着鱼叉蹑手蹑脚地袭上去，另外两个都紧紧地盯着看好——他们之所以兴致勃勃，倒不是因为希望有所斩获，而是这打鱼的过程再刺激不过了。

暮色降临，近乎昏黑的时候，渔民们便聚在一起，准备举着火把打梭子鱼。这时，一天里的消息也便沿着大湖，在渔民中间一传十、十传百地传开了。

今天的消息是，有人在特鲁别日河河口，打到了条十八磅重的梭子鱼。他们传说着，那人正坐在船舷上，忽然瞥见一条大鱼，于是就像只鱼鹰一样朝那大鱼猛扑上来。他一开始没能把鱼杀死，只是把鱼叉刺了进去，就像鱼鹰的爪子抠进鱼肉里一样。那大鱼也是奋力挣扎，百般厮斗中，那打鱼人掉进了冰冷的河水里，手里还紧紧握着鱼叉不放。后来，打鱼人又从水里浮了上来，游到一块大浮冰边上，终于把精疲力竭的大鱼制服了，拖上了岸。

听说还有个镇里人，在码头上看到条巨大无比的梭子鱼，就顺手把鱼叉掷了过去，然后蹚进水里追赶那鱼，可那鱼还是负着鱼叉逃脱了。

就在这时，杜姆诺夫，就是他家老祖宗在彼得大帝的杜马里议过事的那个，看到一条大鱼的头从水里冒出来，于是他从浅水里拖了条又长又厚的木板过来，是在不远处别人那儿拿的，然后把木板的一头搁在厚实的坚冰上，踏着木板走到了冰上。

岸上的人看见，杜姆诺夫举起了鱼叉，却没有刺下去，大约是怕受伤的梭子鱼把自己拖下水去。

大伙儿把杜姆诺夫狠狠嘲笑奚落了一顿，可杜姆诺夫没吭声，只是要了瓶伏特加，咕噜咕噜一饮而尽，然后面不改色的盯着水里。

突然之间，关于杜姆诺夫的那条梭子鱼，疑云散尽：大伙儿都看到那个硕大无朋的鱼头又从冰下探出来，然后再次消失不见。杜姆诺夫又要了瓶伏特加，再次一饮而尽。

正在这时，那个大脑袋又一次浮了上来，这次，杜姆诺夫一招制胜——把那鱼死死地钉在湖底里。可他接下来怎么办呢——鱼叉的柄端只微微露出水面，鱼的身形又如此庞大，杜姆诺夫既没法提着鱼叉将鱼拖出水面，他的手也够不着那鱼。这时，刚才咕噜咕噜一饮而尽的两瓶伏特加，发挥了大用场：老话说得好，醉汉醉醺醺，海水齐膝深，但有酒力在，不怕海水深。只见杜姆诺夫仗着酒劲，一跃而入冰冷的湖水中，就踏在那条大梭子鱼的背上。接着，他潜到水下面去，用手指头狠狠地抠着那梭子鱼的眼睛，然后再次浮出水面，连拖带拽把猎物拖上了岸——一条硕大无比的母梭子鱼，还有一条大约十磅重的“奶鱼”，大家都看见了。

杜姆诺夫把大梭子鱼扔到一个坑里，鱼突然活了过来。这鱼还真有两下子！只见它“哗”的一挥鱼尾巴，就把那条十磅重的“奶鱼”甩飞了出去，落在五十步开外的地方。

杜姆诺夫用皮带把大鱼从腮下拴好，把鱼用背驮着，鱼头正好和他肩膀平齐，鱼尾巴垂在地上，一路拖过来。杜姆诺夫驮着大鱼走过村子的时候，村里的男男女女都蜂拥出来看新鲜，他还没到家，消息跑得比他还快。人人都知道了，杜姆诺夫打到了一条大梭子鱼，大得差点拖不动。

于是，从韦斯科沃到纳德戈罗德，从纳德戈罗德到扎奥泽里耶，从乌尔约夫到乌索利耶，消息在沿湖的村庄里不胫而走：韦斯科沃的杜姆诺夫打到了一条六十磅重的母梭子鱼，还有一条足足十磅重的“奶鱼”。

青蛙觉醒

我们带上了那只做诱饵的母鸭，第二天晚上，就在林子里那个破破烂烂的蔽身处过的夜。快天明的时候，降了场奇寒无比的早霜，水都结了冰。我着了寒气，一整天都浑身不舒服，到了晚上，还发起高烧来。我就在床上休养了一天，奋力同病魔作斗争。第三天，晨曦初露的时候，我做了个梦，梦见了普列谢耶沃湖那蓝盈盈的融水镶就的花边，还有冰封的水湾旁，一群洁白的鸥鸟，扑腾着在蓝水之上嬉戏。梦境历历，恍然如真。那些毛色洁白的鸥鸟，与蓝盈盈的湖水相映成趣，是如此鲜明可爱，还有那么多美好的事物在等着我。我还要看到，湖中的冰冻彻底消融，大地覆上茵茵绿草，白桦树换上新装，鲜妍的新叶迎风簌簌作响。

那棵树不再喁喁低语了。我也不知是为什么。现在，在唱着歌儿的是只小鸟。

“可是只雀儿在唱歌?”

有人告诉我，昨天天气回暖了，还隐隐的听到，远处传来隆隆的雷声。

我刚刚战胜了病魔，身子骨还有些虚弱，但心里乐悠得很，就走到窗边观望春景。我看到，屋前的草地上，星星点点栖止着许多鸟儿：有雀儿，还有各种各样的画眉。这些鸟儿有的在草地上跳来跳去，蹦东蹦西，还有的则在一个大大的水塘里洗澡。原来唱歌的鸟儿都飞回来了呀！

我们拴在树上的狗，突然汪汪吠叫起来，傻乎乎的盯着地上的什么东西看。

“看看吧，春雷都做了些什么？”杜姆诺夫说着，指着地上的一个小东西让我看。

是只青蛙，背心湿漉漉的，在阳光下湛湛发亮，正一蹦一跳的向狗这边跃过来。几只狗正想朝青蛙扑上去，小家伙突然转了个身，朝大水塘那边去了。

是啊，青蛙已经苏醒了过来，就好像是春雷把它们惊醒的一样。似乎是隆隆的春雷，以某种奇妙的方式，影响着青蛙的作息。隆隆的雷声还刚刚在云中滚动，青蛙便觉醒了过来，成双成对，一蹦一跳，在阳光下挺着个亮湛湛的背心，一齐向着大水塘进发。我走到近前，那青蛙都出来瞥了我一眼——真是群好奇心十足的小家伙。

成群的昆虫在阳光下聚成一团，嗡嗡浮游，草地上的鸟儿也唧唧喳喳，乱成一团。我起了床，观赏着它们，却不想劳烦记起这些鸟儿的名字。我想在整体上感知这大自然，至于特定物种的名字，倒是不需要记得。我感到，自己与这些飞鸟、游鱼、走兽之间，有着一种血脉相连的关系，它们中的每一个，都曾留下一段尘封的记忆，历经百万年之久，如今仍在我的血液中翻滚流动。所有这一切生灵，都曾是我的一部分，而我所要做的就是，默默观赏，恍惚记起。

我感知到自己的存在，油然生发出一种单纯的遐想。由于生了场病，我一度远离了生活，如今正要努力弥补，在病痛中丧失的东西。就像这样，百万年前，我们人类丧失了自己的翅膀，那是海鸥一般美妙绝伦的翅膀，因为我们丧失这对翅膀实在太久了，我们今天才会如此欣羡那自由翱翔的海鸥。

我们也丧失了像鱼儿一样游泳的能力，也不能像猿猴一样在大树枝上摆来荡去，或者像颗飘飞的种子，被风裹挟着一路旅行。我们对这些心生悦慕，只是因为在洪荒久远的年代，我们也曾一度拥有。

那天，我正生病静养，不能工作。那么，何不在朴素哲学之中沉浸片刻？人类按照自己的形象创造了世界，然而没有了人，世界还能照常延续，这难道不是一个粗浅的真理吗？比起旁人，艺术家应当对此感受得最为真切，甚至到了如痴如醉的地步，他相信，其他事物，不论是生是死，都不依他自己而存在。我觉得，艺术家再造了那些我们早已永远失去的形象，而科学，只是为之画上了最后的点睛之笔。艺术家感知到了自己与鸟儿的骨肉亲情，于是给他笔下的形象添上了一双翅膀——我们一开始是跟着艺术家在想象中飞翔，后来，学者计算出了一系列科学数据，于是，我们搭乘着机械的翅膀，得以继续飞翔。艺术与科学通力合作，就能产生一种魔力，复原我们久已丧失的东西。

到了中午，和前一天一样，远方传来隐隐的雷声，接着，淅淅沥沥下了场暖和的春雨。不出一个小时，湖上皓白的坚冰变成了透明的，蔚蓝如天，色泽与湖边的那圈融水相仿佛，最后，整个湖面看起来浑然一体。

晚霞落尽后，林间的小道上起了层雾霭，每走十步路，脚边就有对榛鸡，呼呼扑腾着飞了起来。松鸡咯咯叫着，像是使足了力气，叫得林子里的树木都嘘嘘喃喃，低语不休。接着，山鸡求偶的飞行开始了。

一片漆黑之中，只看得见三种光：头顶，蓝晶晶的星光闪耀；地平线上，镇子里的万家灯火温黄；还有湖边，渔民们的火把通红。走得离点点火把的红光近些，就还能望见火把上腾起的袅袅烟雾，还有手持鱼叉的人们，看起来很像是奥尔比亚和潘提卡彭[①]出产的花瓶上画的人和龙。

我还是忘了记下最重要的发现：苦苦搜索一番之后，我们找到了那棵喁喁低语的树——那是棵白桦树，在微风中刮擦着一棵山杨树，这才发出低语声。现在，擦破的白桦树干上，汩汩地淌出树汁来，树便沉寂了下去。

---

① 奥尔比亚和潘提卡彭是古希腊罗马城市名，现今前者位于意大利境内，后者位于俄罗斯境内。——译者注

青草的春天

雀儿飞来

雀儿刚刚飞来，而布谷鸟还没有开口啼叫，正是春光明媚的良辰。春光之美，细腻纷纭，就好似摇落尽繁叶的白桦枝条，千丝万扣，虬结纷繁。在此良辰，积雪融尽，水流淙淙，汇作股股滔滔奔涌的急流。大地之上，繁花乍放，散发出最最甜美可人的芬芳。白杨树的嫩蕾也会绽放，馨香粘稠的新叶会舒展开来。然后，布谷鸟才会姗姗飞来。而直到这时，错过了春天种种美妙奇迹的人们，才会惊呼："春天来了。可真是美啊!"

可对猎人们来说，布谷鸟飞来，也就意味着春天结束了。当所有的鸟儿都筑了巢，忙忙碌碌地孵起蛋来，春天也就不在了。

随着布谷鸟的飞来，森林里开始黑压压的挤满了陌生人。有时，哪个闲人不经意的一枪，就让你心惊肉跳，浑身不痛快，赶忙急匆匆地避让开，免得听到第二枪。再有时，或许是个早上，你正走在垂露盈盈的青草地上，忽然看见点脚印，就知道有人走在你前头。于是，你调转方向，转身就走，原先的计划全打乱了，就是因为你在草地上，看见了个陌生人的踪迹。再或许，你凑巧到了个人迹罕至的地方，坐在树桩上休憩片刻，心里想着，这林子这么大，定然有那么一英寸见方的地方，没有人涉足过。兴或这树桩子，以前就从没有人坐上去过。接着，你东张西望了一番，这才突然发现，身旁就有个碎了壳的鸟蛋。

我常常听别人说，一只蘑菇只要被人看了一眼，就不会再生长了。但好几次，我去验证这句话，才发现说得并不对：蘑菇还是会长的。我还听人说，鸟蛋如果被人发现了，鸟儿就会把蛋挪个地方。可当我又去验证的时候，才发现鸟儿单纯质朴，并不会疑神疑鬼。

雀儿已经飞来而林中积雪未消的时候，我会漫步到山脊上，静立在那儿，不知是在等待着什么。这很少是件十全十美的赏心乐事，总是会有什么败了我的兴致——有时是场霜降，有时是毛毛细雨，也有时是寒风掠过光秃秃的树枝，发出凄厉的呼啸声。不过，等来等去，总算等来了个良宵。早春的杨柳舒张开了新叶，空气中弥散着青草的清香，报春花也嫣然盛放。我于是记起了，为了这大地上难得的一刻，我苦苦等待了多少个夜晚，又漫漫经历了几多波折。我似乎是同这太阳、风儿和云朵一同在创造，才造就了这千金难得的良宵一刻，于是答案就了然了：

“这样的等待毕竟还是值得的。”

急流滔滔

雀儿一开始迁飞，我就想起了灌木萦绕的波波夫草地，决意过去看看，或许鸟儿就栖止在那里。我的判断没错：灌木丛里密密麻麻的栖满了小鸟儿，空气中也是一片鸦鸦乱飞的小不点儿，就好像有人铲了一勺罂粟种子，临空撒了出去。我惊起了一群林鸽，立马有一只被老鹰叼了去。一只褐鹞飞过，这时，不知从哪儿又窜出来只乌鸦，惹恼了那褐鹞。两对仙鹤遇见了，比翼齐飞，后面不久就跟上了一大群仙鹤，排成人字形翩翩飞翔。时不时地，还冒出来些奇形怪状的鸟儿，不过透过望远镜细看，往往要么是些乌鸦，要么是些寒鸦，正衔着东西往窝里去。可有一只奇怪的白鸟，身形太庞大了，我观察了好长一段时间，也没能分辨出来。巧的是，这只神秘的白鸟正朝我这边过来，我总算看清了，原来是只寒鸦，嘴里叼着一大张报纸呢。因为有报纸挡着，看不清视线，它差点一头撞在我身上。我朝它大吼了一声，寒鸦一松口，报纸就飘落了下来，落到了不远处的山脚下。

日出后不久，飘来一朵垂垂的雨云，降下一场急雨，可到了晌午的时候，云销雨霁，日头越发暖和了，而地面上水更多了，到处都是溶溶漾漾的春水。野地里东一块，西一块，五色杂陈。有些地方的路被冲毁了，剩下的路中央微微隆起，结着大约四英尺厚的冰脊。透过望远镜，我望见了从德亚德科沃来的一位老人——老人的儿子都战死了，他现在在一个简陋的小木屋里，同孀居的儿媳妇住在一起——他正推着一车干草，辘辘而行。那干草他想必积攒了一冬，想要卖个好价钱。我很同情这位可怜的老人，举着望远镜焦急地望着，不知到了冲毁的那段路，他怎么过得去。眼望这路，隆起的冰脊顶上，积水还算少些，而冰脊下面，则是一片污泥浑水，泥泞不堪。老人执意要蹚着泥水走，小车一下子陷了进去，不过老人很快把小车从泥浆中推了出来，继续吱悠吱悠的赶路。老人走后，紧跟着又来了个小伙子，也拉着一车干草。小伙子想都没想，就把马车往路对面赶，结果拉车的马立刻陷进了泥水中，泥水没到了马脖子那儿。小伙子站在齐腰深的浑水里，手里边卸下马的套具，嘴里边骂骂咧咧不停口。听到小伙子的叫骂声，一群人围了上来，有男也有女，纷纷伸手帮上一把。众人把车辕当杠杆使，妇女们使劲压车辕的一端，男人们则用力抬马车，总算把车弄上了路。小伙子重新套上马，驾着车儿往回赶，有人朝他大喊："你该谢天谢地！去年这儿淹死过人呐。"

环望四周，我看到些山鸡，正朝越橘谷飞去。我叫唤着它们，它们就像温顺的小鸡一样，穿过波波夫草地，急急忙忙的赶回来了。一只白尾鹞飞过。一只褐鸮栖止在松树上。一大群林鸽在一起觅食。可能是被老鹰惊到了吧，林鸽纷纷飞了起来。我正盯着惊起的林鸽，忽然望见那个年轻的农民，拉着一车干草又回来了。我猜想，小伙子大概是打定主意要把这车干草卖了，在镇上喝上几杯，这才回来试试运气的吧。也可能是有人告诉了他，有个老人安然无恙的通过了这里，所以他现在知道了，不要沿着冰脊顶上走，而要打下面走。他信心满满的驾着车，沿着老人通过的路线走，果然很快就闯过了难关，踢踏踢踏的往前赶了。

急流匆匆，汇入湖中，把冰上的丝丝缝缝都填满了。一群小嘴乌鸦追逐着一只鱼鹰飞过。接着，出来了几只唱着歌儿的画眉，再过去点的地方，还有只娇小玲珑的黑画眉，翘着个金黄色的喙。

溪谷深处，急流滔滔奔涌。我坐在陡坡的边沿上，朝榛鸡吹着口哨。修长的白桦树上，一只孤独的松鸡正在咯咯地叫着，喋喋不休，旁边还有只林鸽，也在用尽了力儿咕咕鸣叫不止。见到这么多小鸟儿，听到它们唧唧喳喳的欢鸣，在我可是头一遭儿。这儿有一大群熙熙攘攘的鸟儿。它们会突然飞上天空，就像群嗡嗡的蚊子，聚成一朵云，也会在枝头欢蹦乱跳，它们会在空中成双成对比翼齐飞，也会一路俯冲，突然散落到草地上，每一只都唱着婉转的歌儿。小鸟儿喊喊喳喳地叫唤着，急流哗啦哗啦地奔涌着，松鸡咯咯地叫着，林鸽咕咕地唤着，还有仙鹤嗷嗷地鸣着，所有这些声响，都搅动起我深沉的思绪。

急流底下，我发现一条小径，就用短柄小斧砍了根长木棍当手杖，拄着手杖蹚过了急流。我把手杖丢在个显眼的地方，得意地想着，别人若也想蹚过这急流，或许这手杖还能派上点用场哩。

现在，我需要变得万分敏锐，全凭直觉来判断山鸡可能在哪儿飞。这一片片草地看起来同样迷人，不过如果有工夫，我决意找出最美的那一片。最后，总算有一片草地入了我的法眼。在我右手边，有一片白桦林带，从急流泥泞的岸边擎起，后面是苍松林带，左手边是一条隆起的干地，上面灌木丛生。我在隆起的干地和潮湿的森林间，那片小小的谷地上，等待着山鸡出现。在这片草地上，到处是杜松树丛，其间耸立着一棵高大的枞树，树顶上栖着只画眉鸟，不停地啼啭，就好像是在指挥一曲森林夜歌的合唱。

我不太确定，落日的余晖能映照多久，于是我便在这灌木丛下，等待着朝霞的到来。天色暗黑之前，我四处看了看，寻找一条通向棚屋的熟路，人们原在那棚屋里酿玉米酒。我找到了这条道儿，就动手用枞树枝铺了张床，生起了一堆篝火。我睡得很浅，连自己的鼾声都听得到，还时不时地觉醒，添上把火。

晨霜化露的时候，我醒了过来，盈盈的垂露在阳光下熠熠闪亮。只有在迁飞的几天里才会见到的数不清的鸟儿，正在唱着一曲赞歌，献给阳光和绿地。我会静静地聆听许久，然后举起我那神奇的望远镜，细细观察那唱歌的鸟儿，它们的每一根纤细的毫羽都毕现无疑。透过面面棱镜折射的映像，我的望远镜犹如一位艺术家，从一片纷纭之中创造出鲜活的形象，而我自己也为之添上了几笔。

后来，我漫步走入一片空地，正举着望远镜望着前路，看见一位姑娘穿过野地，朝急流那儿走去，正是我昨晚丢手杖的地方。姑娘把橙黄色的裙摆系在肩头，一只手拎着双只有上教堂才会穿的新套鞋，油光锃亮，还有只手携着把阳伞，这伞平时很少撑开，只有逢着盛会人多、天气晴好的时候才会撑。

我很高兴姑娘渡过急流的时候，我那手杖帮上了点忙，但是看到她用完又把手杖藏在了灌木丛里，用树叶盖上，我又不禁感到烦闷。

然而，对面的地方，有个人刚才一定也在观望着姑娘。姑娘身影远去后不久，那人就走过去挖出了手杖，藏在别处，自己躲进了灌木丛中。显然，姑娘不久就会回来，我就坐在树桩上，等着我的手杖再派用场。

成群结队的雀鸟正从空地出发，向着青青的玉米地飞去。它们在求偶的飞翔中你追我赶，结成双双对对，再飞落回来继续任情歌唱。

我终于又望见了那个穿橙黄色裙子的姑娘。她走到急流边，不见了那手杖，就匆匆忙忙的四处寻找。

我放下望远镜。仅凭肉眼就可以望见，那个登徒子从灌木丛中钻出来，递上手杖，帮那姑娘渡过了急流。

课题

在渔村里，密密匝匝地挤满了摇摇欲坠的小木屋。我看到只只鸥鸟安然栖止在系船柱上，旁边玩耍嬉闹的孩子，竟丝毫没有惊扰到它们。见此情景，我不由想起了自己那两个教养还算可以的孩子，为了教育他们善待生灵，也不知花了多少工夫。于是想着，一代又一代的渔民生老病死，来来去去，不知倾注了多少心血悉心教导，今天他们的孩子，才会放过这些美丽而或许无用的鸟儿，不向它们投掷石头玩儿。人同此心，心同此理，观拉斐尔①笔下的《圣母像》所激发起的人类仁爱之心，同看这个贫苦渔村的鸥鸟所油然而生的，原来是一致的。

彼佳和廖瓦今天到，两个孩子看到鸥鸟都兴奋不已。他们跑到近前去看鸟儿，想看得更清楚些，谁知鸥鸟纷纷从窠里腾空飞起，一会儿便斑斑点点缀满了天空，简直是遮天蔽日，接着又像硕大的雪片般四散飘落，降在青青的玉米地里，覆得玉米地一片洁白。别人告诉我们，在这里，这些鸥鸟受到当地人

① 拉斐尔（1483 年——1520 年）是意大利杰出的画家，和达·芬奇、米开朗琪罗并称文艺复兴三杰，以画圣母像著称。——译者注

的保护，射杀鸥鸟是严厉禁止的。

我很高兴，我的孩子有好伙伴了：有米哈伊尔·伊万诺维奇的孩子索尼娅和谢瓦，刚刚中学毕业，谢尔盖·谢尔盖耶维奇的女儿加利娅，还有他家三个上大学的儿子也来了。因为逢着节假日，孩子们都好生装扮了一番，为了“增进友谊”喝了点酒，还在博物馆的院子里跳起舞来。

出人意料的是，三个索科尼基青年博物学者研究站的代表不请自来。三个人一个穿着件破旧的奥地利式厚大衣，一个穿着件英国式的，还有一个则穿着件俄国军队的厚军衣。等他们脱了大衣，看起来就更糟糕了：其中有个人的裤子短了一大截，还没够到靴子。三个人皮带上都别着旅行包、网袋和手枪。这新来的三个小伙子和我们那几个装束整齐的孩子们见了，就好像一个在地上，一个在天上，浑然来自不同的世界。大家只互相寒暄了几句，就不吱声了。就连最无拘无束的廖瓦，也显然是受了节日氛围的感染，他把访客领到博梯克博物馆，向我报告说：

“一群从索科尼基来的怪家伙要见您。”

三个访客报上了姓名。来访的小伙子们以前听说过我，对我毕恭毕敬的。得到他们的认可，我心头一暖，就跑野马似的讲起了自己专注的东西。我告诉他们，我设想建立一个生物研究站，着重地区特色研究，个人的想法是，把科学与艺术更紧密地结合起来。

“大多数动植物与人类的生活息息相关，”我说，“但是这种人与动植物之间的密切关系，目前的科学研究少有贡献，而此处正是艺术大有可为之处。就以鸥鸟与渔民的关系为例，可以观察穷苦渔民的生活，与这种可爱的鸟儿，是如何联系在一起的。”

“嗯，这是个课题。”听我说话的小伙子中，年纪最长的那个应了句，在笔记本上草草记了下来。

“今天会后我们可以讨论一下。”另外两个小伙子咕哝道。

“你们听到的都要讨论吗?”我问。

“是的，”年纪最大的那个答道，“我们都要讨论一遍，然后集体表决行动，这样一分钟都不浪费。”

“那你们不单单是过来和我谈次话?”

“我们过来评估下您的能力。”

“那冒昧地问一句，你们的结论是?”

“我们觉得，您能说会道，文章写得也不错，为我们做宣传工作，应当大有用处。作为科学家，您可能失之肤浅，但作为观测者，您无疑十分出色。您是名猎手，能抓到很多鸟儿，要是能给它们都套上环圈，或许也是做了件不错的工作。”

我微笑着同他们握了握手，他们又和我谈起了他们自己。年纪最大的那个小伙子今年二十岁。他已经中学毕业了，现在在生物研究站做实验助理，另外还在学校教科学课。他身材高挑，面相俊朗，很有领导气质，是做主席的范儿。第二个小伙子年纪要轻些，性格更沉静，喜欢思考问题。他工作起来一定很勤勉，是做秘书的料。第三个小伙子看起来身强体壮，袖口上印着水手的标记，他的人生故事颇具传奇色彩。他原是个无家可归的流浪儿，一天偶然踏进了生物研究站，在那儿，他看到几个同他一样曾经流落街头的淘气鬼正在用显微镜观测。他也试着去观测了一下。正像古时候，有人会灵光突现，遁入修道院那样，这个小伙子从此皈依了科学。他兴致勃勃地做起了研究，现在正在中学学习。他的面相有点像东方人，不过有个地地道道的俄国名字，叫帕尔金。

“您真是太了解我们了，”他们感慨道，“这一点不像是在跟共青团员说话。”

“那你们自己不就是共青团员吗?”

“当然是，还有共产党员呢。此外，我们也是研究自然的人。所以我们对社会现象的认识比较深刻。”

突然，他们一齐看了下钟。当地共青团员组织了场会议，他们要匆匆赶去赴会，在会上提出新的研究方法。

“你们觉得，在你们的帮助下，我们能在这里建立起个生物研究站么?”临走的时候，我问他们。

主席答道：

“我们会权衡各种情况，然后给您个确切的答复。”

初萌的芳草

早晨以来，天色沉沉，绵绵细雨带着暖意，淅沥不停。

草地上，初萌的芳草已经蹿了出来，春草给大地覆上茵茵绿毯的时候到了。

“这会儿，绵羊就可以出来啃草了。”我听见厨房里有人在说。

只剩下几处残存的积雪没有消融，附着在咆哮山北坡坑坑洼洼的地方。可以看见，鼹鼠已经孜孜矻矻地干起活来。

到了五点钟，阳光透过云层倾泻下来，一片澄澈，妙不可言。仅凭肉眼，就可以望见戈罗季谢、亚历山德罗夫山和亚力罗的地儿，一清二楚。这节气里最早跳圆舞的曲子声，从村子那边飘飘而来。西南风微微吹动，把我们这边湖岸上的冰，渐渐向北吹去。那湖冰被夕照映得昏黄，天上蔚蓝的云脚低垂，这冰与这云似乎相衔起来，连作一片。

几个代表又来造访，向我借几支枪，央我带他们去打求偶飞行的鸟。我把枪借给了他们，但自己抽不出身来，就想叫彼佳给他们带路。几个小伙子交换了一下眼神，主席说，他要留下来和我谈谈，也就是说，他要把猎鸟的时间牺牲掉，用来探一探我的能耐。我一点儿也不恼火。我也喜欢研究人和事物。我有自己的见地，想着，我们俩大可以切磋一番。年轻的时候，我曾是地下公社的成员，回忆起来，也算是有点底子。

“这么说来，你们公社有十五个人，八男七女？换句话说，有一个小伙子还缺个女朋友。”

“我们不搞那种东西。”

“你误会了吧。我的意思是，友谊可以向更深厚的感情发展。”

“这种感情不碍事，只不过有了点感情，我们就能共用一台显微镜罢了。”

“可要是你的衣服破了，总会向她借根针吧，不是么？”

“是啊，一开始的时候，确实是这样。‘喂，卡季卡！’我会叫她，‘给我补补裤子！’您知道她是怎么回的吗？”

“她自然是不答应喽。”

“岂止是不答应，她还说：‘谢廖扎，你怎么这么说话呀？’”

“真是个懂礼貌的姑娘！我还以为她会爆粗口呢。我可不喜欢你那么嚷嚷着‘给我补补裤子’。”

“是啊，她是个通情达理的姑娘不错。她把补衣服的问题提到公社里讨论，最后决议是，由于她如此擅长缝纫，今后有义务为我们大家补衣服。她表示同意，打那以后，她就心甘情愿的帮我补裤子啦。”

“自然，缝缝补补衣服可以成为一种社会义务，不过爱情总是一种私人感情，最后以缔结婚姻来完成。”

姑娘与白桦

白桦树初萌新叶，鲜妍娇嫩，犹如缀上了绿色的花边。林海茫茫无边，望之野趣盎然。在我看来，在这茫茫林海之中穿行的列车，不再是一条格格不入的怪物，恰恰相反，它看起来十分合宜。我坐在车窗前，欣赏着窗外连绵不断、新绿澄鲜的白桦林带，惬意得很。前面的车窗前，立着个年轻的姑娘，模样算不上太俊俏。她的前额稍微有点偏高，前额到头顶的曲线，差不多是折了个直角，显得有些生硬，带着点学究气，看起来大概是在药房工作的吧。时不时地，姑娘会转过头来，像小鸟般向车厢四处瞥上一眼，那样子，就好像有只老鹰正盯着她似的。接着，她又会把头探出车窗外，继续眺望。我很好奇，这姑娘独自观赏白桦林带时，是个什么样子？我于是悄悄地起身，朝窗外望去。只见姑娘正在凝望着澄鲜透亮的白桦林，自个儿嫣然笑着，低声呢喃着什么，两颊红晕彤彤。

疗肺草花开

白杨、山杨、疗肺草、欧亚瑞香，所有这些早开的花儿都盛放了。

我对大自然的变化有着浓厚的兴趣，感同身受，所以对于草木何时开花、野兽何处打洞、禽鸟何时飞来，我都能提前猜到几分。有时，我甚至还能预报天气。不过，早春时节，一天之内，天气都是几多变幻，连渔民都有猜不准的时候。

黎明时分，东方的天空清朗，别处的天空却笼罩在一片灰蒙蒙的云翳之中，似乎是在密谋着与太阳过不去。这时，渔民们正打算第一次下到湖里去。最先到水边的是伊凡·伊凡诺维奇，教堂执事的父亲。一群渔民之中，就属他年龄最大、最有经验，虽然上了点年纪，没法亲自捕鱼，但还是为大家充当了晴雨表。等大家聚拢过来的时候，伊凡·伊凡诺维奇凭着些只有自己才晓得的征兆，已经下了断言：晚些时候，会刮起风，如果贸然下湖的话，渔民们会被困在湖冰当中，所以，还是不要下湖的好。

渔民们左思右想，反复斟酌。

我想问他们几句，可渔民们的想法更像是种感觉，同大自然一样，需要一步一步地研究。我听得确凿的只是，冰下的斜齿鳊出动了，接下来是裹着泥的梭子鱼，至于其他的鱼，大家各执一词，众说纷纭。为了消除歧见，老人神色严峻的说了句：

“湖上的事儿呀，谁也说不准。”

太阳终于克服重重障碍，升了起来，真是大出众望。渔民们不顾老人的告诫，沿着湖冰边沿与南岸之间狭长的空隙，向着乌尔约夫，也就是韦克萨河的发源处，进发。

到了七点钟，浓厚的云峰之间，太阳已隐约可见。有微风自北徐徐吹来，绵柔无力，难以觉察。

中午时分，风力渐渐增强，天上降起了冰雹。

向晚时候，一场狂风暴雪袭来，席天卷地，摧枯拉朽，刚刚泛绿的草地，又是一片白雪皑皑。湖的这边，冰雪压境，一切都被老晴雨表不幸言中了：下湖的渔民们果然被大块浮冰困住，在离乌尔约夫不远的湖上动弹不得。

湖上这边头一晚没有人举着火把打梭子鱼。整个湖边是一片冰封雪冻，只有在北边有些许活水的地方，还能遥遥地望见稀稀落落的几支火把。

杜姆诺夫望着又灰又丑的大片湖冰，这暴尸未葬的冬的残骸，说了句：

“丑女婿见岳母大人来喽。”[①]

五月的寒霜

那一晚，种种迹象表明，将要降一场寒霜。午夜刚过，我就出门，到橡树林里去，那里往往能见到成群的小鸟和早发的花儿。我甚至还给这个地方取了个名儿，叫“小鸟和紫罗兰的地儿”。

不久，西天出现了第一缕霞光，那光亮渐渐向东天扩散去，就好像还在地平线以下不得见的曙光，把落日的余晖拉到了自己那边去似的。我健步如飞，走得浑身热腾腾的，竟没有留意到严霜冻住了脚边的青草和早花。夜色渐渐散去，严霜愈加凄寒，我撷起一朵小小的紫罗兰，将花捧在手心，想给它点温暖，谁知受了霜冻的花儿是如此娇脆，花茎也折断了。

---

① 此处丑女婿是指湖冰，岳母大人指代不明。——译者注

红翼鸫鸟

博物馆主任显然是被新来的几个博物学者给惹恼了。他把博物志拿过来，指着上面别字连篇的日志对我说：

“我可不相信，文盲也能研究生物学。他们这是做的哪门子老师呀?”

当然，从他的角度来看，这番话不无道理，但我也自有拙见。在学校念书的时候，我从来就不是个拼字好手。我当初学起数学来，也不容易，觉得学起来深奥难解。不过二十五年之后，轮到我辅导儿子功课时，我把他的那本代数书三天就通读了一遍，就好像读小说书一般轻松。

自那以后，已经有人研究过这一现象，并且解开了谜团：我当年学代数完全学不通的方法，被称作“现成知识教学法”，而我后来遇到必要情形时使用的方法，叫“自行研究学习法”。两种方法的区别是，前者学习时有人指导灌输，而后者通过唤起个人兴趣，引导学习。

不过这只是我自己的解释。就连像索科尼基青年博物学者研究站这样相对先进的机构里，墙上的图表也是错综复杂，密密麻麻地标注满了箭头、括号、辐射线，解读之难，犹如破解球面三角难题。我敢肯定，这种方法要是传到了别的省，它纵然名叫“自行研究学习法”，也不过是僵尸一具，同死板教条的“现成知识教学法”无异。

“这才是我们需要担心的东西，米哈伊尔·伊万诺维奇老兄，”我对主任说道，“而不是计较那几个小伙子能不能拼对单词。”

“可就他们几个，居然放肆到好为人师!”

“何必如此较真呢？他们的任务是评估我们的能力。”

到了晚上，主席拿来林林总总许多试管，里面装着不同品种的昆虫，还有一支试管，里面装的是咆哮泉的水。我问主席，拿这些试管想做什么，他说想做试验。我就告诉他，这样的分析已经有人做过了，试验结果博物馆里就能找到，他听了立马把水泼了。主席白辛苦了一场，因为根据“自行研究学习法”，前人的所有知识是忽略不计的，学生必须自行寻找归纳。不过，在学校的时候，安排作业的方式使学生以为，自己在自力更生的解决难题，而实际上，则是教师循循善诱，引导着学生找到答案。因此，在现实生活中，非常有必要了解前人在这一领域所作的贡献，不然的话，为了同一个科学发现，就会付出许多重复无益的努力。

我们出来的时候，听到几只夜鸟在歌唱，丝毫不畏外面凄寒的冬景。

“您知道这是什么鸟在叫么?”

“是画眉吧。”

“究竟是哪种画眉呢?”

“不知道。你觉得呢?”

“不告诉您。我们在学校有个严格的规矩：即使你知道，也不要告诉别人。把鸟打下来，自己去找答案。”

“为我破回例吧，老弟，”我央求道，“纯粹出于好奇，就把一只鸟打了下来，我可不喜欢这么做，你看看，它还唱着歌哩。在我看来，这鸟儿首先是个歌手，好让我欣赏它的妙音，其次才是个研究对象。作为朋友，你就告诉我它的名儿吧!”

他思索了片刻，答道：

“这是只红翼鸫鸟。”

不，我可找不出这些小伙子的错处来。在他们那个年纪，我可要比他们不成才得多。虽然，年轻的时候，我是个有家的孩子，也有自己的父母。淘气闹腾的时候，他们会给我服溴化钾镇静剂。而这些男孩子，则曾经流落街头、无家可归，或许还尝过可卡因，帕尔金一定尝过的吧。

丑女婿

温暖的一夜过后，旭日东升，天气一下子热了起来，四围一片宁静。湖面又分成了两块：北边是无冰的水面，碧波涵澹，我们这边，则漂着绿幽幽的恼人的碎冰。拂晓才过，有微风自南吹来，愈吹愈紧，到了晌午时分，我听得有人在喊：

“他走开啦，他走开啦。”

“谁走开了?”我隔着窗问道。

“丑女婿呀。”伊凡·阿基莫维奇应道。

我们明白了：我们这边的湖冰被风吹走，漂往兀然峭立的咆哮山去了。

丑女婿终于走了，在乌尔约夫附近困了两天两夜的渔民们，如今铆足了劲儿，满心欢喜地回来了。现在，湖的这边，湛蓝的活水惊涛拍岸。手持鱼叉的渔民们纷纷从岸边下来。成千上万只鸥鸟向蓝盈盈的湖水飞去，不知怎的，这些鸥鸟群聚在一起，在离岸不远处，攒成一座洁白的岛屿。同往常一样，浩渺的碧波看起来要高过小镇，却没有泛滥出来，将小镇淹没，真是个奇迹。突然之间，那洁白的岛屿散开，又化作百千只纷飞的鸥鸟，透过那皎皎的白翅望去，小镇就好似神话中的城市基德什[①]。

我正望着群鸟翩翻翅翼之下光辉灿烂的城市，突然想起来，博物学者提交鸥鸟研究报告的日子到了。孩子们告诉我，那几个新来的小伙子问过买火药猎鸟的价钱，估量着把这些害鸟统统打死、一扫而光是否合算。

这几个年轻气盛的小伙子都会来开会。如果他们下定了决心，要把这些美丽的鸟儿通通消灭，那该怎么办？

我走到湖边，向一个老渔民请教，这些鸥鸟究竟是不是害鸟。

“谁跟您这么说的？”老渔民质问道，“只要瞧瞧，有多少次，它们掠水而过，又两爪空空地飞走了，就知道，它们吃不了多少鱼。再到田里去看看，有多少只，跟在庄稼汉后面跑。这种说辞我以前也听到过。一次，有人从莫斯科下来，争论着哪些鸟是益鸟，哪些是害鸟。他们听到旁边有只啄木鸟，在笃笃笃地啄木头，就瞎嚷嚷，‘想想它们对树的危害有多大。’可我们这儿一个有见识的人，是个大夫，人很不错，就把那些人领到树边上，问他们，‘你们说说，这树是怎么枯死的？’他们就说，‘因为树给虫子钻了洞。’‘不错’，大夫说，‘这啄木鸟是在把虫子啄出来，它不是树的敌人，反倒是树的大夫哩。’您快起来，要亲眼去看看，有多少只鸥鸟，跟在庄稼汉的后面跑。”

---

① 基德什是俄罗斯传说中的城市，位于俄罗斯中部斯威特罗亚湖畔，后没于湖中。——译者注

第一批羊肚菌

早晨暖意醺醺，露华浓重。到了中午，“羊毛般的云中”下起了濛濛细雨。可是后来，雨意沛然增浓，“重露兆好天”的俗语失验了一回。

湖水还泛滥着，没过了湖岸。在巧克力色的森林里，有些树冠似乎缀着些许绿意，其实不然，那是刚刚泛绿的草地，透过光秃秃的树枝，掩映了过来。一只白颊的鹡鸰鸟，顶儿和胸脯黑漆漆的，好似头戴黑帕子，胸束黑围裙，正在湖岸边的水坑里嬉戏。还有一只矶鹬，正大摇大摆地走过来，走过去。枯黄的陈草之中，一只凤头麦鸡探出它的冠头来。一只公野鸭依傍着母野鸭，肩并肩划着水游着。

剪着森林而过的那条道，到了春天，变得坎坷难走，没法通车马。要是再这样下去，森林就会把道路吞没，连同电线杆什么的统统吞了去。有些车辙太深了，下雨的日子，积水就从车辙里哗哗流过，自然把车辙冲刷得愈加深了。还有些地方，大树的种子撒落在车辙里，原来的车轨上，就长出各式各样的幼花嫩草来——这么多的银莲花和紫罗兰，真是我平生未见。

可人脚踏出的略略发白的小径，又是多么美妙！小径逶迤蜿蜒，穿过数不胜数、新叶初舒的稠李树丛，还有那新发的榛树和白桦。时不时地，还有只柠檬黄的蝴蝶，时高时低，在眼前上下翩飞。沿着这条小径，七弯八拐，一路信步走来，真是赏心悦目！我实在想不通，为什么我的有些朋友，身子骨硬朗得很，却非要到克里米亚半岛[①]去过春天。

太阳底下，大地在热腾腾的冒着蒸气儿。春耕开始了。也正是长羊肚菌的时候了。外面潮湿极了，我走在地上，脚下啪嗒啪嗒的作响，就像是没完没了亲嘴的声音。我走到一片空地上，亲嘴声这才止住了。它们在那儿，我终于看到羊肚菌了——就长在老白桦树桩边上，树桩顶上还蹿出了一棵幼小的枞树。我正摘着羊肚菌，听到一只小雀儿颤声啼啭了几声。我心花怒放——夙愿得偿了。我没有去美丽丰饶的克里米亚半岛，而是历经了艰难，得到了回报——克里米亚半岛自己来到了我身边。

---

① 克里米亚半岛又称克里木半岛，位于欧洲南部，景色优美，气候宜人，曾归俄罗斯，现为乌克兰最大的旅游、疗养胜地。——译者注

开会

新来的几个博物学者说，从莫斯科派素质过关的研究人员过来，指导我们研究工作的希望不大，就召集大家开个会。在他们看来，我们要动手研究，本地的人手就绰绰有余。

帕尔金第一个发言。他告诉我们，我们要研究实际有用的事物。国家正处于经济困难时期，我们负担不起奢侈的测量工作，诸如研究蟾蜍瞳孔的大小之类。博物学者必须关注国民经济和唯物主义。

一个我们这儿挺出色的小伙子，听到唯物主义一词，禁不住冒了句：

“我们为什么不能没有功利的进行研究，不那么唯物主义？”

“去你的！”帕尔金嚷道，“唯物主义不是你从事物中获取好处，而是事事物物的源头，明白了不？”

“可没人指导，我们怎么才能从事这一切研究呢？”

“那你们自己的脑子在哪里呢？不可看轻了自己的脑子。根据我们的研究方法，动动你们自己的脑子，就会发现，二十个青年博物学者顶得上任何一个教授。”

这番对质变量变规律的鲁莽解说，引发台下窃窃私语，听得见有人在咕哝：

“那要看是什么教授。”

帕尔金表示赞同，认为这不是问题的关键。要点是，我们不能松懈，并且要谨记，我们的工作效率如何，取决于我们如何配合现今的政府计划，这才是要放在第一位的。

其他人发言过后，主席举了个例子，来说明研究方法应该如何运用：

“就拿鸥鸟这个课题来说吧。刚开始研究的时候，关于这一课题的书一本都不要看。研究进行到后面时，再做参考。首先统计一下鸥鸟的数目。这里，集体研究法的优势就体现出来了。这样的研究，单枪匹马是完成不了的。如果把几个学校的人手都组织起来，规定好时间，大家分别行动，到池塘和湖边去数，完成起来还是很轻松的。”

统计完鸥鸟的数目之后，我们要接着统计，鸥鸟会吃掉湖里多少鱼，又能产出多少羽绒。鸥鸟的益处是能产羽绒，害处是吃掉湖里的鱼。我们要利害相权，看看哪个是主要方面。如果研究下来，鸥鸟的害处大于益处，那么我们就要摒除成见，把鸥鸟统统消灭光，一个不留。即便在消灭鸥鸟时，我们也要算一笔经济账，估量下羽绒的价值，是否抵得上猎鸟的开销。

在这紧要当口，我向主席友善地建言一句，为了防止我们这些青年博物学者的打猎兴致占了上风，喧宾夺主，妨害到研究收获，不妨提醒他们，“有害动物”只是个相对的概念，就比如狐狸，虽然干了不少坏事儿，但是……

主席很乐意顺着我的思路讲下去，他说，狐狸吃鸡，对养鸡场自然有危害，但是狐狸也吃田鼠，控制了田鼠的数量，益处要远远大于害处。因此，总体而言，狐狸是种有用的动物。而鸥鸟呢，也捕食昆虫，这也是它们有益的方面。

这么一番介绍之后，大家的态度渐渐转了个向，开始同情鸥鸟，我觉得这时候插上一两句，正当其时，就建议说，在从事这项有关鸥鸟利弊的复杂研究之前，先参考下研究这一课题的现有文献，或许更好些，不定这一问题前人早已解决了呢。

临近会议结束，最重要的东西才显山露水。我们发现，这几个年轻的博物学者十分擅长解剖，在这方面我们可以向他们取取经。此外，他们还带来了铝环，用来套在候鸟的脚上。候鸟迁飞，到了别处，诸如新几内亚，可能被捕到，而我们也可能捕到在新几内亚套了环圈的鸟。如此一来，人们就可以知晓候鸟迁飞的空中路线，从而了解我们地球上生命的许多情况。

森林的春天

斑斓湖光

一个湖泊的生命历程十分的短暂。沙皇贝伦代伊种种传奇故事的诞生地，曾经的贝伦德耶沃湖，如今成了片小小的浅沼地。而普列谢耶沃湖尚属年轻，还没变得淤泥堵塞、杂草丛生，并且似乎是青春不老，风采依然。湖底涌出道道甘泉，源源不断，森林中溪水淙淙，汇入湖中，特鲁别日河挟带着贝伦德耶沃湖的余水也灌入此处，一并携来的，还有贝伦代伊人的传说。

在饱学之士说来，这些湖泊大有文章。当然，这方面我不是专家，无法评判他们的意见。可是，我自己的生命不是同这湖一样么，也会有寿终的那一天，就如同湖泊、海洋、我们这星球以及种种一切？这看来是了然无疑的，可每当我想起死亡的时候，总有一个愚昧的问题涌上心头："怎么办？"

我觉得，这是因为生命之重，要胜过科学。总是怀着奄奄欲绝的想法，是没法生活下去的，人们对生的热爱，只有在神话故事或者油嘴滑舌的玩笑话中才会表达出来："人人皆有一死，而我也是个人。不过不要紧——我要把死亡躲得远远的。"凡夫俗子面对无从躲避的末日时，所表现出的这种滑稽可怜相，在淳朴的贝伦代伊人看来，大可以却头不顾，因为他们有自己朴素而伟大的道理：你可以忧心死亡，但照种你的黑麦。

坚守生命决不是纯粹的逻辑，而是一种无比强大的力量，所以没有必要惧怕科学。确实，我已不再年轻，但我和往常一样忙忙碌碌，总是把茶杯倒得满满的。并且，只要我还能把茶杯倒得满满的，所有死亡的念想都是空幻的。不管会有怎样的山风夜雨来袭，早晨我总是满心惬意地烧起我的茶炉。自从二十五年前，我第一次见到我的贝伦代耶夫娜夫人[①]，这茶炉便一直侍奉在我左右。

我起得很早，只有在一年中白昼最长的那几天里，曙光才会比我更早起来，但即使是在那几天，我也总是起在日出之前。我起来的时候，一般野地和森林里的贝伦代伊人都还在梦乡之中。我把茶炉翻转过来，对着垃圾桶倾倒尽昨日的陈灰，接着灌满咆哮泉的水，生起柴火，把茶炉提到门外去，烟囱靠着后门边的墙。炉里的水烧开之前，我在走廊里铺好桌子，摆上两副茶具。然后，我把小块的炭火吹灭，沏好茶，坐下来。此时此刻，我不再是一个寻常而忙碌的家庭煮夫，而是摇身一变，化作沙皇贝伦代伊，欣赏着美丽的湖泊，等待朝阳升起。

不一会儿，我的贝伦代耶夫娜夫人就过来用茶了。

“你这胡子什么时候刮的呀?”她边说着，便把我左右仔细打量了一遍，“看看像什么样！”

① 此处的贝伦代耶夫娜夫人指作者普里什文的妻子。——译者注

她娇斥了贝伦代伊几句，把他当孩子看。贝伦代伊不吭一声就服了软。只把她当妻子看的时候，早已一去不复返了。现在，对他来讲，妻子更像是母亲，而孩子则更像是一同打猎的兄弟。当他的贝伦代耶夫娜夫人升格为奶奶的时候，他的孙儿们就成了新一拨的打猎弟兄了。你生来是一个婴孩，走时仍像一个婴孩——就同那湖一般：有些溪流汇入，有些溪流流出，可只要一直都把茶杯倒得满满的，生活的日子就无穷无尽。

贝伦代伊人从森林里一个接一个走了出来，有的拎着小公鸡，有的带着鲜蛋，还有的则携来自家纺的土布和花边。贝伦代耶夫娜夫人精挑细选了一番，有时会买上几件，贝伦代伊则和村子里的每个人唠唠家常：问问他们家住在哪儿，做什么生计，田地怎么样，旁边有没有水源和森林，节庆的时候，跳些什么舞，又唱点什么歌……

一个从波洛韦茨克区来的贝伦代伊人告诉我，他们乡下是森林浅沼地，那儿有条三俄里长的路，全部是原木铺成。他热切地邀请我过去，看看那条人工铺成的路。还有个贝伦代伊人，从韦多姆沙来，是个做蒸馏树脂活儿营生的，详详细细的告诉我，他是怎么先把树桩劈成小块，把焦油蒸馏出来，再煮好树脂，提取出松节油来。再有一个是从扎拉德耶沃来的。

“那地儿为什么叫扎拉德耶沃？”贝伦代伊问道，“这地名有什么含义没有？”

"我们住在拉达河[1]对岸，所以这么叫。"

"拉达河，很美的名字！"

"不是么，"那人表示赞同，"沿着河岸和乌捷欣沟，都是一片可供收割的好草地，我们这几个村子都富足得很，就连村子的名字，都叫起来响当当、乐腾腾的。"

"我们那儿呐，除了树桩子和焦油，就是苍蝇和蚊子，"那个韦多姆沙来的森林贝伦代伊人抱怨道，"我们那儿的村子很穷，名字听起来也是阴沉沉的。"

湖边的这一整片地方，水网密布，有河流和涧水，溪流和泉水，水脉条条，縠纹依依，纵横交错。还有些地方，则是只微微泛潮的湿地。贝伦代伊决定，待普列谢耶沃湖解除冰封，他要把这些水网泉源一一探访一遍。

旭日方暾之时，霞光绚烂，五色斑斓，而后，日色转为寻常的金黄色，那些历历如真的贝伦代伊人从眼前幻灭，我也不再是沙皇贝伦代伊了。

我把屋里的窗帘拉好，坐下来工作。可不知何故，我那天心神不定，什么事都做不起来。我那只姜黄色的猎狗亚力克，一双机灵的眼睛咕溜溜的望着我，猜到我没心思写东西。狗这么望着，我心软了，就同它聊了会儿哲学，讲讲人和动物：动物什么都知道，却没法用语言表达出来，而我们人呢，什么都能用语言表达，却并不是什么都知道。

---

① 拉达是斯拉夫人民间传说中一位少女的名字。——原注

“亲爱的亚力克，有个智者曾经说过，随着最后一只动物的消失，大地上便不再有秘密了。巴黎街头，已经看不见马了。人们说，看着大街上一辆辆汽车开来开去，实在是件乏味的事。再来看看莫斯科，我们有这么多的马儿，公园里有这么多的鸟儿。据说，世界上再没有哪个城市，街上的鸟儿之多能与莫斯科相比。设想下吧，我们在博梯克博物馆建立一座生物研究站，让方圆二十五俄里的地面上，所有的飞禽走兽，还有贝伦代伊的泉水，都完好无损地保护起来。让咆哮山做我们的高中，只对那些有能力从事创造性工作的人开放，并且只开放很短的一段时间——如此有限的开放，只是为节日的盛大活动做准备，我们人人欢度佳节，为贝伦代伊的世界增添新意，而不是随手乱丢三明治包装纸，玷污了这胜地。”

我本要滔滔不绝地同亚力克继续聊下去，可听到我的贝伦代耶夫娜夫人在叫我，“快过来，快点儿呀，过来看看这湖！”

我跑了出去，看到了平生唯能一见的景象——此时此刻，这湖盛装焕彩，将它的至美之处交托与我，而我，也是倾其至美，如法交托。整个天穹，连同它的城市与村落、城堡与草地，还有那娇羞脉脉、状如羊毛的行云，都映照在湖光里，如同这些属天的神物翩然下界，来造访我们这些终有一死的凡人。

我忆起了我们夫妻俩自己的三春时节。那时，我夫人对我说：你拥有了我的至美之处。我也还记得，到了秋天，太阳不再的时候，她是怎么说的。我那时恼怒太阳离开，出去把点得最亮的油灯买了回来，想用自己的方式改变生活。

我们都沉默了一会儿，后来有个客人忍不住寂静，笨嘴拙舌地说了句，“那边有只母鸭子。”

贝伦代耶夫娜夫人叹了口气，说道：

“要是在我年轻的时候，见到这景象，我会跪下来……”

这一天，是春日里最美妙的日子之一。人突然意识到，经历了那么多阴冷、霜冻、刮风的日子，究竟是为了什么——所有的这些，都是为了今天这样的好日子做的铺垫。

布谷一声啼

我一见到湖上的冰封解除了，就想到要沿着湖岸走，走进森林到乌所利耶去，那儿是造船的地方。

一路上所见所闻，就好似我同亚力克描述的美梦已经成真。

右手边，靠近大湖的地方，亭亭的松树传来涛声阵阵，如人低语。左手边，是片荒芜的森林浅沼地，快要与广袤的沼泽地连成一片。走入松林中，我发现，越橘树丛上光影迷离的地方，有些鸟影一掠而过。举头一看，原来是几只鸢鸟，无声无息地在松树间飞过。

“这阵子天可真是冷啊，”护林人跟我们讲，“可昨晚，一下子全开始闹腾了。”

“天明那会儿，还是寒飕飕的咧。”我应道。

“是啊，可今早儿，瞧瞧鸟儿闹得那凶样！”护林人说。

就在那时，我们果真听到一声嘹亮的鸟叫，好不容易才分辨出来，那是只布谷鸟在叫——那叫声在林子里回荡，袅袅不绝。就连雀儿，这鸟儿中最娇小的，也叫得震天响。整个林子是一片喧嚷，只有巨禽在树顶间穿梭的投影，无声无息地在越橘树丛上掠过。

绿涛阵阵

将近日暮，西天晴朗无云，东天却攒聚着朵朵乌云，隐隐传来隆隆的雷声。天气闷热得很。大家都知道，可能有场雷暴雨在酝酿。野地里，金鱼草的蓝花开得正好。森林里，紫景天和野香豌豆花也在盛放。依依晚照之中，馨香粘稠的白桦树叶莹莹发亮。稠李花开，香飘四处。仙鹤嗷嗷欢鸣，牧人也吹起了号角。太阳鱼和鲤鱼朝岸边游过来了。

回来的路上，我们望见天际一团炫目的强光——怕不是我们的房子着火了？可那不是火光，我们惊愕着，那究竟是什么光？在此类场合，人们总不免要惊愕一番的。当那大圆盘的边缘终于显露了出来，我们才了然了——原来是轮满月。

大湖之外的远处，闪电遥遥的闪耀了许久。林间有微风吹拂，我们初次听见，绿涛阵阵传来。

第一只夜莺

我们正在河上划着船，朝大湖驶去，郁郁柳丛中，传来一声巨吼——那是只身形硕大的麻鳽在叫，可单听那吼声，你会以为那动物的身量有河马那么大。湖上又复归了平静。有和风终日吹拂，打扫得湖水清莹澄澈。最细微的声响，也叫风带着，湖对岸老远还能听到。

我们可以听见，那麻鳽咕嘟咕嘟饮了一会儿水，然后仰天长啸——一声，两声，三声。然后沉寂了十分钟，又是一声巨吼，如此重复了三四次——不过从没超过六次。

在乌索利耶时，曾有人告诉我，有个渔民被浪头卷到了水里，死死抓着倾覆的小舟底部，一抓就是好几个小时。听说了这事，我划船的时候，总是靠岸近些。我隐约听到了一声夜莺的啼叫。远些的地方，仙鹤临睡之前，还要嗷嗷喧嚷一阵。极细微的声音我们也听得清。处处是母鸭子的嘎嘎声，远处的野鸭子正吵作一团，接着鸭群中是一阵骚动，近前些的地方，一只野公鸭正在向母鸭示好。这儿，那儿，时不时地有潜鸟和潜鸭从水里探出脖颈来，好似浮标一般。一条小梭子鱼的白肚皮泼剌一声，在粉色的湖浪间一闪而过，接着冒出来的，是条大梭子鱼黑黝黝的脑袋，揪住了小梭子鱼。

空中阴云密布，我迷了路。我偶尔把一下舵，一直沿着左边划，尽量盯着在昏黑中隐现的湖岸，不要迷失。不管何时，只要麻鳽一吼，我们就听着数好，心里猜着它会吼几声。两俄里甚至三俄里开外，我们还能听到那吼声，真是件奇妙的事——甚至我们划开了七俄里多，那吼声还能听得到，那时，咆哮山上数不尽的夜莺的歌儿，也已清晰可闻。

五月金龟子

稠李的花儿还没有谢，早春的柳绵还没有飘起来，可花楸、苹果和金合欢也已经开花了——花儿似乎是在互相竞赛，争奇斗妍。这个春天，一眨眼的工夫，什么都开花了。

大批大批的五月金龟子爬了出来。

早晨，平静的湖面上，星星点点漂满了树花和草花的花粉。我的小船儿尾流悠悠，如同林中的小径一条。野鸭停留的地方，漾开涟漪一圈。鱼儿出水的地方，现出小涡微凹。

森林抱湖，湖拥森林。

我沿着湖岸信步走来，细细品味嫩叶醇美的芬芳。地上横着一棵伟岸的松树，被砍的树枝就丢在树干旁，同山杨和赤杨的枝条堆放在一块儿，树叶子都脱落了。这些残损的树的躯干，在腐朽中散发出最为宜人的气息，让禽鸟和走兽讶异——生而芬芳，死亦留香，对它们来说，总是个谜哩。

黄鹂

老远老远，就可以望见松树上的球花。黑麦已长到齐膝高了。树木、青草和鲜花都披上了最华丽的盛装。早春的鸟儿都沉寂了下来。公鸡在换羽，都隐藏了起来，母鸡则趴在窝里孵着蛋。动物们都在忙着为幼崽找寻食物。老乡们又要播种，又要耕地，忙得精疲力尽。

我们看见，黄鹂、鹌鹑、紫崖燕，还有岸燕，都飞来了。夜雨过后，有迷雾重重，后来天放晴了，依旧是春寒料峭。日落之前，风转了个向，从我们这边向大湖刮去，不过湖水的涟漪一时还是向老方向漾过来。落日在一朵青云的掩映下，沉入森林，宛似一个大火球，黯淡而粗糙。

这风云突变的天气，黄鹂倒是喜欢得很。黄鹂喜欢太阳时隐时现，风儿嬉戏树叶，卷起浪花。黄鹂、燕子、鸥鸟和紫崖燕都和风儿亲如一家呢。

清晨以来，天色昏昏。接着，天变得闷热起来，飘来一朵硕大的云。风刮起来了，把那朵云吹了回去。在黄鹂的笛声和紫崖燕的尖鸣中，那朵云沉入了大湖后面。可好景不长，那朵云似乎是在那儿积聚了力量，又顶着风行了回来，黑压压的一大朵，顶上白白的，像戴了顶偌大的白帽子。湖上可不太平了：风顶着风，浪打着浪，还有一块块黑乎乎的东西，借着风势从湖那边漂过来，鸟翅的黑影一般。湖对岸霹雳闪闪，劈开天地，雷声隆隆，轰响不已。黄鹂和紫崖燕都默不作声了，而夜莺还在继续歌唱，只有当一大滴热乎乎的雨水落在了它的头上，夜莺才歇了会儿嗓子。暴雨如注，倾泻而下。

紫崖燕

一场雷暴雨过后，天气骤冷，刮起了强劲的北风。紫崖燕和岸燕，与其说是在飞，不如说像是从哪儿跌了下来。

北风呼啸，成日成夜，卷起白浪匆匆，烈日灼灼，刺人眼目，成群结队不知疲惫的紫崖燕和燕子急急飞过，紧跟着的，是从咆哮山飞来的鸥鸟，数不胜数，就好像神话故事里的蓝鸟，只不过不是蓝色的，而是洁白的，映衬着蔚蓝的天空……洁白的鸟儿、蔚蓝的天空、雪白的浪尖、乌黑的燕子——种种活物都有着双重的宿命：吃掉别的活物，同时也被别的活物吞食。蚊虫群聚，落入水中，鱼儿跃起来，捕食蚊虫，鸥鸟扎猛子，猎食鱼儿。鲦鱼食虫子，鲈鱼食鲦鱼，梭子鱼食鲈鱼，还有鱼鹰高高在上，捕食梭子鱼。

清冷的黎明时分，风势稍稍减弱了些，我们顺风扬起帆，航行在被朝霞映得通红的湖浪之上。近前，有只鱼鹰俯冲直下，想袭击一条梭子鱼，可惜算计不足——那梭子鱼力道比鱼鹰还大，死命挣扎了几下之后，就往水下潜。鱼鹰发了疯似的奋力扑打一双巨翼，可鹰爪抠进鱼肉太深了，贪婪的梭子鱼还是把同样贪婪的鱼鹰拖下了水。湖浪无情，卷走几片残羽，一场打斗的踪迹，就这样抹于无痕了。

在风急浪高的湖心，我们望见一艘小艇，孤零零地漂在那儿，无桨无帆，也不见驶船的人。

这真是可怕的一幕，就好比一匹无人驾驭的疯马，撒开蹄子冲向深渊一般。尽管我们的独木舟行得不算安稳，我们还是考虑着要不要把船驶得近些，看看那儿有没有出什么事故。正在这时，有个人从那小艇底下突然冒了出来，拿出一支桨，顶着风划去。

我们差不多要高兴得大喊起来。我们知道，这只不过是个劳累的渔民，躺在船底打了个盹儿，可真像是个奇迹——我们期盼着有人能出现，他就真的出现了。

地母之眼

向晚时候，风平浪静，就连白桦树的叶子也少有动静。咆哮山下的路上，人流涌动，络绎不绝。我沿着沙土小径一路走着，看到路上有孩子留下的足印，小巧玲珑、惹人爱怜。要不是怕被旁人笑话，我还真想俯下身子去吻一下呢。

老乡们有的徒步走着，有的驾着车赶着路。他们的谈话声，在镜平的湖面上回响，遥遥地一直传到咆哮山那边去。差不多每驾马车旁边，都踢踏跑着一只小马驹。我听老乡们说着，土豆已经都种下了。一个叫德米特里·巴甫洛夫的（还不知是叫别的什么名儿）新近死了老婆，因为家里还有六个小孩子要照看，还没守满六个礼拜的丧期，就又讨了个新的。玛丽亚嫁给了雅科夫·格里戈里耶夫，新娘四十岁，新郎六十了，玛丽亚有只小母牛……落在后面的人没听清楚，玛丽亚有只什么，只听得长长的车马队前面，传来一声吼——“小—母—牛”。

空气中纹风不动，七俄里开外的芦苇荡里，麻鳽的大叫声我还能听得分明。

一个农妇领了个小男孩来到湖边漂洗衣服，那孩子撩起衬衫就想往水里撒尿，农妇见状大喝了一声，听来清清楚楚，就好似她就立在我身边一般：

“还撒呢，往你妈眼里都敢啊，羞死你!”

这么说来，那农妇是相信，这湖是大地母亲的眼睛啊。遇到这样的事儿，我总要请教下贝伦代耶夫娜夫人，问问她的见解。

“是的，他们是信这个，”她说，“他们也爱把这事儿往人身上扯。如果哪个女的眼睛出了点毛病，他们就会说，肯定是她的小孩子往水里撒尿了。”

在贝伦代伊人中间，古老的异教崇拜就这样消亡了。地母之眼的诗意形象融入了全人类的文化，留给贝伦代伊人的，却只剩下空洞洞的迷信了。

在这个弥散着馥郁香气的晚上，是不可能睡得着的，而地母的眼睛从来都没有合上过。

自然之谜

远眺普列谢耶沃湖的最佳地点，是在亚历山德罗夫山上的“亚力罗的地儿”，那儿附近，过去有个叫克列辛的小镇。那时候，这湖也被称作克列辛诺湖。后来，尤里·多尔戈鲁基大公①将小镇迁址重建，建在特鲁别日河口附近的湿地上，新城传承了老克列辛镇的声名。新城中首先建造的是教堂，留存至今，被誉为十二世纪代表性建筑遗迹。围绕着古老的大教堂，陆陆续续有许多教堂和修道院拔地而起，年代前后相衔，所以通过研究这些古建筑，可以把握几个世纪来俄国历史的发展脉络，少有遗漏。如今，湖上解了冰封，我常常划着小舟，穿过渔村，到镇中心的集市上去买些吃的。孩子们划船，我掌着舵，暗自沉思着那些古老的遗存。有时，这样的联翩浮想颇为惬意，可是我并不乐于穿越到古代。我常常感到，这些弱不禁风的建筑遗迹紧邻着的，却是那些品位粗陋的遗迹，看着实在有点窝心。

---

① 尤里·多尔戈鲁基（约1099年—1157年5月15日），曾任苏兹达尔王公和基辅大公。基辅大公弗拉基米尔·莫诺马赫的第7个儿子。他被认为是莫斯科这个古老城市的奠基人。——译者注

更大煞风景的是，挨着幢摇摇欲坠的破房子，还会有个百无聊赖的世俗教士和妻子坐在长凳上，无精打采地嗑着葵花子。我收敛起反复无常的情绪，不论何时走到集市上，总要向渔民们打听，这个教堂怎么样，那个怎么样，里面的教士又怎么样，等等。一次，我和渔民们聊起一座废弃的教堂，话题却渐渐地转到船上去了——乌索利耶式的船和库班式的船。我正抱怨着，要划到湖心去，坐我那乌索利耶式的小艇危险了点——可我又很想划到湖心转转——渔民们异口同声地应了句：

“那就搭神父的船呗。”

一问才知，我刚刚聊起的那座废弃教堂，直到最近才停止了宗教活动。辅祭走得最早，宗教仪式就由神父菲利亚一人担当，神父看到辅祭走了，似乎还挺高兴的。接着走的是教堂诵经士和看门人。如今，吟唱祈祷文、打扫教堂、敲钟，都是菲利亚一个人在干，他却比以往更快活了。菲利亚在教堂里继续满心喜乐地做着事工，而会众则越来越少。到了再也没有会众来教堂的时候，神父就卸下了神职，到湖上干起了营生，把木材和旅客从森林摆渡到镇上去。

“搭神父的船吧，再好不过了，”渔民们说，“您想去哪儿，他就送您到哪儿——沿伏尔加河顺流直下也好，一直送到阿斯特拉罕[1]也行。他力气大得很，人也好相处。”

我只要出去走走，总能听说神父的趣事。一次，他同大主

① 阿斯特拉罕位于东经48°04′，北纬46°22′，为俄罗斯东南部港市。——译者注

教一起做礼仪圣事，只得了三个卢布的报酬。当举着十字架的游行队伍穿过集市时，菲利亚看到个渔妇在卖一条非同寻常的大鲈鱼。他看了鱼就忘了自己的职分，直到游行队伍走远看不见了，这才清醒过来，只好拖着法衣，全副武装地一路直追。他们还说，哪里起火了，菲利亚总会去帮上一把，救下许多条人命。后来，神父爱上了这片大湖，痴心难改，新近把一大片教区的活儿回绝了，就在湖上干摆渡，虽然他家生活得捉襟见肘，老婆还要到工厂里去干活养家。

渐渐地，神父这个人让我着了迷，我逢人便打听他的情况。一个智者，是个历史学家，告诉我，有一次，神父还到法庭上为一群渔民辩护。神父的辩词不但论证有力，对渔民的心理也有非凡的洞察力。历史学家总结道，神父方方面面都是个值得称道的人才，虽然个性上有点桀骜不驯。

“那他信主吗？”

“您给说说，怎么样才叫信主？”历史学家反问道，“他是个诚实的人，心直口快，虽说脾气有点倔，却是个靠得住的人，可惜没多少智力——不过，这也没什么法子，我觉得。各人的天赋不同，上帝赐给你这样，赐给旁人那样。祂赐给了神父大力气，六十都过了，还是那样硬朗。”

虽然我听说了不少有关神父的故事，却从没有想到过，请他用船送我们一程，跟我们说说这些泉水和森林的名字，讲讲山山水水的传奇故事，实在是桩憾事。后来，因了一系列事情的机缘，我们才碰上了面，搭着他的渡船行了好长的一程。

与神父同行

我和历史学家决定去考察一个叫“荨麻节”的异教仪式，在偏远山村里，人们仍然遵循着这一习俗。举行这一仪式的时候，正是阳春的繁衍力最为旺盛的时节，我想在此时收结自己的观察笔记。我们打算涉过浅沼湿地，徒步走到村子里去。我就在个做鞋匠的穷教士那儿，订做了一双防水的靴子。那做鞋的穷教士开了个条件，要我和他一起去选皮料子。我们于是到集市上一家私营的小店里。正站在那儿挑选着形形色色的皮料子，一个渔妇走了进来，向教士弯腰行了个礼，然后问起店主，听说圣芭芭拉教堂的那口大钟被卸了下来，准备卖了，是不是真的。

“这个呀，老早的事儿啦，”店主说，“他们已经把那口钟运到莫斯科去咧。”

“莫斯科的钟可多的是，”渔妇问道，“要这口干什么用呢？”

店主朝教士使了个眼色，然后应道：

“他们要把钟摆桑杜诺夫澡堂那儿。”

“别瞎扯了。”

“谁在瞎扯呢?”店主说。

店主煞有介事地这么一反问，那渔妇就有些将信将疑起来。她不解地问，澡堂里为什么要口钟呢。

“这在莫斯科可是条规矩，”店主忽悠道，“只有钟声一响，才去澡堂洗澡。”

店主的这番玩笑话，不过是为了讨好教士，我没多留心。可后来我去取靴子的时候，在集市里又听到人们谈论那口钟的事。

“那口从圣芭芭拉教堂卸下来的钟，不愿意去澡堂呐。运钟的马车坏了，停在半路上走不了。听得那口钟说话了：‘你们为什么要把我卖到澡堂去?我可不愿意。’结果真的走不了了。他们把钟里里外外检查了一遍，发现钟上的大凸耳坏了，钟只能悬在小凸耳上——要是挂在钟楼上，自然可以，但要是系着小凸耳挂在澡堂里，却不行了。莫斯科那边买钟的人就说：‘这样子我们还要这钟干嘛呢?运回去吧。’可我们这边博物馆的人却说：‘你们干嘛不看看好了再买呢?卖钟的钱我们已经收到了，现在不关我们什么事了。’”

我后来又去博物馆打听了一下，才知道那口钟没有多少历史价值，确实卖给了莫斯科省的一个村子。半路上马车塌了，钟上的大凸耳损坏了，也确有其事。但是没有起什么纷争，最后钟还是运到了目的地。

我们大笑了一场。我提议道，如果博物馆肯分给我们十卢布的卖钟钱，赞助我们的科考之旅，那就好了。结果是，我们能拿到二十卢布的卖钟钱，也就可以沿着库布拉河岸走得更远些了。那儿附近有座“久待山”，据史书记载，苏兹达尔和诺夫戈罗德的军队曾在此激战。这场激战中，诺夫戈罗德人意外发现了苏兹达尔人土地丰厚的地力，标志着大俄罗斯的诞生。[1] 在久待山上，或许仍可寻见那场战事的遗踪，值得进行考古发掘。我们也大可以带上几位年轻的博物学者，还有动物学家谢尔盖·谢尔盖耶维奇，去研究一下库布拉地区的动物区系。此外，我们这些人中间还有青年艺术家、摄影师、植物学家和地质学家。

事情接二连三地冒出来，最后我们好歹商量好了，进行常规的科考之旅。我们这里人才济济，一辆马车载不下，两辆也够呛，我们现在估计的旅行花销，至少在五十卢布，可能还搭不够。最后，米哈伊尔·伊万诺维奇灵机一动，有了个主意：

“我们都乘艘大船去吧。”他说。

他这么提议可不是为了节省开销，而是因为我们科考的途经之地是一条古老的水道，古人在河岸边留下了新石器时代的村落遗迹、城邦废墟和坟丘。

“我们搭神父的船去吧。”大家不约而同地脱口而出。

我们于是七手八脚的准备了起来，不管别人是怎么想的，在我脑子里，这次科考之旅同那位非比寻常的神父，密不可分地联系在了一起。

① 此处似指1216年战役，获胜方当为诺夫戈罗德。——译者注

鲈鱼出动

如果我们把深入佩列斯拉夫尔县的科考之旅称作“集体游览”的话，就很难吸引我们中间年轻人的注意，因为这个词在学校里已经用滥了。于是，我们就称之为“科考探险”，这样一来，不仅几位年轻的博物学者参加了进来，还有一些大学生也加入了我们。我们把这些大学生称为“鲁滨逊”，以同年轻的探路先锋区别开来。在前辈的指导下，探路先锋们草拟了地图，学会了使用气压计测量海拔高度，计算河流流量，剥制鸟类标本，给鸟类上环圈，等等。“鲁滨逊”们大多满心盼望着出去探险，因而他们所做的装备准备较为实用。彼佳也受“鲁滨逊”们的影响，开始做起鱼竿来。彼佳打算，让大伙一路上都能吃上鱼，所以决定试试深水垂钓这种新花样。清早以来，一直是雨意霏霏。云销雨霁之后，我看到四条小船停泊在纳德戈罗德附近。现在，彼佳也划了过去，这五叶轻舟望上去小极了——就好似五只小小的苍蝇。不一会儿，太阳没到了云里，湖的那边，水色如银，而我们这侧，水色则如同钢铁一般。风又刮起来了，天地间一片昏黑。行来一朵硕大的雨云，刚刚还是银光闪闪的湖水，刹那间变成了铸铁色，水面上白沫翻腾。铁色的湖面上，飘荡着的小船时隐时现，接着，降下一场瓢泼大雨，彻底不见了小船的踪影。

我在咆哮山上的一棵树下，耐心的等待着天色放亮。大雨过后，天空又清朗了起来。小船一艘接一艘地驶入了眼帘，我这才松下一口气，放心地回去了。那天晴雨不定，雨下了四五场之多，只要雨一下，小船就望不见了。彼佳回来的时候，身上淋得像落汤鸡。他钓来的鲈鱼，我们烧汤吃了。

“鲁滨逊”们

我们三天碰一次头，讨论科考计划。每位专家都有自己负责的项目，唯独我没有。我只是发挥自己的才智，将从生活中积累的和书本中汲取的经验和印象融会贯通，这样形成的东西，用小说的术语表达，就叫做主人公。毕竟，小说的主人公是作者自出心裁的产物，反映了作者本人的思想感情。而我所说的主人公，区别就在于，我不是把这些思想感情倾注到某个虚构的人物身上，而是倾注给某个特定的地区，这样，这个地区就鲜活起来，就像一个活泼生动的人物。我信心十足，这个简单的研究方法不会令我失望。科学家们研究某一地区，各自坐井观天，囿于自己的狭窄领域，即便把他们的努力统合起来，也无法做到像我一样，描绘出一幅如此生动的图景。所以说，我觉得，自己和科考队里的科学家们是平起平坐的。

我们讨论研究项目的时候，青年博物学者、“鲁滨逊”和探路先锋，都默不作声。可当话题一转到此次科考的实际操作层面，“鲁滨逊”们就马上开了腔。他们首先提出，菲利亚神父的大湖船，如果把我们十五个都载上，再加上那些仪器设备，就沉得通不过浅滩了，这样还不如改驾四条小河船。可要是没有了身强力壮的神父，我们一路上就都得自己划船了，这样就没多少时间从事科研了。经过冗长的激辩，我们决定乘神父的湖船，但船上坐不超过七个人，其余的人分乘两条轻便的小船。接着要解决的，就是船桨的问题了。我们不习惯划渔民用的笨重的船桨，需要更为轻巧的船桨。米哈伊尔·伊万诺维奇建议，再动用一点买钟钱，但是大学生们反对再增加开销。这些大学生从小在湖里长大，很懂这一行，决定去森林里砍棵树下来，自己动手做船桨。至于帐篷和仪表，我们讨论得不多，因为我们已经轻而易举的找到了气压计、风速计转杯、温度计、打捞器、网兜，还有枪。

可又有个问题冒出来了：休渔期间，我们可以用拖网捕鱼吗？大学生们说：“这是在沼泽野地里，谁管得着我们呢？”还有个问题：如果有必要，在休猎期间，我们可以射杀在换毛的公野鸭或松鸡吗？“鲁滨逊”们说了，遇到紧急情况，我们连村子里的公羊都可以杀，更何况一只不走运的野鸭呢。最后，他们决定，不浪费钱去买大汽锅煮饭了，带上两个普通的吊桶就行了。

我们这些年长些的，互相交换了一下眼色，有人说了句：“会是趟快意之旅吧。”

出发

我要带着所有的探路先锋和一个“鲁滨逊”，直接从博梯克博物馆出发，同在乌尔约夫的其他人会合。彼佳去渔村替我取靴子，带回来个惊人的坏消息：两个“鲁滨逊”代表去菲利蒙神父[1]那儿，想在他的湖船上装桨架，安上轻巧的新船桨，可神

---

① 菲利蒙神父即上文提到的菲利亚神父。——译者注

父不愿意毁了自己的船。两个“鲁滨逊”坚持要安，神父大为光火，再也不肯送我们去科考了。

听闻了这消息，几个探路先锋辗转反侧，怎么也睡不着。如果神父不愿意去，这一路实在没什么乐趣了。所以，我们都还没见到神父本人，他这个传奇人物，就早已加入了我们一行。

清晨，树林和草地里的花粉纷纷扬扬，给湖水施上了一层薄薄的粉黛，湖面看起来需要好好地洗漱一番了。我们的小船驶过，留下尾流悠悠，久久不散。飞鸟带水，也留下一道小痕。时不时地，有鱼儿跃起，湖面现出小涡儿一圈。

太阳洒下万道金光，照得湖面熠熠生辉，亚力罗的地儿清清楚楚地映现在了湖面上。在我看来，这实在是个吉兆，因为我们此次科考之旅的主要目的，就是发掘斯拉夫人生育之神崇拜的遗迹。

早晨白茫茫的轻纱笼罩，湖水静谧无澜，远处的小舟，就好似一只小虫，在一大张白纸上爬着。那会是菲利蒙神父吗？不，那船太小了点，而且，如果是我们的船，应该有两条才对。

我们已经过了博梯克、库洛田和整个扎克哈普，这才远远地望见神父的船，在亚历山德罗夫山对面的湖面上。静水行舟，历历分明，“鲁滨逊”们的小船，扬着红旗猎猎，在前面引领。两只船都紧靠着湖岸划行，神父推着一支重橹，“鲁滨逊”们则摇着两条宽桨。看来，菲利亚最后还是随了自己的意思，没让他们给他的船装上桨架。他们一行正向我们疾驶而来，因为我们先前在芦苇荡里追踪潜鸟浪费了点时间，现在赶到乌尔约夫去，他们和我们要行的距离差不多。我们船上的小伙子奋力摇着双桨，很快，我就望见了久仰其名的神父，在长艇上掌着舵。神父身材颀长枯瘦，一领灰衣，戴着草帽。他胡须的颜色莫可名状，大概在变成灰白色。简而言之，他看起来像个寻常的神父，只是身前飘着面红旗。神父的船头放着各种行李，堆得老高，生物学家谢尔盖·谢尔盖耶维奇已经在那儿安顿了下来，用捕蝶网捉着各种昆虫，忙得不亦乐乎。米哈伊尔·伊万诺维奇高踞船中央，身居要地好似蜂王。坐在米哈伊尔前面的是鲍里斯·伊万诺维奇，一位青年艺术家，此刻正帮衬着菲利亚神父，卖力地划着船。坐在旁侧位子上的，还有个老者，白须飘飘，意态沉静安闲。

我们一齐抵达了乌尔约夫，刚上岸，就听闻了一串坏消息：地质学家还没从莫斯科赶来，他原先许诺带来的胶卷，如今没了着落。生物学家也失信退出了。失望之余，还是迎来了个好消息：著名考古学家斯皮钦院士不请自来，这样，我们就可以在他的指导下，开展古代坟丘和史前人类村落遗址的发掘工作了。那位意态安闲的老者原来便是斯皮钦院士。

我分外欣喜，因为在我此前的人生经历中，有着两大缺憾：一是从未坐过飞机，二是从未同考古学家一道开展发掘工作。如今，我们将在斯皮钦院士的指导下，发掘大地深藏的奥秘，我的一大梦想也即将实现。

新水渠

我们这几条原木挖成的轻舟，有幸参加沿着涅尔利河和库布拉河的非凡科考之旅，那么，该给它们取什么样的名字呢？自然，青年博物学者的小舟可以叫“探路先锋号”，大学生们的小船呢，就叫“鲁滨逊号”，可还有一条船怎么称呼，大伙儿激烈地争执了一番。有的想叫它“神父妻子号”，有的想叫“神父夫人号”，还有的人则坚持要叫“盆子号”。

“为什么要叫‘盆子号’呢？”神父问道。

“您没听说过吗，有个神父从他的‘妻子’身上，造了个‘盆子’出来？”

神父倚着橹，听着大伙说笑。他高挑清瘦，笑起来满脸皱纹，就好像是用马刀刻出来的一般。看得出，神父正乐着呢。

不过，米哈伊尔·伊万诺维奇觉得“盆子”这名字，对菲利蒙神父的妻子实在有点不敬，就建议叫“战舰帕拉达号”[①]。我们最后决定，那条船暂时就叫“神父夫人号”，但是我们大家

① 战舰帕拉达是俄国著名的三桅快速战舰，1853 年俄海军上将普提雅廷叩关日本时，该船是俄国舰队的旗舰。——译者注

要竭尽全力，让“神父夫人号”配得上米哈伊尔·伊万诺维奇提的那个响当当的名字。

这时，动物学家已经挥着捕蝶网，在岸边的草丛里捕捉昆虫了。他查看了一下捕蝶网，喜笑颜开——这次收获颇丰，他捕到了许多梦寐以求的昆虫种类。他清空捕蝶网，把捕来的昆虫倒在聚光镜下。甲虫们向着光源爬去，纷纷落入广口瓶中。有些“鲁滨逊”们捕猎野禽去了，还有些则在动物学家的指导下，收集水生甲虫和水面漂浮的植物种子。探路先锋们记录下气压计的读数，放浮水流测量仪，并开始计算河口的宽度。

这是一次名副其实的科考探险之旅，而不是通常学校组织的集体游览，因为大家全心全意地做好每件科考项目，而不是煞有介事地故弄玄虚。我们登记下来的每个数据，如河流的流速和河流的宽度，都是全新的资料，很有用处。我们还发现，乌尔约夫不是个专名，而是当地百姓对所有河流入湖口的统称。韦克萨也不是个专名，所有连结两片相邻湖泊（如普列谢耶沃湖和谢米诺湖）的河流，都叫韦克萨河。

这条韦克萨河一流出大湖，就转了个急弯，然后七弯八拐地又转了两三个急弯。河道如此蜿蜒曲折，以至于相邻河湾的划舟人，差不多可以隔空握起手来。可是从没有人想过，可以在河湾绕过的狭长地带挖通一条水渠。我们于是决定，动手挖出一条小小的水渠，作为我们科考之旅的开门红。挖水渠这件事，神父分外热心，因为驾着渡船运木材的时候，九曲回肠似的河道常常令他大费周折。他说，要不是害怕当地人闹意见，他早就想挖一条水渠了。当地人疑心病重，又迷信非常，他一番好心好意做的事，却总遭泼冷水。我们用铲子和船桨大约挖了有二十分钟，水渠就贯通了，河水奔涌而出，将两道河湾径直连结了起来。探路先锋的船和“鲁滨逊”们的船轻轻巧巧就通了过去，可“神父夫人号”半路搁了浅，堵住了水流过不去。我们都挽起袖管大干起来，又是拖又是拉的，总算把船给拖动了。船一动，水就涌了出来，把河湾的尖角冲成了一座小岛。

“放在以前，要是有人干了这活计，我会毫不吝惜地自己掏出五个戈比[①]来给他。”神父说着，大喜过望。

我们就把那座冲出来的小岛叫做“五戈比岛”，新挖出的水渠叫做“探路先锋渠”。

谢尔盖·谢尔耶维奇也来助兴，吟诵起了他昨天谱的《探路先锋进行曲》。“鲁滨逊”们照着《马赛曲》的调子填上词。船头是红旗猎猎，“鲁滨逊”们边摇着桨在前面引领，边唱起了自谱自填的歌谣：

向着荣耀向前划，自然爱好者啊，向前划
向着荣耀，前进前进，向前进

一句话，气氛一片欢腾。

① 戈比是俄罗斯辅助货币单位，100 戈比等于 1 卢布。——译者注

“这天气不错嘛。”考古学家观察到。

“我腿又疼起来了，一定是要变天了！”神父应道。

原始人村落遗址

大涅尔利河和库布拉河之间的那块地方，是片荒无人烟的森林浅沼地。这块地方如今也罕有人迹，而在千万年前的新石器时代，原始人顺流而下，避开这块骇人的地方，逐鱼群和猎物而居。我们要沿着这些与湖相通的浅沼地，一路前行，走到第一块干地，也就是今天渔民们上岸生火的地方。几乎可以肯定地说，新石器时代的渔民们也曾在那里定居过，一定留下过原始文化的蛛丝马迹。

沿韦克萨河顺流而下，我们登上了第一块干地。地上比较干燥，上面能够走人。透过清澈见底的河水向下望，可以看见一层深色的土壤，年代不会太远。这块空地现在叫“小小田地”，因为这里以前有人耕种过。我们还没上岸的时候，探路先锋和“鲁滨逊”们因为听说了许多传闻，都是关于新近发现、尚未勘探的原始人村落遗址的，就垂纶试钓，结果钓上来一块陶器残片、一块有原始人加工痕迹的燧石碎片，还有一大块石器。在“小小田地”那儿，我们发现，鼹鼠已经替我们做了点挖掘工作。我们在草地上分别行动，查看那些黑乎乎的鼹鼠丘，结果每人都有所斩获，有的挖到了陶片，有的挖到了燧石刮刀，有的挖到了箭头，还有的发现了斧子和石錾。看到这些被鼹鼠掘起的宝贝，考古学家立刻下定了主意。

“现在很明确了，我们必须马上开始发掘。我在国内从未见过这样的东西。”

目前在俄国，发掘出土的原始人村落遗址不算很多，整个泱泱大国，只发现了不超过一百处这样的遗址。

刚开始发掘时，往往先由一个人使用普通铁锹进行试挖。廖瓦兴致勃勃地挖着试坑，就好像马上就要把地球给挖通了一般。可是，没挖多久，就挖到了底土，有地下水渗出来。

“现在使用这个工具，仿照切奶酪的方式，切割泥土。”考古学家指点廖瓦。

廖瓦照做了，现在我们可以清楚地看到地下的分层：一层深色的顶层，接着是一层沙土，再接着又是一层深色的土，然后又是一层沙土。那层间隔出现的深色土层就叫做埋藏层。

“这是石器时代早期的埋藏层，是吗?”廖瓦聪明伶俐地问。

“我们暂且这样假定吧。”考古学家答道。

考古学家走到河岸边，那儿他发现了另一条溪流的源头，上面灯心草丛生，蓊蓊郁郁。接着，他走进了树林，里里外外四处查看了一番。

“此地可能曾经是普列谢耶沃湖的湖岸。”从林子里出来，他这么对我们说。

“鲁滨逊”和探路先锋们洗耳恭听着。

“那是多少千年前的事?”廖瓦急切地想知道。

“我不太喜欢用几千来形容年代，”老考古学家说，“这么说就行了，那是很久很久以前的事。”

“那时候，我们国家是什么样子的?”

“太古时候，地上只有湖泊，没有河流。后来，由于某种原因，水汽激增，湖岸无法承受压力，水就泛滥开来，于是就形成了河流。这就是伏尔加河的起源，已经被证实了。很有可能，这片湖泊过去也同样泛滥过。早期人类聚居在湖滨河畔，捕鱼为生。那是石器时代早期的情况。后来，湖岸变成了河岸，这一地点也同样适合渔民生存。如果我们在年代较近的埋藏层中发现的陶器，看起来要新一点，可以说，那是石器时代晚期的遗物。所以说，孩子们，几千几千地讲年数是没多少意义的，只不过一个年代远些、一个年代近些罢了。对我来说，比起这些考古发现，它们所在的文化层才是更有意思的。好了，廖瓦，继续切你的土吧，把发现分成四堆放，第一层的在这边，第二层的在那边，依此类推。还有，开挖前别忘了，先在地上铺些纸。”

廖瓦的铁锹一下触到了什么东西，他把一小块陶片递给教授，上面有许多豆大的凹坑。廖瓦小心而虔敬地拿着陶片，就好像那是从塞西亚人①古墓里出土的珍贵金器一般。我也说不清，这件貌似粗陋的陶器残片，与古希腊时期的塞西亚人金器相比，自己更偏好哪件。

老考古学家仔仔细细地查看了这块残片，那样子，差不多是在爱抚这块东西。

“嗯，这块东西年代很久远了。”他满心欢喜地说道。

“那这块呢?”

“要近得多。这是网格纹，看见了吗？网格纹的出现，表明陶器年代要近得多，但也不赖。年代较近的样本，我们现今所有的也不多。”

几个年轻人很快就发现，虽然年代较近的样本或许更具科考价值，但是年代较远的文物更合老考古学家的胃口，于是小伙子们竭尽全力去发掘，找的越多越好。短短几分钟之内，他们就学会了一些考古术语，开始高谈阔论起陶器来，还根据分属的不同文化种类，将陶器残片分类，如法季扬诺沃文化②、季亚科沃文化③等。

---

① 塞西亚人是居住在黑海北部塞西亚地方的古代游牧民族。公元前 9 世纪在克里米亚半岛建立王国。公元前 7 世纪曾侵略西亚和巴尔干地区。公元前 3 世纪前后被撒马提亚人击败。后被希腊人同化。——译者注

② 法季扬诺沃文化是东欧北部森林地带的青铜时代文化，年代为公元前第 2 千年，分布于波罗的海沿岸至伏尔加—卡马河间地，发源于西部地区并逐渐向东推进。1875 年俄国考古学家 Л. С. 乌瓦罗夫在雅罗斯拉夫尔附近法季扬诺沃村发现，1903 年由 А. А. 斯皮勤定名。——译者注

③ 季亚科沃文化是铁器时代文化，分布于伏尔加河上游以及瓦尔代河和奥卡河流域，存在于公元前 9 世纪晚期至公元 6 至 7 世纪，由芬兰乌尔戈族人创造。——译者注

“如果一种文化的名称，以文物发现地点来命名，那么，我们也可能有佩列斯拉夫尔文化，不是么？”

“很有可能。不管如何，这地方总会出名的吧。”

我们用渔民用的树叉架着茶壶，放在火上沏茶。我们喝着茶，举目四处，时不时地发现一根当今渔民留下的鱼骨头，又发现一片新石器时代古人留下凹痕的陶器残片。与此同时，老考古学家正忙着给出土的残片按文化分类。老人处理起形形色色的燧石和大块石器来，动作如此娴熟，就好像他自己就生活在石器时代，亲手使用过这些燧石工具似的。

“这不是一枚早期人类的指甲印吗？”一个探路先锋问道。

“有此可能。在那个年代，事事物物都靠手工制作，大部分工作是由妇女来承担的。”

“怎么知道是妇女呢？”

“从装饰痕迹可以看出来。有装饰痕迹的地方，就一定有妇女。此外，看指纹也可以得知。”

“这么说来，这枚印记一定是指甲印喽。”

“为什么一定是呢？只能说——很有可能。”

“那么，这些人是谁呢，是什么民族的？”

“我们一无所知。我们仍然不清楚他们的面貌，甚至连他们的名字也不晓得。”

老考古学家说起他的推测来，小心谨慎——显然，了解那个神秘的人种，是他毕生的梦想。

我们坐在那儿凝神倾听的时候，菲利亚神父四处游荡去了——他急切地想要独立行动，亲手发现点什么。他回来时满脸放光，带来一个不寻常的发现。

“你们看看，”神父说着，递上一个又小又圆的玩意儿，“这是把茶壶的嘴。看来原始人也喝茶哩。”

考古学家解释说，上古时候，原始人刚刚懂得，从闪电引燃的树上接取火种，若是说煮茶喝，其实无从谈起。这些陶皿并非用于烹饪，而仅仅是用来储存水和食物。

菲利蒙神父侧耳恭听着，他狂放不羁的头脑深处，却有个疑问顽固地盘旋不去：“这些谁亲眼见过呢？”

神父是个考古学的门外汉，纯然仰仗直觉，要想说说一个人的面貌，非得让他亲眼得见才行。对于考古学家们把陶器碎片东拼西凑，再统合起来的思维方式，神父十分反感。他照着自己的模样，来描摹原始人……

茶壶的话题，就这么一笑而过了。可我思忖着，菲利蒙神父是不是也自有其道理呢，至少他的原则没错呀。考古学家演示不同工具的使用方法时，不也是仿照着当今的手工艺者，如泥瓦匠、木匠和铁匠么？再大胆地猜想下，如果我们能捕获一点现代人的灵感之光，再将之转移到那个突发妙想、使用火种的原始人身上，那么那个毛发茸茸、醍醐灌顶的脑袋，同当今头脑愚钝的猿猴，还是有着天渊之别的吧。

这次发掘真是引人入胜啊！我正要思虑绵绵，久久不已，发现河上升起了一层雾霭，像要向前飘去。或许，在谢米诺湖畔，我们会发现另一处村落遗迹，揭示青铜时代的某些情况，谁知道呢？

原始人

在小小田地对面、韦克萨河的彼岸，有一片莽莽苍苍的林子，里头都是些参天巨松。有的巨松临水斜逸，松根从土里暴出来，摇摇欲倾，像是快要砸上过往的船只。河水曲曲折折，在茂密的松林间流过，弯了又拐，拐了又弯，拐弯的河道几乎互相平行。往昔时候，诺夫戈罗德的商旅会顺着河湾蜿蜒航行，顺利通过松树丛生的陡岸后，发现河流两岸都是浅沼地，无法上岸登陆，最后来到了一座小岛。岛上有丛高高的灌木傍水而生，灌木后面潜伏着强盗。正因为担忧暗藏强盗，此地才得名“强盗灌木丛”。不过，我们安然无恙地驶过了森然悬伸的松树丛，并没有强盗跳出来攻击我们。现在，乌索利耶已近在眼前，这个著名的村庄，在大俄罗斯历史上，以盐闻名。岸边就是山羊山了，山上有著名的盐场遗迹，我们望得真切，那里出产的盐，曾经供给整个俄罗斯呢。

在乌索利耶，我们到了第一座磨坊坝跟前，在那儿，我们不得不把船上的辎重卸了下来，并把船拖到岸上。我们正忙着拖船卸货，劳累不已，当地的农民聚拢了上来，惊奇地望着我们的枪、袋、神父和红旗，想知道我们是什么人，打算做什么事。如实相告后，有个人问道：

“这么做有什么意义呢?”

与此同时，谢尔盖·谢尔耶维奇正同另一拨农民搭话，问着他们田地、木害虫和家畜流行病的情况，他说话活泼生动，很讨众人喜欢。这时，又有个人凑了过来，问起科考之旅有什么意义，人家嘲讽地对他说，“除非铜子叮当响，否则对你没意义。”

我们沿着曲曲弯弯的河湾航行了一个多小时，乌索利耶一直在视线中，最后总算驶入了日益萎缩的谢米诺湖，现在这湖长约一点五俄里。湖水深不过桨叶，但是湖底堆积着厚厚的淤泥，船桨触碰不到那坚实的底部。如果翻船遇险，是不能在此地游泳的，因为人会陷到淤泥里，无法自拔。简而言之，此湖对人来说是险地，对鸭子来说，却是天堂。

同在韦克萨河畔遇到的情况一样，第一处可以上岸登陆的干地，也是渔民们通常上岸的地方，是一处新石器时代村落遗址。湖沼的右角上，兀立着一块干地，如同一块蛋糕放在桌角，那里原是一处集市所在。一个从大诺夫戈罗德来的富商，叫萨德科[①]什么的，从缺粮少谷的北方，来到这丰产富饶的苏兹达尔之地时，一定曾途经过这里。那客商一定同我们一样，在此地捕过鱼、烧过汤，却对鼹鼠掘起的石器时代遗物视而不见。那

① 萨德科是俄罗斯民间传说中的传奇客商。——原注

时候，他们对古陶器不感兴趣。

“鲁滨逊”们支起了两顶帐篷，神父生了堆篝火，架起吊桶煮粥，我们就坐在火边的原木上，借着篝火的熏烟，躲避蚊子的侵扰。天光渐渐黯淡下去，薄暮之中，动物学家正忙着把捕来的昆虫倒在棉花上。

“看，蝙蝠！”动物学家突然大叫了一声，“我们博物馆还没有蝙蝠呢，快打呀！”

于是，我们在昏暗的暮色中，艰难地打起了蝙蝠。

湖上松把明灭，接着驶来一条小船，两个手执鱼叉的渔民上了岸。这个月在休渔期内，一切捕捞作业、包括举着火把的打鱼活动，都是明文禁止的，但是在这荒郊野外，没人顾得上那些条条框框。渔民望见我们的红旗，心生警惕，就过来探探我们的身份。他们告诉我们，在这片藻荇蔓生的湖里，最主要的鱼不是梭子鱼、鲈鱼这类“硬鱼”，而是丁鲷、鲤鱼这样的“软鱼”。而在这片水草泥泞的湖里，除了常规的捕鱼方法之外，他们也自有妙招。妙招之一叫做“烧开水法”。具体是这样的：拿船桨不住地往湖泥里搅动，鱼受了惊吓，就从淤泥里游上来，吐出一串气泡，就好像水要开了一样。凭着这串气泡，就可以知道鱼的踪迹，然后撒下渔网，或者掷下鱼叉。还有一种方法，叫“浑水辨泥法”，操作过程大体相同，只不过是通过船桨搅起的淤泥来找鱼，而不是看气泡。第三种方法叫“摸鱼法”，就是直接用手在湖里摸鱼。

这些是一个叫帕维尔的渔民告诉我们的。他介绍得绘声绘色而又简明扼要，别人可能要啰哩吧嗦的地方，他就简简单单一言以蔽之：

“一桨戳下去，小梭子鱼冒泡了。”

我对小伙子们说，从事自然观察的，用帕维尔这样形象生动的语言，是再好不过了。

两个渔民长得像兄弟俩，只是帕维尔眼睛大些，呈灰色，神情里带着点忧郁，而尼古拉的眼睛就是条小缝儿。帕维尔不苟言笑，尼古拉却总是乐呵呵的。帕维尔想徒手抓只蝙蝠，试了好几次。而尼古拉呢，每次有蝙蝠飞过来，就一哆嗦躲闪开。

我们得知，帕维尔读过一本米哈伊尔·伊万诺维奇写佩列斯拉夫尔的书，还读过几本别的书。他告诉我们，离这儿不远，在斯图洛夫山上一个叫巴尔玛佐沃的地方，有很多坟起的圆丘，看上去像是坟丘。还有，在赫米尔尼基村附近，有块古坟地，里面有两座坟头。尼古拉掘过其中一座，确实是座古坟丘。尼古拉挖坟是为了寻找埋藏的金子，挖到一个圆圆的东西，就扑过去，一把握在手里，结果吓得魂飞魄散——那是一个骷髅头啊。那骷髅头脱手而落，尼古拉也应声跪倒在地。帕维尔把那骸骨埋了，后来又有人在上面放了个木十字架。那是一年前的事了，但尼古拉至今还不敢去那附近。

帕维尔这么说着，浑然忘了尼古拉就在旁边。他静静地说了句结语，语出惊人：

“我们这些在林子里生活的人，又愚昧又迷信，就像是原始人。”

帕维尔的这个论断，让我想起了在小小田地那儿，我对原始人的一番思考。

“您凭什么觉得，原始人一定是又愚昧又迷信的呢?”我问道,“那时候的人们，也跟我们现在一样，是各不相同的吧。就以您为例吧。虽然你们村子在个原始森林里，你们打那儿来，可您有个冷静的头脑，在您看来，尼古拉却愚昧迷信。”

“我刚巧是例外吧，”帕维尔说,“我上学那会儿，读的书可多咧。”

这条关于坟丘的消息不容忽视，我们决定，明天早晨全体出发，到巴尔玛佐沃去，做个彻底的考察。帕维尔自告奋勇，想帮我们一起发掘，尼古拉也加入了进来。我们给尼古拉先敲了下警钟，我们此行是去挖骷髅的，不是去掘金子的，可他还是坚持要去，帮我们打打下手。

我们在两顶帐篷里安顿下来的时候，外面已是一片漆黑，伸手不见五指。老前辈和几个探路先锋住在小帐篷里,“鲁滨逊”和神父住在大帐篷里。只有谢尔盖·谢尔盖耶维奇有个毡子做的睡袋，他钻在里面睡了，剩下的人就躺在油布上，盖上大衣什么的，有什么就盖什么。必须承认，我们没什么像样的装备。那样睡觉难受极了，更糟的是，还可能会有风雨来袭。

“今天气压计降了六度。”谢尔盖·谢尔盖耶维奇从睡袋里钻出脑袋来，说道。

“我的腿越发酸痛起来了。”神父加了句。

那天晚上，我睡了不过两个小时，半梦半醒之间，我的悠悠思绪总是萦绕在石器时代的原始人身上。那在我梦境中浮现的原始人，并不是学校课上教的猿猴般的生物，而是像两个渔民帕维尔和尼古拉一样，各个有别的物种。我臆想着，在上帝创造人类的过程中，尼古拉被抛弃了，他完成了自己受造的目的，注定一成不变地存在着，而帕维尔则继续向前进化。在他自己的生存环境中，帕维尔也同天才的先祖一样，在发现使用火种。一句话，一个是人，另一个是猿猴，但由于二者的头颅骨骼等完全相似，使得后人无法分辨，哪个推动了生活的前进，哪个只不过存在着，止步不前。在我看来，收集颅骨和陶器的唯一目的，是为了更好地了解原始人的心智。但要达到这一目的，我们也必须密切关注现代人的心智与奋斗。在我们科考队的一行人中间，斯皮钦教授是最了解原始人心智的一个。

颅骨好比我们大脑的四壁，我们惯于在围着“四壁”的室内工作思考，进而为我们的大脑创造出容量更大的颅骨。露宿了一晚之后，我们突然发现，其实思维的运转漫无边际——只是有点太杂乱无章了，随意挥洒如同雨横风骤。这时，嗒嗒的下起了一场冷雨，我们的想法起了变化。

我从帐篷缝里向外望了望。天空中阴云密布，稀疏的冷雨飘飘洒洒，只有树上的新绿在向人们昭示，现在是阳春，而不是寒秋。我正要合上双眼，继续迷迷糊糊地遐想着原始人，那边帐篷的油布掀开了，一个毛发蓬乱的脑袋探了出来，上面胡子拉碴的，其色无可名状，一双森林野人般机敏的眼睛，镶在皱皱巴巴、饱经风霜的脸上。要是回归自然的神父，一早起来就是为了祷告的话，我可要吃惊了——那还离开教堂干嘛呢？我猜得不错。神父冒着蒙蒙细雨，穿着夹克和靴子，从帐篷里爬出来，披上神父穿的法衣，立刻变成了个像模像样的真神父。他俯身察看昨日篝火的余烬，想把火重新煽起来。他煽火的时候，动作灵巧熟练，先用手挡雨，护着火苗，然后用煎锅挡着，等火生起来以后，再匆匆把煎锅架在火上。接着，他削了点土豆，放在锅里煎，然后拣起昨天渔民给他的那条斜齿鳊来。吃完一锅土豆，他又吃了一锅鱼，接着卷起一大根香烟，是本地烟草做的，趴在地上就抽了起来，地上湿漉漉的，天上雨濛濛的，他全都顾不着。他躺在那儿优哉游哉地抽着烟，边抽边望着那湖，心满意足，逍遥快活，浑然与物俱化。

我从帐篷里伸出头来，轻声叫唤神父，生怕打搅了他美妙安闲的好歇息：

“喂，神——父。”

“啥事儿呀？”他头也不回，漫不经心地问。

“我瞅着您有好一会儿了。我在想呐，您把鱼放盆里煮汤喝，不也挺好的嘛，为什么非要大费其事地架起锅来煎呢？”

“鳊鱼在汤里孤独。”神父脱口而出。

“您是说骨多？”

“不，是孤独。鳊鱼只适合煎着吃。鳊鱼汤喝了会忧心，老想着家里人怎么样、未来前途如何……鳊鱼是种孤独的鱼。”

“可或许，并不是这鱼让您忧心啊。”

“那是什么呢？”

“我说呐，好多东西，像生活不满意、遇到麻烦事什么的，都可能让您忧心。”

“不，麻烦早过了。我运送柴火，摆渡渔民，砍砍木头——什么麻烦也没有，什么抱怨也没有。可问问渔民去，他们也是这么说的：不要用鳊鱼煮汤喝，鳊鱼是种孤独的鱼。”

地上潮湿，雨点子又滴答作响，帐篷里的老前辈们知道外面下雨了，一个个心里失望，都懒得起身。可听我们聊起孤独的鳊鱼，大伙儿都乐了，哈哈大笑起来。我们同菲利蒙神父的谈话到此为止。

人类的起源

斯图洛夫山，就是帕维尔和尼古拉带我们去的地方，坐落在巴尔玛佐沃森林里，距离原木之路不远——所谓原木之路，实际上是座三俄里长的桥，横跨在沼泽上方，是通往波洛韦茨克区的路开头的一段。原木之路的右边，蜿蜒流淌着一条小溪，名叫“鬼穿穴溪”，从地面上涌现，又穿穴汇入沼泽地。右边再往前，是拉达河，从青幽幽的树林里流过。再过去些的地面，是此地最荒野的所在，叫扎拉德耶沃。旧时的巴尔玛佐沃，曾经人丁攒聚、欣欣向荣，是一处繁华热闹的地方。但是，到了伊凡雷帝统治时期，饥馑连年、灾难频仍，许多人因此丧命，或者流离他乡，此地就荒芜了下去，为森林覆盖。听老年人说，原先的一座木教堂，现在已是郁郁葱葱，长满了树。教堂里的那口钟，也沉到沼泽地里去了。

斯图洛夫山上石头垒起的小丘呈长方形，外观很像是坟丘。不过，考古学家用指南针测量方位后发现，两座小丘坐南朝北，而不是坐东朝西。因为此处人工建造的痕迹很明显，我们还是决定开始发掘。

因为我们想了解正确的发掘方式，从一开始，每个人就领了各自的任务。米哈伊尔·伊万诺维奇是总负责。他用卷尺测量了下小丘，起草发掘方案，划出一条线（即考古学上所称的层位线），把自然土和回填土区分开来，计算坟墓边缘的位置，总领发掘工作中出现的科学问题。至于院士，这回屈尊做了小小监工，立在小丘旁，指挥其他人在何处开探沟。

我们一块一块地搬开垒石，一次又一次的盼望着墓土露出来。确实露出点沙土，但下面很快又变成了岩石，我们不得不把岩石撬开。天上一直是细雨霏微，淋得我们浑身上下都湿透了，从头到脚泥迹斑斑。

“我还从未遇到过如此难挖的坟丘。”满腹经纶的监工叹道。

"这是个坟丘，不是吗?"廖瓦问道。

"这肯定是人工遗迹。"

我们继续一块接一块地搬着石头。尼古拉突然想起来，他家的草料棚顶上有个窟窿，要是不赶紧修的话，雨就要把干草全打湿了。尼古拉于是匆匆赶回去了，帕维尔还坚守在发掘现场。廖瓦对教授的话深信不疑，一心认定马上就能挖到骸骨。

"要是这只是些冰川沉积物，怎么办?"

"可能性不大，但也值得一想。"

学者走到附近类似的小丘前，测量了一番，站在那里计算着，冥思苦想。我们搬开了最后一块石头，挖通了一条横贯小丘的探沟。虽然我们的挖掘已经深入了底土，但是没有层位线出现——什么都没有，只挖到枚小指头大小的冷杉球果，被我们急切地攥在手里，横看竖看。米哈伊尔·伊万诺维奇浑身湿透，立在那里，样子狼狈极了。我为他感到很难过，就关心起他的女儿来。

"索尼娅呐，参加莫斯科美术学校的入学考试去了。"他说着，脸上露出了笑容。

廖瓦怒气冲冲地不停嘀咕着，我们一定挖得到骸骨，因为亚历山大·安德烈耶维奇[1]说过，这里是座坟丘的。

"不，廖瓦，"考古学家从林子里走出来，应道，"这不是座坟丘。"

---

① 亚历山大·安德烈耶维奇是老考古学家的名字。——译者注

“那我们这是白挖了啰?”

“也不能说是白挖。我们证明了，这不是一座坟丘。”

“那这是座什么呢?”

“这很难说清楚，需要特别加以研究。这个工作可以以后再做。毫无疑问的是，这是处人工遗迹。”

科学进展便是这样取得的。即使是负面的结果，也有存在的必要，具有一定的价值。可在我们感觉上，就像是去了趟北极，满心期盼着发现什么不同寻常的东西，却一无所获，只不过获得了点六分仪和气压计上干巴巴的读数。

巴尔玛佐沃森林之谜仍未揭开。我们吃了点面包和草莓，就顺流而下，到赫米尔尼基去，那儿有几座坟丘，在“鬼穿穴溪”边，还有片古坟地。去那儿的路上，帕维尔指给我们看，在热尔图欣诺沼泽旁的密林里，有几处小木屋，曾有逃兵居住。从屋里散落的刨花可以看出，他们做过点木匠活儿。逃兵走后，私自酿酒的人使用过这里。我们还可以看见，他们为放蒸馏器掘的洞。

一见到古坟地，我们心情愉快了少许。这是处典型的诺夫戈罗德墓地，墓地所在的方位远离诺夫戈罗德，却靠近古集市，在通往奥波利耶丰饶的玉米地的路上，这对当地的历史学家来说，是颇有意义的。那儿附近，有座铲平的坟头，就是尼古拉寻宝的那座。旁边一座坟头则尚未有人动过。透过树顶望去，谢米诺湖的湖水湛然闪亮。

这回，事事皆在意料之中：这是座典型的坟丘，附近有个空洞，是造墓时掘回填土造成的。通过指南针显示，古墓的方位是坐东朝西，探沟从南边挖起，以便找到层位线。我们刚清理完表层土，巨大的石块就显露在我们面前。我们不得不在绵绵不绝的细雨中，把石块一块接一块地搬开。

探路先锋在古坟地那儿开展发掘工作，廖瓦和帕维尔则奋战在坟头。天色渐渐昏暗下去，可仍然不见层位线——眼前又是一块巨石，等待着被搬开。帕维尔有些急事，回家去了，留下廖瓦一人埋头苦干。我太了解这孩子了：他已经干得有点力不从心了，可他只要一打定主意，斗志昂扬地干起来，就没个歇，非要挖到骸骨不可。突然，有一块巨石滚落了下来，砸伤了廖瓦的右手。我们中的这最后一位体力劳动者，这才歇了工。学者又走开了，立在一旁苦苦思索。我们浑身是泥，又饿又累，再也不信这是处坟头了。米哈伊尔·伊万诺维奇干得浑身无力，在棵松树旁，拣了个树桩坐了下来。

“在想什么呢，米哈伊尔·伊万诺维奇？”

“我在担忧索尼娅这娃的考试呢。”

我俩悄悄地讨论着，怎样把孜孜不倦的教授从坟头支开，好让我们到帕维尔的农舍里去，吃点东西，喝点茶水，再在他的草料棚里睡上一觉。他该有个草料棚的吧？

就在这当口，考古学家走了过来。

“一个丘疹。”他说。

考古学家的意思是，如果远望小丘，在地面上凸起如同脸上的一个丘疹的话，那肯定是个坟墓。

外面已是昏昏沉沉、漆黑一片，我们请求教授，能否今天就干到这里。

“好吧，”他说，“没多久了，就快收工了。廖瓦，把铁锹递给我，我想再挖两下试试。”

说着，他就跳进了探沟，挖了起来，头发灰白的脑袋跟着一上一下，时隐时现。过了会儿，铁锹触到了什么东西，发出一声奇异的声响，考古学家俯身看个究竟，他蓬松灰白的头发半晌没有露出来。

“廖瓦，过来好吗。拿起铁锹轻轻敲打这块地方。听见那声音了吗？那一定是根骨头。”

“骨头！”

我们听了，不禁一跃而起。我们就像猎人一样，听闻捷报传来，身上就注入了一针强心剂。不过我们这活儿，比起打猎可要有意义得多。这是学者求知的胜利——对于真理的探求，将学者置于猎人之上，也使求知之人，迥然有别于庸庸大众。上古时候，也正是这种探求，将学会取火的原始人科学家，同猿猴区别开来。此时此刻，在老学者的脸上，我仿佛望见了我们的先祖、那原始人天才的影子——只见他浑身毛发茸茸，意志坚定如铁，眼中灵光闪耀，心曲幽微之处，满是爱意与温存。

那是一根股骨，暗黑而修长。我们用土把骨头覆上，让它横卧在探沟里。得意洋洋地，我们到帕维尔的农舍去了。在科学方面，要想让人欢欣雀跃起来，并不需要多么宏大壮观的景象，有时，只要一根小小的骨头，就足够了。

我们发现骨头的消息，很快在村子里传开了。我们坐在帕维尔家里喝茶的时候，老乡们鱼贯而入看新鲜。他们坐在帕维尔家里，侧耳倾听我们高谈阔论。

我们边喝着茶，边说着话，俨然一副读书人的派头，却完全没有意识到，在这简简单单的言谈之中，涌现出了多少祖祖辈辈积累的丰富学识与经验。而倾听我们谈话的人们，则是土生土长的大地之子。

我们山南海北地谈着，笑侃千年如同匆匆数日。我们的谈锋从这蕞尔小球上一掠而过，而为着一点墓中发现的小玩意儿，我们却能滔滔不绝地唠上半天……考古学家告诉我们，在南方的一次考古发掘中，有个眼力尖的大学生发现了一枚破损严重的小硬币，那是他们除了骸骨之外唯一的发现。就是这么一枚貌不惊人的小硬币，让许多学者鉴定了一回又一回。大家都心存敬畏，害怕将硬币彻底磨损，从而使一个时代留下的唯一印记湮灭不闻。最后，学者将硬币浸入氢氧化钠溶液中，又迅速取出，发现硬币属于公元十世纪。

“您是说十世纪吗?”一个老乡问道,“我那儿有一枚，可要老得多咧，是公元721年的哩。”

“你那硬币是什么样的?”考古学家吃惊地问道。

“一枚大铜子儿，跟五戈比的银子儿差不多。”

教授朗声大笑起来:“这样的硬币要是有人找到，可得值个一百万呢。”

我们都起身，到草料棚里过夜。其他人很快就躺下了，只有我还坐在屋前的一根原木上，边抽烟边同帕维尔聊着天。我很好奇，想知道我们的谈话，老乡们究竟领会了几分。

“天那边，您望见了吗，一点残云在散开呢。”帕维尔说，“在他们脑子里，那些思想也是一样，慢慢会散的。你们说的，在他们听来，就像是神话故事。不过瞧瞧我的邻舍吧，就是在那儿给马车轮子上油的那个。您认出他来了吗？”

“就是说大铜子儿的那个吗？”

“我见过他那铜子儿，是 1721 年的。他心里清楚得很，是一七几几年，而不是七几几年。可刚刚听到教授说了，那枚铜子儿能值一百万，他就神思恍惚起来，心想着：‘说不定那就是七几几年的，那我就能拿一百万了。’在村子里，当着大伙儿的面，他没法把那铜子儿拿出来给教授看，不然的话，就人人都知道他发财了。所以呀，这事儿得悄悄地捣鼓才行。这不，他在给车上着油呢。明天，他准保去镇上亮亮那铜子儿。我这是打了保票的，因为明天不是赶集的日子，他去镇上，还能做些什么呢？他这人呀，我早已经吃透了。”

我爬进草料棚睡觉的时候，廖瓦已经睡得沉沉的了。只听得他嘴里喃喃地说着梦话，说了一遍又一遍：“诺曼人，诺曼人……”

我怕他说梦话吵醒了教授，就把他叫起来，让他睡在我那头。

“廖瓦，你怎么老念叨着‘诺曼人，诺曼人’？”教授问道。

“我有个主意，亚历山大·安德烈耶维奇，但也可能没多少价值。您说过，我们发现的那根股骨很长，一定是个男人的股骨。我想请教您，这根股骨，跟普通男人的股骨相比，是不是要粗大些?”

“是的，我也是这么认为的。”

“那或许是个诺曼人的？我在想的就是这个——这有可能是个诺曼人吗?”

“不会的，廖瓦。如果这是个诺曼人，我们找到的就应当是个骨灰瓮了，因为诺曼人习惯火葬。”

廖瓦睡了下去，再也不吱声了。

我再不会出神遐思着原始人，辗转难眠了，因为现在，我可以轻而易举地描摹出他的形象。我们大伙儿都睡得酣然香甜，醒来的时候呢，也是意气风发的，准备继续我们的发掘科考之旅。

我们这天运气不错。一轮红日喷薄而出，昨天没有觉察到的层位线，被我们很快找到了。这墓修在一层泥炭之上，墓的边缘也能很清楚的看到。我们在发现骸骨的地方，自东向西划了一条线，准备开掘收物沟，集取骸骨。负责发掘工作的，依旧是廖瓦和帕维尔，我们其余的人则躺在墓顶上，向下观望。毫无疑问，现在坐镇指挥的是廖瓦，哪个人要是粗心大意，用肘子碰了块土下来，准要挨上他一顿臭骂。尼古拉和我们在一起，观望着，老把土碰落到沟里去。他看起来心烦意乱，却不愿露出声色。

快要接近骸骨了，再用铁锹来挖，就有点危险了。帕维尔爬了上来，躺在我们旁边。教授则跳进沟里，手把手地教廖瓦，怎样徒手清理泥土。廖瓦会意后，教授又爬了上来。

“最先出现的会是颅骨。”教授说。

话音刚落，尼古拉一抖，碰了一大块土下去。

廖瓦在指缝间筛着土，碰到每一块小石头，都会呈给教授看。

“这一定就是颅骨了。”他的手指只要一触到硬物，就会这么喃喃自语。

每当听到这话，尼古拉总会碰下一大块土来。

“害怕了吧，尼古拉？”廖瓦说，“你怎么不走开点儿呢？”

“脑袋！脑袋！”廖瓦突然大叫起来，看来这回他是说对了。

教授下去察看了一下。

“是的，是颅骨。”教授说。

尼古拉吓得脸色惨白，两眼死死地盯着那地方。

“我估摸着，像我们这样的科考发掘，总有一天能解释人类的起源。”帕维尔平静地说道。

大伙儿一声不吭。大家都激动难耐地盼望见识下，不见天日八百年之后，一个人的颅骨会是什么样。结果比我预想的还要触目惊心。那颅骨已经失去了骨头的本色，呈现出接近红铜和烧黏土的颜色。颅骨的面部朝下，可能会被错看作是放金子的小罐头。廖瓦把颅骨面部的泥土擦净，雪白的前额和牙齿露了出来。

在大伙都屏息凝神，默观牙齿露出的时候，尼古拉突然仰天狂笑，那尖利的笑声一阵高过一阵，就好似汽笛的鸣声一般，也像是种马的长嘶声。那笑声在音调最高处戛然而止，以一句咒骂收结。

这是没有创造力、止步不前的猿猴的喊叫声。这声音虽然熟悉，听来却怪里怪气、倒人胃口、疯劲儿十足。我们惊诧地望着尼古拉，接着开口大笑起来。

只有帕维尔没有笑。这被嘲笑的是他的至亲，他实在笑不出来。他用那双思虑沉沉的灰色大眼睛，望着仰天长嘶的兄弟。

“闭嘴，你这个傻瓜！”他像是在对猿猴说话，“照这样发掘下去，我们就可以知道人类的起源了。”

这位身材高大、牙齿雪白的先祖，落葬的时候有许多蹊跷之处。有些骨骼的位置不太自然，尤其是靠近颈部的地方。可教授一句意见也没发表。只是后来，我们出来到湖边的时候，他才说了句：“他很有可能是被吊死的。”

[illegible]

蜉蝣出现了

两道河流，一道流经奥波利耶的富庶之地，汇入奥卡河中，另一道则穿过扎列西耶的浅沼地——那是德列夫连人[1]的土地——流入伏尔加河，恰巧共用一个名字，都叫涅尔利河。我们从谢米诺湖出发，一路泛舟的那道河流，叫大涅尔利河，另一道则叫小涅尔利河。两河之间，有一条陆路相连。或许，由于两道河都是沟通扎列西耶和奥波利耶的水路，才共用一个名字的吧。

沿着大涅尔利河航行的路线千回百转，穿过一片又一片似曾相识的浅沼地，有时候，科普尼诺村的教堂似乎近在眼前，转眼工夫，却又遥遥不见了。河岸上，一个年轻的牧羊人正在学吹牧笛，那笛声宛转悠扬，终日袅绕不散。

谢尔盖·谢尔盖耶维奇的气压计指示着，要下雨了，而菲利蒙神父的腿也酸痛了起来，又是一兆。雨果然是下了，从早到晚，绵绵不绝。在这好时节，每天每天，都有别样的美景绽现。向晚时分，一轮夕阳姗姗出现，望之可爱非常。斜晖脉脉

① 德列夫连人是一支古老的斯拉夫人部落，居住在密林之中。——原注

中，尖石出水，杰然兀立，高岸松林，郁郁苍苍。菲利蒙神父请求队长，能否上岸登陆片刻。我们纷纷猜测着，在那高高的河岸上，菲利蒙神父想要做些什么。我们丈量河流，计算流速，测量海拔，向村苏维埃主席了解当地人口数据和职业分布，还统计可耕地和草地的面积，画下林中木屋的屋顶、雕窗和风标，进行种种的测量工作，要想从中整合出乡村的全貌，仍然尚需时日。而菲利亚神父却以为，只要登上高高的河岸，这新发现的乡村便一目了然，尽收眼底了。

不过，登上高岸极目四野，还是颇有看头的。高高的河岸上，长满了参天巨松。巨松之高，如果矫首仰望树顶，你的帽子会掉落下来。河中杂生着睡莲，呈现洁白、金黄二色，交相映衬，灿然生辉。绿色的闸门后面，是一片广大的回水，水势如此浩荡，竟难以分辨河水的流向——河湾比河流要宽阔得多，吸引着游人前去。幸好有两根修长的芦苇，像两位绿装的哨兵，随波摆动，指示着河水向哪里流去。

当一些微不足道的细枝末节，突然揭示出世界的壮丽美妙时，那种随之而来的纯粹的欢欣，时不时地，纾解了行旅的劳顿。我们坐等着神父归来，望着依依晚照之中，一只只蜉蝣在水上翩翩起舞，舞姿曼妙动人。这些白色的小虫，蝴蝶一般，却只有一天的生命——看哪，它们以多美的方式度过了这一天，这仅有的一天。我不禁为之动容了，只因我也有这样唯一的一天，铭记在心。

突然，在上面，松林里的那条路上，传来一缕歌声，倏忽、缥缈，如同蜉蝣的生命。接着，又传来第二首、第三首，是姑娘们合唱的声音，在我们听来，却宛似蜉蝣跳舞的舞曲。“鲁滨逊”们从容地取出曼陀林和俄式三弦琴来。一辆马车满载着村子里的姑娘，慢悠悠地从林间显露出来。姑娘们望见了我们这里的小伙子，就唱起歌来：

阿妹棕眼忽又闪，
机机灵灵轱辘转。
毛头小伙几千千，
甘拜裙下惹爱怜。

等载着姑娘的马车驶近了小船，“鲁滨逊”们就弹拨起琴弦，即兴应和道：

荡起桨儿向岸游，
可心人儿在上头。
衣冠楚楚腿纤纤，
好似一双细枪管。

姑娘们听见了，大笑不止。正在这时，菲利蒙神父回来了，一路呵呵作笑，手里捧着一把野草莓。

“神父，那头有什么新鲜事儿吗？您手里拿的这是什么呀？”

“这边天气肯定要暖和些，”神父说，“佩列斯拉夫尔的草莓才开花呢，这边的都已经熟了。”

荨麻盛宴

我们的“无敌舰队”在这穷乡僻壤的水域出现，对当地人来说，不啻为一个奇迹。一村的人跟着我们，从这村跟到那村，聚拢上来的人越来越多，最后我们上岸的时候，一大拨人围了上来。上上下下打量我们一番之后，有几个人把我拉到一边，铺天盖地地问起问题来。原来他们最感兴趣的，是我们的神父。

“他真是个神父吗？”

“那是当然喽。”我答道。他们交换了一下眼色。

“他是神父，你说是真的吗？”

“当然不假。”

对这些远离铁路生活的人来说，那真是不同寻常。他们整夜围在我们帐篷外面，还有几个好奇胆大的人，掀起我们的帐篷来，扰得我们睡不着觉。

第二天，我们民族志考察团出发，到利霍列沃村去，观摩荨麻盛宴，那或许是亚力罗崇拜的遗俗。

我很怀疑，是否真的能见到宗教仪式，兴许到头来，不过是记下个老妇人讲的故事罢了。我们刚上岸的时候，没有马上开口问崇拜仪式的事。我们先推说，要去看看老乡的陶器。只有到了制陶人为我们敞开心扉的时候，我们才问起荨麻盛宴，这个庆祝阳春的繁衍力达到鼎盛的仪式，还有亚力罗这位异教的神祇。一个六十开外的老汉走了过来，他那蔼然微笑的样子，就像是古罗马神话里半人半羊的农牧神。

“说句老实话，你们该向我讨教讨教咧。”老汉说着，露出皓齿坚坚。

制陶人不再谈他们的活计了，高高兴兴地围成一圈，绕着这位亚力罗神的祭司。

“弗拉西奇会让你们开开眼的。”人人打保票说。

“试试呗。”弗拉西奇说道。

不一会儿，我们就听到歌声，赶忙赶到村里的空地上。那儿，妇人和姑娘正在进行传统的“清扫田地”表演。妇人们向姑娘们走过来，嘴里唱着：

我们清扫田地呀，清扫，清扫！

接着，姑娘们也向妇人这边挤过来，两队人在村子里的大街上徐徐走来，表演着古老的戏剧，好像一首古歌里所唱的：

“我们播种小米呀，播种，播种。”

有些人在演示着播种的情景，还有些人则假意放马践踏田地。邻人逐马而去，终于捉住了逸马，却要用个姑娘来赎。一个小伙子挺身而出，接着是一场厮打……

这些都还是前奏——现在田地清扫已毕，时不我待，可以开始播种了。

弗拉西奇同领头的那个妇人耳语了许久，如今总算谈罢。他站在那里，等待田地准备妥当。

“他是我们的播种人。”人群里有人说道。

有人跟我们解释说，很早以前，妇人们就选择了弗拉西奇做播种人，没人能取代他的位置。时不时地，弗拉西奇会消失不见，回来的时候呢，越发显得红光满面、神采奕奕。最后，他拖来一根大柱子，差不多有他身高的十倍长，柱子的一头捆着一束荨麻。

老汉擎起柱子。

亚力罗在此处，
坚实如橡树，
高耸如巨柱。[1]

播种人周围，围着一大圈观众。人群里的孩子分成三组坐

① 节选自谢尔盖·格洛杰茨基的诗作《亚力罗》。——作者注

下，在圈里排成一个三角。

马尔法·巴拉诺娃，当地组织热闹节庆事儿出了名的大娘，在老播种人身旁坐了下来。她是这场表演的二号人物——播种人的老妇人。老汉和大娘忙手忙脚地把孩子安顿好，好腾出些地儿来在中间走动，指挥圈中妇人和姑娘的领班表演。末了，人人都准备就绪了。第一队妇人穿着节日的盛装走入圈内，在三组孩子中间逶迤穿行，其余的女人则作螺旋状迂回而行。实际上，女人们走的是同一条路线，可孩子很快就在视野中消失了，跳舞的人看起来不像是在走动，而像是满田成熟的黑麦，朝着捆着荨麻的高柱子和柱下的两位老人微微摆动。

女人们齐声合唱：

山上罂粟花开，
山下罂粟花开，
花好姑娘来，
过来站一排！

接着，又唱出了几句问句：

豌豆熟了没？
蚕豆熟了没？
青菜熟了没？

合唱声沉寂了下来，等待着两位老人作答。

不，豌豆还没熟呢。因为没有马，地都还没有犁过呢。小马驹要快快长大，可他们连只小马驹都还没有呢，还得先弄几个马蛋来。

大伙儿哄堂大笑，跳舞的人又开始绕着圈圈，唱起歌来：

山上罂粟花开——

随后，唱歌的人又问了一声，豌豆熟了没？老汉答道，小马驹已经长成了，可又碰到件倒霉事：犁坏了，要让铁匠打个六寸长的犁铧来。

女人们载歌载舞，又有麻烦事儿来了：老汉病倒了，这下没人去犁地播种了。

老汉病弱体衰，姑娘们等得满心不耐烦，跳着舞又问道：

豌豆熟了没？

老汉病体好转了些，还能跟他的老妇人插科打诨几句，众人这才振奋起来。豌豆也生长得不错。

“豌豆该熟了。”播种人喊道。

豌豆的卷须垂下来了，豆荚长得有六寸长了。

一群女人一拥而上，最后一次问道：

豌豆熟了没？

蚕豆熟了没？

青菜熟了没？

老汉大喝一声："熟啦！"松手放开柱子。柱子一头倒地，绑着的荨麻散落下来。妇人们四散逃逸，老汉一把抓起大娘，小伙子们追逐着姑娘，手里挥舞着叮人的荨麻，朝姑娘们的腿上扫去。

观众们陶醉不已，嘴里一直念叨着：

熟啦，熟啦。

可憎的器皿

表演结束后，我们齐聚在弗拉西奇家中，还派人把马尔法·巴拉诺娃也请来了。我们把崇拜仪式上林林总总的细节乃至笑话都记录了下来。毫无疑问，我们接触的这位神祇正是亚力罗，当地人的春天之神。是啊，这些是往昔崇拜的可怜遗俗。那种虔敬之心，在如今的大多数人身上，已经消失不见了。可那创造人的力量，仍然可以在人身上得到复兴，我们甚至已经见证了，这是如何达到的——事事物物差不多都以粗野的名字相呼，而这种粗野却是顶顶要紧的，正如粗野的大地育生出灿若蕾丝的花花草草……

对于这些人的春天留下的零琼碎玉，我们已是心满意足，甚至欣然欢悦——只因我们是学者，学者的命运便是餍餍于只鳞片爪，不复他求。

我们的返程推延了，原因竟恰巧同荨麻盛宴演出的如出一辙：小马驹还在地里，要找人捉来牵给我们。于是，我们坐在那里同弗拉西奇和马尔法·巴拉诺娃谈天。没谈多久，屋子里就挤满了好奇胆大的村民。突然，像被一阵飓风卷来似的，四个妇人冲进了屋子，就是荨麻盛宴表演后我们给过钱的那四个。她们一进屋就大喊大叫起来，像群高声尖叫的大鸟。她们又好似酒神巴克斯的女祭司①，蜂拥而入，让观者魂飞魄散。我们真害怕，她们会向这边猛扑过来，把大伙儿撕成碎片。妇人中叫得最响的那个，脸像是用石头凿出来的一般，上面五颜六色涂得花花绿绿。还有几个呢，一个肤色灰黄、气色不佳，一个满面通红，还有一个长得黝黑，不过还有几分姿色。妇人们疯疯

① 巴克斯是希腊神话中酒神与欢乐之神狄俄尼索斯的别名。他额缠葡萄藤，手执酒神杖，到处漫游，被尊为酒神。他的信徒出游时吵吵闹闹，疯疯癫癫，狂欢豪饮。——译者注

癫癫地转着圈儿，边转边继续高声嘶喊着，张开的嘴里牙齿一闪一闪的。最后，我们总算听明白了，她们都在喊着一句话："六十戈比。"我们这才了然地把钱给了一个妇人。四个人拿了钱，纷纷从屋子里又冲了出去，飞奔到大街上去，有几个跑的时候还跌跌撞撞的。

"都是些寡妇和没孩子的妇人。"弗拉西奇解释说。

"寡妇倒也情有可原，"我说，"可没孩子的妇人，毕竟还有丈夫在啊。"

"一个妇人没有孩子，丈夫还管束得住她么？她是个自由身啊。"

还用说么，我们所见的这些渎神的妇人，便是使徒教父们所称的"可憎的器皿"[①]。

可这样的妇人，每个村子里都可以找得到，并不值得大惊小怪。而真正触动我们的，是坐在弗拉西奇屋里的那些农民中的尊长，对她们的态度。

"我们觉得，这些女人还是能派上些用场的，"一个尊长直言不讳，"总要有些人，偶尔让大家乐上一乐。"

---

① 基督教将人喻为神的器皿，如《圣经》中有"人若自洁，脱离卑贱的事，就必作贵重的器皿，成为圣洁，合乎主用。"（提后2：21）此处"可憎的器皿"是使徒教父对渎神的异教徒的贬称。——译者注

黑麦花开

静夜深深，绰约动人。黑麦已经开花了。大地育生万物，茁壮生长，吐露出大自然的浓情蜜意。我们与弗拉西奇同坐在马车中，辚辚向前的时候，他说起了自己的故事。他和第一任妻子并不走运。妻子难产，孩子在子宫里动刀动坏了，此后便一直不能生育。他不得不长年累月地忍着她。倒不是说他从此形同光棍儿，只是一个农民没有孩子，还怎么生活下去？他妻子最后总算是过世了，他又娶了个年轻的。这下孩子倒是马上有了，可他已经六十多了，精力是一天不如一天，孩子却还一丁点儿大呢。他只得越发卖力地干活儿，供给嗷嗷待哺的孩子。他真害怕，看不到儿子们接他的班。

我们的车子经过一个村子的时候，看到一根巨长无比的天线。弗拉西奇对天线很感兴趣，我们就教了他些无线电的常识。

“你们听说过猴子精子么?”他问道，“他们有人说，只要给你注上一针，就能年轻五岁咧。”

“五岁怎么够?”我的同伴插了句，“得要二十五岁才行。”

“不，够了，”弗拉西奇说，“我看呐，五岁就成，让我的儿子们长起来就好了。我可不多贪图什么。”他郑重其事地求我们帮他弄些“猴子精子”来。

立着天线的那个村庄似乎无穷无尽。我们的车马一路前行，走着，走着，却总也走不到尽头。村庄越过山坡，穿过沼泽，接着又向另一座山坡延伸——显然，在这边远的山野之地，人们在生生不息地繁衍着。

现在，在橘黄色的晚霞中，我们望见了涅尔利河和库布拉河的交汇处。桥那边，还有一个村庄，叫格里戈罗沃，同安德里阿诺沃村一样，也是人丁兴旺。河岸边，大街上，人头攒动，熙熙攘攘，整个村子生机勃勃，回荡着阵阵歌声，倏忽、缥缈，如同蜉蝣的生命。菲利亚神父驾着湖船顺流滑下，船上载着四十多个孩子，小脑袋挤挤挨挨，就像群马扎伊爷爷的野兔子①。原来神父在载孩子们去兜风呢。“鲁滨逊”们的船上，也载着许多姑娘，一样是挤挤挨挨，像马扎伊爷爷的兔子，姑娘们都在伴着曼陀林和俄式三弦琴唱歌。当村民们瞧见了我们，他们一窝蜂地跟着我们的马车走，沿着河岸一直跟到了我们在库布拉河畔的营地。那天，我们的考察队脱离了科考的正轨，开了回小差。菲利亚神父回来的时候，喝得醉眼惺忪，见到饱学的队长，却依然是一副战战兢兢的样子。队长训了他一句：“做科考可别做岔了，神父。”

---

① 这是一个民间故事：春洪泛滥，困住了一群野兔，老农马扎伊爷爷将兔子救起。涅克拉索夫的相关诗作，是儿童读物中耳熟能详的片段。——原注

夏之篇

summer

初次狩猎指示

我的那只指示犬幼犬名叫罗穆卢斯，不过，我把它简称为罗马或者罗姆卡，有时也叫得更正式些，称作罗曼·瓦西里耶维奇。小狗身上长得最快的，要数耳朵和爪子了。它低头往下看的时候，长长的耳朵会垂下来，挡在眼睛前面。而它的腿呢，老把自己绊倒。

今天发生了这么件事：它在爬地窖楼梯的时候，笨手笨脚扒松了一块砖头，砖头就七跌八撞地掉下了地窖。罗马见状吃了一惊，翘起头来左顾右摆，想把耷拉的耳朵从眼前甩开。

“看看你干了什么好事，罗曼·瓦西里耶维奇!”我说道，“那块七跌八撞的砖头看上去好像活的一样，不是么?”

罗马机灵地望着我。

“瞪什么瞪！小心下面的东西鼓起勇气蹦上来，给你鼻子上来一下。”

罗马把眼睛闪开了。显而易见，它正激动得想要跑下去看看，那块平平常常的死砖头怎么会突然活了过来。可是，下去看看也不见得安全。要是那砖头抓住了它，把它拖到黑洞洞的地窖里，再也出不来了怎么办？

“那我们该怎么办呢？”我问，“赶紧逃跑，是么？”

罗马飞快地扫了我一眼，我霎时明白了它的意思：

“我也是这么想的。可要是我一扭头，那砖头揪住了我的尾巴，那可怎么办呢？”

所以，这也不是个好办法。罗马静静地站在那儿，站了好久，那是它有生以来的第一次狩猎指示，目标是一块死砖头——就像一只成犬嗅到草地中猎物的气息时，所做的那样。

它在那儿站得越久，就越是心惊胆战、惴惴不安——因为根据犬类的逻辑，敌人表现得越是死寂不动，反扑起来会越危险可怕。

“我要以智取胜。”罗马自言自语道。可它又幻想着，那砖头也在低声咕哝：“我要一躺到底！”

砖头可不会思想着，要在那儿躺上几百年，可对于一只可怜的小狗来说，这却是艰难的等待。罗马等得太疲倦了，浑身一阵发抖。

“我们该怎么办才好呢，罗曼·瓦西里耶维奇？”我问。

“要不叫两下试试？”它自个儿问道。

“好呀！”

罗马后退几步，狂吠起来，想象着自己把沉睡的砖头吵醒了，激怒了。它让出一段安全距离，紧紧盯着地窖，看看砖头会不会从里面爬出来。它蹑手蹑脚地悄悄走近些，小心翼翼地向下观望。

“或许我该再叫两声？”

它又后退几步，吠了几声。

这回，罗马的吠声把它母亲凯特引来了。凯特顺着罗马吠叫的方向望去，接着一步一步慢慢地走下地窖。罗姆卡自然是不再叫了，相信一切尽在掌控之中，放大了胆儿往下看。

凯特嗅到了罗马留在死砖头上的印记，凑近闻了闻，发现砖头只不过是块死东西，没什么害处。不过为了保险起见，凯特还是四处都闻了闻，没发现什么可疑的，就抬头向罗马使眼色：

“我觉得那儿没什么可怕的，儿子。”

罗穆卢斯这才振作了起来，摇了摇尾巴。凯特转身离去的时候，罗马紧紧地跟在后面，咬着母亲的耳朵。

灌木丛中的狗学堂

年幼的指示犬必须学会在猎枪的射程内活动，也就是五十步的距离，要是在丛林里，还要靠得再近些。驯犬的第一桩大事，就是要训练幼犬时刻留心主人，不要自顾自地开小差。这几项要求加在一起——在猎枪的射程范围内活动，在森林中时刻留心主人——就叫做幼犬初级训练。

我去有树的山上散步，把罗姆卡带在身边。这地方叫“配给之地”，因为这块地是分配给附近小镇的居民取柴火的。山上被划分成一小块一小块的，每个人从自己所有的那块份地里，按需砍木柴用。有些人的份地上，树一棵都没砍，郁郁葱葱的一片，好像块树木葱茏的孤岛。有些人把长得高大的树木砍了下来，留着小树苗慢慢长大。还有些人呢，把份地里的树砍得精光，只剩下一堆腐烂的枝条。结果，这整座山远远望去，就好像是个盲眼的理发师傅剃过的头。

这地方离城镇太近了，我不指望能找到什么猎物。不过对初级训练一只幼犬来说，这却是个好地方。在这儿，幼犬一下子就能学会在适当范围内活动，时刻留心主人。

我解开狗链条，拍了拍罗姆卡。它没有留意到，我已经给它松了绑，还像拴着时那样站在我身边。

“搜！”我挥挥手，命令道。

罗马会意了，立刻撒腿跑开。它一头钻进了灌木丛中，可是，看不见我，心生恐惧，又跑了回来。它一动不动地站了好一会儿，以一种奇异的方式看着我，就好像要给我照张相似的，再带着我的影像钻进灌木丛，在那些形状与人迥然不同的树桩子间穿梭。神秘兮兮地“照完相”后，它摇摇尾巴，走开了。

在树林中驯狗，与在田野里大不相同。在田野里，猎犬总在视野之中。而在树林里，猎犬如果是在左手边消失的，一定是转了个看不见的圈，然后从右手边冒出来，就这样像陀螺般不停来回打转。如果猎犬没有在右手边出现，那么只有一种可能，就是它嗅到了猎物，正在做狩猎指示。在林中小道上行走的时候，观察猎狗最方便了，因为它总是在你身边左右穿梭。

可我的罗姆卡消失在灌木丛中，没有回来。我很高兴，它热爱自由，胜过对主人的眷恋。对此我丝毫不以为意，因为我是个猎人，也爱自由自在的。可我必须教会罗姆卡，用它的自由与我合作，使得我俩都称心。我穿到另一块砍得精光的份地上，一路跨着大步子，越过低矮的灌木丛，以防留下太多踪迹，让罗马轻而易举地找到我。在空地中央，我看到一大丛杜松，就健步一跃，跳进了树丛中。

因为青草地上湿漉漉的，我听不见狗脚行进的嗒嗒声，但我听得见枝条噼啪折断的声音，还有罗马粗声喘气的声音。它一定是突然意识到，我不在那儿，就横冲直撞四处找我，激动得喘不过气来。我的方位它猜得还是挺精准的，只见它向我健步一跃的空地直冲过来。

声响沉寂下来之后，我尖声吹了下口哨。这很像是在玩捉迷藏。

罗马停下脚步细听动静、苦思冥想的时候，一定听到了我这哨音。它判准了声音的方位，就发了疯似的猛冲过来，“呼啦呼啦”气喘吁吁的，好似一台蒸汽机。它在空地边上停了下来，而我正一动不动地蜷缩在灌木丛中。

罗马跑得辛苦，心里又害怕，此刻已是精疲力竭，吐出了舌头。当然，这境地它什么也嗅不到，只好靠一双耳朵细听。它竖尖了耳朵，可耳朵尖还是耷拉了下来，影响了听力。它又试着扬起脑袋，侧向一边，可这么左侧右侧的，还是无济于事。最后，罗马总算找到了症结所在：是它喘气喘太粗了，这才听不见主人的哨音。于是，它兀自把嘴合上，合得慌忙，不想咬住了嘴唇皮，只得这么抿着嘴唇皮站着，侧耳聆听。

望见罗马那滑稽相儿，我笑得都快噎了，只得用手把嘴捂严实。可它听不见我的笑声。对罗马来说，没有主人的树林是一片荒蛮之地，只有它的先祖——狼，在悄悄巡行觅食。狼群永远无法饶恕狗，因为狗背叛了狼群的事业，效忠于人类，享受着舒适的小窝，安然无忧——它们会把狗撕成碎片，噬之而后快。有句老话说得好，要想与狼为伴，就要嗥叫如狼。

罗马就是这么做的。它仰头大嗥起来。

我过去从未听见过它如此嗥叫。它一定是嗅到了荒野的气息，才像幼狼一般嗥叫，仿佛是在等待出去觅食、久未归来的母狼。

或许是这样的情形：母狼咬死了一头羊羔，叼着猎物回巢的路上，暴露了踪迹，被伏击的猎人所杀。猎人发现了母狼的幼崽，将它们带走喂养。在大自然的生灵身上，温情如泉，喷涌不息。幼狼将爱意转移到收养它们的猎人身上，舔那人的双手，左蹦右跳，把爪子搭在他胸口。幼狼永远不会知道，正是此人杀害了它们的母亲。可野狼知道这些，所以人类和背叛狼群的狗是它们的死敌。

罗姆卡嗥叫得凄凄惨惨，我听了心生不忍。但我还是强忍住怜悯之心，因为我是它的导师。于是，我屏住呼吸，静候不动。

罗马背过身去，聆听另一个方向的动静。是天上飞过的鹬鸟在鸣叫吗？还是它的主人在高处呼唤它？

在附近的田地里，一头母牛准保是把只凤头麦鸡给惊到了，麦鸡“呼呼”扑腾着翅膀飞了起来，尖利的叫声好似哨音一般。那叫声的所在既不太高，也不太远，主人一定就在那儿！罗姆卡直奔那叫声而去，正在那时，我尖尖的口哨也响起来了：“我在这儿呢。”

罗马立马折了回来。短短一刻钟的工夫，我就把它折腾得够呛，让它领教了下，没有人类的森林是多么孤寂骇人。这种对狗的先祖狼群的恐惧，从此深植在它心底，余生挥之不去。最后，我有意摇了摇灌木丛，点上烟斗，罗马闻到了烟草的气息，立刻寻到了我。它的耳朵垂了下来，脑袋变得又光又圆，活像一只大西瓜。我站起身，它羞涩地躺卧下来。我钻出灌木丛，拍了它两下，罗马兴高采烈地又蹦又跳起来，疯疯癫癫地吠叫着。

亚力克

我丢失了自己的指示犬，有一段时间，就只得自己“凭踪”猎鸟，也就是，在零露瀼瀼的早晨，通过分辨鸟儿在草地上留下的踪迹，像条猎狗一样追踪它们。这样猎鸟，我没法打保票，但有的时候，自以为也还能寻到点蛛丝马迹。

正在这时候，住在约摸三十俄里开外的一个兽医，给他那只了不得的爱尔兰赛特种母猎犬配了种，配种的公狗也是赛特种的。两只狗打同一个地方来，都来自一处破落地主的庄园里。正当我生活得很不如意的时候，一个朋友送来一只六周大的爱尔兰赛特种小猎犬。我满心感激地收下了这件礼物，把小狗带大，就当它是我的知交一般。驯狗给我带来的乐趣，同打猎不相上下。

我还记得在片空地上度过的一天。那空地上零星散布着黑沉沉的老树桩子，此外就是铺天盖地的红花，高高擎起如冷杉树的幼苗，这些花让空地望上去一片通红——虽然，那里还开着不少半蓝半黄的三色堇，还有黄灿灿含苞待放的雏菊、蓝铃草以及紫盈盈的酢浆草，一片繁花似锦。不过，是那冷杉似的花儿，把这空地染得红彤彤的。在黑沉沉的老树桩子旁边，还能找到些野草莓，熟过了头，甜滋滋的。在这夏日里，落上几点子雨并不碍事。我待在冷杉似的树苗子下面，边坐等雨停，边朝那些叮人的小虫子吐着烟圈，让它们别来搅扰我的爱犬亚力克。可那还是不顶事儿，我就点了一堆冷杉树的球果，浓烟腾起，很快就把小虫子赶到了雨中。我们刚把那些小虫子驱赶出去，雨就停了。夏天的一场急雨能给你带来的，便只有惬意了。

我们又在树下坐了半个小时，等待鸟儿出来觅食，在地上留下新鲜的踪迹。我估摸着时间差不多了，就出来走到红彤彤的空地上，解开亚力克的狗链条。

“出发，伙计。”

这已经是训练亚力克的第三个夏天了，对爱尔兰赛特种猎犬来说，到了高级阶段也就是结业阶段了。如果训练进展顺利，这个夏天结束的时候，我就会拥有世界上最出色的猎犬——我自己训练的爱尔兰赛特种猎犬，不知疲倦且嗅觉惊人，老远就能嗅到猎物。

望着亚力克的鼻子，我常常羡慕地对自己说：我要是拥有亚力克那样的嗅觉，一定会迎着风，在繁花盛放的空地上一路狂奔，吸取最宜人的芬芳！

可我们谈不上有什么嗅觉，也因此丧失了很多的乐趣。我们常常会问：你的视力好吗？你的听力怎么样？但是没人会问：你的嗅觉如何？你的鼻子好吗？我已经驯了很多年的狗了，每次有狗嗅到了猎物，指引我去，我总会兴奋地想着，要是我自己能嗅到那猎物，该有多好！

“好吧，出发，死脑筋。”我又说了句。

亚力克绕着空地转起圈来。

它很快在空地边的树下停下了脚步，拼命嗅着，然后转过身，斜眼瞧着我，一脸庄重，像是要我跟着它——我俩间不必说什么话。它慢慢地走在前面领着我，腰微微弓着，像是一只狐狸。

我们走到一丛灌木丛前，树长得很密，只有亚力克钻得进去。可我不想让它单独行动，怕它一跃而入，追赶被雨淋湿的鸟儿，把整个训练搞砸了。我正想把它喊回来，它突然摇了摇它那翅膀似的大尾巴，看了我一眼。我明白了。

“鸟儿在这儿过夜的，但到红彤彤的空地那儿觅食去了。”

“我们该怎么办呢？”我问。

它闻了闻花，可急雨把鸟的踪迹都冲走了。我们来时一路追踪的那些鸟迹，是因为在树下才没被冲走。

唯一能做的就是再绕一个圈，寻找雨后留下的新鲜鸟迹。可亚力克还没走到半路，就又停了下来，还是在片又小又密灌木丛边。那股气息太强烈了，只见亚力克僵在那里，姿态很奇怪：它的身体扭曲着，差不多弯成了个U形马蹄铁，这样它可以轻松地摆弄自己的尾巴。我走过去，推了推它。

“行的话，继续吧。”

它听了这话，就挺直腰板，向前走去。向前走不是不行，但要倍加小心。亚力克轻手轻脚地绕灌木丛巡行了一圈，然后以自己的方式告诉我说：

“下雨的时候，它们在这儿。”

亚力克领我向前，差不多是拖着它那条毛茸茸的尾巴，追踪着肉眼就能观察到的新鲜鸟迹——在被雨水打得灰蒙蒙的草地上，有一条绿色的踪迹。

鸟儿可能觉察到了，有人在逼近它们，纷纷匆忙躲开。亚力克向我解释了下。

“它们就在前面，很近了。”

鸟儿都躲进了一大丛杜松里面，亚力克做了最后一次、静止如死的狩猎指示。它刚才还时不时地喘着粗气，吐出舌头来，现在呢，下巴合得紧紧的，只露出粉红色的舌头尖，来不及缩回去，好似一片小花瓣。一只叮人的小虫落在了舌尖上，吸血吸得胀鼓鼓的。我看得见，亚力克的鼻头颤动了一下，可能是疼的，也可能是闻到了气味，可它没法现在就把舌头收回去，怕惊动了鸟儿。

我可不像亚力克那样激动难耐。我小心翼翼地走到它身旁，把那小虫子弹走。亚力克看起来棒极了。它站在那儿，像块石头一样一动不动，漂亮的大尾巴同紧绷的后背连成一线，一双眼睛骨溜溜的，闪着急切的光。

我无声无息地绕到杜松树丛后面，正对着亚力克站着，这样，树丛里的鸟儿就会被径直轰上天，而不会逃向我这边。我们就这样站了许久，鸟儿一定明白，它们被包围了。我走近树丛，听到一只母鸡在对孩子们说：

“我去看看，你们在这儿等着。”

于是母鸡飞了出去，振翼的“呼呼”声大得惊人。

那母鸡要是朝我这边飞来，亚力克不会动弹。即使母鸡飞过头顶，亚力克也会照样无动于衷，因为它牢记着，真正的猎物还在树丛里的时候，不能去追逐被轰起的鸟儿。可那只又大又灰的母鸡，几乎有家禽那么大，在空中翻着筋斗，翅膀扇着狗的鼻子，接着又飞落到很低的地方，高声嘲弄道：

“怎么不来抓我呀。没见我不会飞吗?”

在大概十步远的地方，母鸡像块石头般落到了地上，急匆匆地在红花丛里穿过。亚力克受不了了，一下子忘了多年训练的教导，冲过去追那母鸡。

看来，母鸡的诡计奏效了。它把敌人从一窝小鸡那儿引开了。母鸡飞上天，对躲在灌木丛中的小鸡叫唤道：“大家快快散开，飞走!”

小鸡纷纷从杜松树丛中飞出来，四散而去，边飞边尖着嗓子嘲弄着：

“你这大傻瓜!”

“回来。”我对这上了当的伙计喊道。亚力克一下子回过了神，拖着沉重的步子，一脸愧疚地回到我身旁。

“看看你都做了些什么?”我故意用吓唬人的声音责问它。

亚力克趴了下来。

“来吧，快来!”

它把头靠在我膝头，请求我的宽恕。

“好了，”我说着，钻进了杜松树丛，“到这边来，坐着别动，也别喘气。我们也来耍它们一下。”

十分钟后，我柔声吹起了口哨，模仿小松鸡叫：

“啾——啾，”意思是，“你在哪儿呢，妈妈?”

“咯，咯，”母鸡应和道，意思是，“来啦。”

又传来几声我那样的叫声：“你在哪儿呢，妈妈?”“来啦。”母鸡应和着小鸡们。

近前，有只小鸡慢慢露了出来。我不断地叫唤着，直到小鸡走到我跟前，我看得见膝下的青草纷披拂动。我盯着亚力克的眼睛看，朝它挥挥拳头，然后迅速用手掌把那地方捂住，把一只鸽子大小的灰色小鸡揪了出来。

“闻闻。”我轻声命令亚力克。

亚力克把脑袋转过去，害怕张开嘴，传出喘气声。

“来呀，闻闻，好伙计，”我恳求道，“来呀!”

它闻了闻，又像蒸汽机一样喘起粗气来。

那是我能想到的最严厉的惩罚。

现在，我放开胆子吹起口哨来，断定那母鸡丢了只小鸡，一定会心急火燎地赶过来。另外还有七只小鸡。我听见，它们一个接一个找着了母亲，陆续安静下来。当小鸡们都静下来的时候，我扮作第八只小鸡，又柔声吹了起来：“你在哪儿呢，妈妈?”

“过来吧。”母鸡回道。

“啾——啾，我来不了。你带着它们过来吧。”

如我所料，我见那母鸡穿过草地，朝我们这边赶过来。它的脖子像根绿色的瓶颈，在草丛中时隐时现，小鸡们则跟在身后，搅动着青草。母鸡和小鸡都在几步远的地方歇了下来。

“别再做傻瓜啦。”我对亚力克说着，使了个眼色，放开那只捂着的小鸡。小鸡扑扑翅膀飞了起来，整个鸡群也跟着飞了起来，逃之夭夭。我们望着这群松鸡，大笑不止。

“看看我们怎么耍你们，好家伙！”

韦尔尼

在沼泽地里，我已经把亚力克训练成了一个好手，可我对林中打猎情有独钟，便不禁带着它一起去打黑琴鸡。结果是场失误，错就错在我本该再等一个打猎季再去的。刚开始的几天，亚力克确实表现得不错，不输于在沼泽地里的表现，只不过我要经常吹口哨召唤它。可一天晚上，我们回家的路上，一只灰色的母鸡带着一群迟迟孵化的小鸡在脚前穿过，又开始用它的老伎俩逗引亚力克。亚力克冲过去追逐母鸡，被小鸡绊得跌跌撞撞，神魂颠倒，发了疯似的冲来冲去。我气不打一处来，对着它就是一阵痛打，它撒腿就跑。我奋起直追，可还是让它跑掉了，它就在野地里过的一夜。第二天早上，我才在土豆地里看到它，姜黄色的耳朵闪来闪去。

驯过狗的人，一定会明白我的苦处——现在，要把这狗驯回正道，得花上大工夫了，这个打猎季要想带它出去，门都没有。只能这么着——再找一条狗来打猎，至于亚力克，要从头驯起，让它逐渐淡忘这一事故。

我开始四处另找一条猎狗，就像我原来的那条弗莱塔也行，只要能带出去打打猎就好。

为了找条猎狗我到处打听，还让我的两个儿子出去物色。有一天，他俩回来告诉我，他们路过一处农庄，那果园里有许多蜂巢。他们看见一个老汉提着把斧头出门去，动手劈起柴火来。等柴火劈得差不多了，老汉口哨一吹，招来一条狗。那是条黑狗，带着姜黄的斑点，浑身毛发蓬乱，一看就是条驯过的好狗。只见那狗衔起劈好的木柴，一根一根地往屋里运，来了又去，去了又来，没多久，就把一堆柴火都运进了屋子，而它的主人则坐在一边歇息。接着，老汉把前门锁了，又从棚屋里搬了点木头出来，开始劈起来，让那狗一根根地衔回棚屋。两个孩子没等老汉干完，就回了家。但从木柴的数量来看，老汉一定是天天干这活，可能是在准备过冬的燃料，也可能是想把木柴拿到市场上卖。

“那是条黑狗，有姜黄色的斑点，狗毛厚实得很，你们说得准吗?”我问。

“那是当然，”孩子们说，“那狗的额头呀，比我们家的亚力克还要圆溜，鼻头那儿还有点凹。那狗的毛又浓又密，就像个野人。”

第二天，我就到那农庄碰碰运气，发现两个孩子说得一点不差。老汉在劈木柴，一条哥顿赛特种的好猎狗衔着柴火，运到棚屋里去。有一次，那狗累坏了，半路抛下木柴，就回来了。老汉拾起一根棍子。狗走到老汉身边，在脚前趴了下来。老汉狠狠地打了它两下子，然后丢开了棍子。狗一跃而起，捡起棍子，在主人身边蹦了几圈，回到刚才丢下的柴火旁，把柴火衔到棚屋里去，继续带劲地忙活。

那条狗的脑袋长得引人注目，好像戴了法国国王路易十四的假发一般，可它的后半身却又僵硬又笨拙，不知是挨了太多打，还是害过犬热病。后来有人告诉我，那狗在帮老樵夫干活的时候，挨了不少家伙，大概原因就在于此吧。

“这是条好猎狗，为啥让它干这活呢?”我问老汉。

“什么好猎狗，”老汉抱怨道，“运点柴火都运不像。衔倒是衔进屋了，老往那儿一丢就完事了。”

老汉的儿子听到我们说话，就出来看看是谁。他们生起了茶炉，邀我进去坐坐。一起喝茶的时候，我把驯亚力克出的麻烦事儿告诉了他们，并说他们家韦尔尼嗅觉还不错的话，想把这狗买下来。他们说，一年闹饥荒，他们从一个叫本德里舍夫的人手里买来的这狗，倒不是狗有多好，只是可怜那主人。当时狗主人把狗大大地夸了一通。本德里舍夫这人我知道，是个猎鸟驯狗的好把式，可惜这些老乡不懂，这样一条好猎狗有多么金贵。我心里暗想着，一定要趁此良机买下这狗，不然，等他们回过神来，就太晚了。我请他们开个价，他们说二十卢布——小意思。不过，让个老乡知道卖贱了可不好，所以我开始大模大样砍起价来。我们在那儿喝着茶，吃着蜂蜜，你推我挡地讨价还价，虽然其实，要我给个三十卢布也乐意。招待我的主人们也一杯接一杯地喝茶，喝得满头大汗，议价议得不可开交。最有意思的是，他们夸的不是狗，而是那狗先前的主人。他们反复念叨着，本德里舍夫对打猎熟门熟路，就跟叶戈尔神父把主祷文背得滚瓜烂熟一样。最后总算谈妥了，我付了钱，领了狗，另外还多得了十五磅蜂蜜和一个哨子，就快快回家去了。

我把韦尔尼关在屋里，熟络了两天，它和我混到了难舍难分的地步，我只要一出门，它就呜呜地抱怨起来。韦尔尼是条好狗，性子好，靠得住，像个孤儿般和顺依恋。到了第三天，我咬定它不会离开我了，就带上两个孩子到树林子里打猎去。

我曾在沼泽地里，把亚力克驯得不错。现在，我想在树林子里试试韦尔尼的能耐。在一片可能碰到黑琴鸡的空地上，我把韦尔尼放了出去。只见它一头扎进了灌木丛，可又跑了回来，好像忘了什么东西似的，站在那里直直地盯着我们，抬起毛绒绒的大脑袋左顾右盼，就好似自己是个艺术家，把我们都当成它的模特儿似的。煞有介事地顾盼了一番之后，韦尔尼又消失不见了，接着又回来了，如同一只训练有素的猎狗一样在树林里巡行。很快，在空地沉到沼泽的边缘，密密地长着一丛灌木的地方，它捕捉到了一缕气息。韦尔尼不像亚历克那样激动难耐，眼里也不会闪着急吼吼的光，连自己是谁都忘了。它谨小慎微地执行着任务，仿佛只是为了不负我们的重托，而不是图自己的快活。可能是它巡行的时间太久了，鸟儿越躲越远。可它很快就发觉了，停下步子，四下一望，不紧不慢地缩小包围圈，切断鸟儿的退路——韦尔尼这么做来，看似漫不经心，全无一点激动之情。我们排成一排，各就各位，我站中路，两个孩子分列两边。随后我发号施令："上！"

韦尔尼一步向前，更进一步，"呼呼"地轰起一只鸟，一枪，又是一只——再来一枪。我们如此不停地开枪，鸟儿纷纷应声落下，掉在长着齐人高芦苇的沼泽地里。韦尔尼等到射击完毕，给我使了个眼色，然后走进沼泽地，把猎物都衔了出来。

那地方猎物多的是，没几天，我们就满载而归，把买狗的钱给挣出来了。人要是鸿运当头，总会做出点奇奇怪怪的事情来。这不，我给韦尔尼原先的主人写了封信，告诉他们我对这狗大大的满意，对他们是感激不尽，还说他们说得没错，本德里舍夫熟悉他那行当，确实跟叶戈尔神父熟记主祷文似的。后来我才得知，我的信让他们看懵了：他们原来还以为那狗一无是处，给本德里舍夫骗了哩。

韦尔尼来我们身边还没过几天，亚力克就性情大变。亚力克是条心高气傲的狗，不愿意显露出它对韦尔尼的恨意。甚至当我扛起猎枪准备出门，韦尔尼在身旁左蹦右跳的时候，亚力克还躺在那儿，像块磨盘似的纹丝不动，一点儿也看不出，其实它也巴望着跟我们一起打猎去。其实，亚力克心里一定苦得很，我只要一叫它名字，它就一个激灵跳起来，把韦尔尼搡开。亚力克吃饭原来不讲究，好啃的骨头先啃两下，遇到肉少难咬的地方，也就算了。现在可不一样了，因为害怕韦尔尼抢，它死死地看着骨头，别的狗只要一走近，就狂吠起来。我叫亚力克过来的时候，它嘴里总衔着骨头。有时候需要出门去，它也老把骨头叼着。亚力克日复一日地向韦尔尼挑衅，想要打上一架。我见了很警醒也很忧心，因为我懂这些性子好、像孤儿一般的狗——它们是能忍则忍，可一旦磨光了耐心，就要打得死去活来。

一天洗衣服，一个木桶落在院子里，里面盛着加了蓝色漂白剂的水。亚力克躺在一边啃着骨头，把肉差不多啃干净了，就把骨头藏在了木桶底下。过了几分钟，我叫韦尔尼和我同去树林子里打猎。这自然触到了亚力克的痛处，可它并没有怒形于色，而是悄悄怀恨在心。不消说，像亚力克这样聪明的动物，心里明白得很，叫条狗打猎去，哪还顾得上一根吃剩的骨头。韦尔尼刚巧跑过那藏着骨头的木桶，这下可给亚力克找着了茬儿，可以不露妒意地干上一架。只见它身手敏捷地朝韦尔尼猛扑过来，韦尔尼呢，拖着僵直伤残的后腿，像匹木马似的一仰身，掉进了洗衣水里。在我看来，掉进一桶一尺深的洗衣水里，在主人面前浑身湿透、狼狈不堪，韦尔尼并不以为蒙了羞，因为在以前衔木头的那段日子里，又打又骂的它也照样挺过来了。这也伤不了它。真正伤它心的是，它没做什么错事。它可没垂涎那根该死的骨头——这个姜黄色的家伙凭什么这样对它呢？是该做个了断的时候了！韦尔尼一下子有了十个胆子，浑身是力气。它从木桶中一跃而出，直奔亚力克而来。

一般说来，当双方力量对比悬殊的时候，处于劣势的那只狗，会肚皮朝天躺在地上，而占上风的那只，则会压着弱者，只是狂吠一通。把弱者压服帖了一会儿以后，得胜的那只狗会跑到最近的柱子或者树旁，撒上一泡尿留个“记号”，权当“停战协定”。输了的狗呢，会过去闻闻那“记号”，然后也撒上一泡尿，就像是签了个名在上面。我很少看到，输了的狗会提什么保留条件，如果真的提了，赢家就会再留一个“记号”，让落败的一方去“签署”。

但是像亚力克这样一条咄咄逼人的狗，才不会肚皮朝天求饶呢——不出所料，它朝敌手猛冲过来，刚开始的时候，表现得异常凶猛。

害怕亚力克闹得太凶了，我霍地拎起木桶，把里头蓝蓝的洗衣水劈头倒在两只狂吠撕咬的鼻口上，可还是无济于事。我就又一把拎起韦尔尼的尾巴，又朝亚力克的胸口就是一脚，想把大狗踹开，可是亚力克又扑将上来，来势汹汹，势不可挡。我就又揪住亚力克的尾巴，又是拉又是扯的——可更不抵事，只见韦尔尼一口咬住了亚力克的喉咙，再晚个一分钟，眼看就要结果了亚力克。就在这生死存亡的紧要关头，我的两个孩子奔了过来，拉住两条狗的尾巴，终于把它俩给扯开了。

韦尔尼生性温良，心无歹意，可亚力克却再也不愿隐藏嫉恨之情，于是院子里整天闹翻天，日子简直没法过了。我们试图把两只狗隔离开，可毕竟不可能一天到晚盯着，所以大家心里都捏了一把汗。

九月里的一天，我确定林子里碰不上松鸡，就把亚力克带出门去再试试。结果出人意料地圆满。我通过凝神静气、有条不紊地训练韦尔尼，成功地把亚力克给矫正了过来，可能是有些大喜过望了，也可能是因为天气暖和、我身心疲惫，就只记着把亚力克带回来，放在院子里，把韦尔尼给忘在一边了。

吃晚饭的光景，我们听到外面传来不祥的怒吠声，往外一看，看到两个死对头正在慢慢地逼近对方，都是一副怒发冲冠的模样。

我们要是稍微动弹一下，或者弄出些微响声来，两只狗就会立马大干一仗。所以，我们只得屏气坐着观望，暗自祈望着风头过去，因为考虑到，亚力克打了一天的猎，应该还算心满意足，韦尔尼呢，也是条性子不错的狗。

亚力克毛发直竖，步步紧逼韦尔尼。韦尔尼绝望地等着亚力克出下一招。亚力克绕着韦尔尼晃悠了一圈，然后走到墙边留下第一个“记号”——或许是在提议停战。韦尔尼跟在亚力克身后，闻了闻它的尾巴根。韦尔尼读懂了墙上的“记号”，照着样子也撒了一泡尿，亚力克反过来也闻了闻韦尔尼的尾巴根。亚力克又撒下一泡尿，签署了“停战协定”，韦尔尼又转了半圈，也“签”了一下，或许就是批准“协定”的意思。

自那以后，院子里就太平无事了。两只狗有了明确的分工：韦尔尼主要负责去树林子里追踪黑琴鸡，在干地上协助捕猎白山鹑和秋天肥硕的丘鹬。亚力克则专门负责在沼泽地里打猎，追踪田鹬和大鹬，以及空地上的灰山鹑。在树林子里打猎，我用亚力克的时候，只不过限于开阔地带、稀疏的灌木丛、林中空地还有森林边缘。

凯特

凯特的双亲都是得过奖的好猎狗，为行家里手所熟知。凯特的品种是适合于在大陆上打猎的现代指示犬。这狗的毛色是棕白相间的，背上有两块马鞍状的棕毛，洁白的狗身上，还零零落落分布着许多棕色的斑点，好似撒了一把咖啡豆。

这狗叫凯特，是我给改的名儿。原先的主人叫它姬蒂。凯特原先的主人是对年轻的夫妇，受过良好的教育。他们结婚的前两年没有孩子，就把姬蒂当做了亲亲宝贝儿。在莫斯科的那两年，它就是懒洋洋地靠在沙发上过来的，再过个一两个月，这条纯种狗就快沦为毫无用处的宠物狗了。可就在第二年年底的时候，年轻的妻子发现，丈夫上班时，要想爬上五层楼，给狗透透气，着实有些困难。差不多就是在这时候，我的韦尔尼遭了殃，被条疯狗咬了。我描述不出和韦尔尼惜别的情景，那是段伤痛的记忆。听说了姬蒂之后，我就想去试试运气，因为对家里那条鲁莽急躁的亚力克，我实在不咋地满意。我劝说这对年轻夫妇把爱犬卖给我，他们的出价很公道，只不过洒了一把依依不舍的伤心泪，求我不要殴打这条狗。

我从经验丰富的驯狗人那儿讨教到，驯一条两岁大的狗，还不算太迟，只要这狗还没被蹩脚的门外汉糟践掉。凯特确实还没被糟践掉，它从不追逐鸟儿，只对花朵感兴趣。它会把雏菊的花苞一个个咬下来，然后朝空中一撒。它拥有指示犬的种种优良品质——举止大方，聪慧过人。而且它是条母狗，这也很称心，因为母狗更聪明伶俐。进行室内训练的时候，我差不多只用了一天多点就把它驯服了。我放了一点面包在地板上，它正要过来抢着吃，我喝了一声“不”，掴了一下它的鼻子。

“忘了你那躺在沙发上的悠闲日子吧，亲爱的小姐。”

不出一刻钟，它就学会不经允许，就不来抢面包吃，即使面包摆在它鼻子上也不抢。

下一步，我要教它听懂指令“去”,“回来”,“拿过来”,“这儿”,“小心”，还有“过来”。第二天，我就带它出去，到密密的榛树丛里去，那里没有猎物。我躲在树丛里，让它来找我，这样一天之内，我们就把在树林里做短距离追踪的课程过了一遍。在田野里，训练起来自然有点难度。我会像条快艇一样抢风航行，通过打手势或者吹口哨，让它学我的样。如此训练了三天之后，我们准备进行捕猎活物的训练。

我把凯特带到沼泽地里，那时丘鹬和沙锥还没从林子里飞出来，沼泽地里只有些凤头麦鸡。驯狗手册写得完全不对，手册上说，凤头麦鸡对驯狗没多大帮助。可我觉得，用凤头麦鸡来驯狗，再好不过了。诚然，完全长成的凤头麦鸡可能会让鲁莽急躁的幼犬过度兴奋，可只要开上几枪，就能把它们吓跑，留下姜黄色的小鸡，像小蛋糕似的躺在那儿一动不动，差不多可以踩上它们。

凯特起初没注意到这些小蛋糕，我于是踢了一脚，结果是只凤头麦鸡。那麦鸡小得还不会飞，在沼泽地中的草丘间摇摇摆摆地走着。我给狗发出指令“趴下”，让它别动，只是盯着那麦鸡看，直到小麦鸡又在草丘间伏了下来，像块姜黄色的小蛋糕。

“小心！去!”

凯特低低地伏着身，一步一步走向前去。它一点都没做狩猎指示，只是闻了闻那小麦鸡，放那小麦鸡继续蹒跚地向前走。我把凯特的脑袋扭向一边，让它看不见那小麦鸡歇脚的地方，自己悄悄记下，然后再放它出去，继续抢风寻找。

凯特闻不到空气中的气味，但从那鸟踪处得来一缕气息，于是像织布似的迂回走动，鼻子放得老低，终于发现了那小鸟。这次，它又没做狩猎指示，只是用鼻子轻轻推推那小凤鸡。我们就这样练了十几二十次，可它老死性不改。它总是闻不到空气里的气味，总也不做狩猎指示。回家的路上，我暗自琢磨着，莫非在莫斯科家里待了这两年，把它那鼻子给待迟钝掉了。不过，或许换了个新环境，就会慢慢恢复的吧。

我们用凤头麦鸡驯狗的沼泽地，在八俄里开外。因为路远，我没法经常去看看，有没有沙锥和大鹬在空地上出没。后来，我发现了一条狭长的沼泽地带，大概有五英亩大，地方要近得多。在这里，凯特轰起来两只成年的沙锥，我每天就用沙锥鸟给凯特训练。可就是到这条近旁的沼泽地带，早上也得走上两个小时的路，我后来不得不改变主意，因为去那儿的路是一片泥沼，实在不好走。更恼人的是，训练徒劳无功。凯特会在那儿无所事事地游来荡去，吓唬吓唬小鸟儿，自己却没一点长进。

有一天，我扛了把枪去，打死了两只沙锥中的一只。那鸟落在了灌木丛里。凯特发现了那鸟，可它的反应和发现凤头麦鸡那会儿简直一模一样。它还是不停地绕着圈圈，最后碰巧撞上了那鸟。这好歹有半点益处，就是让它熟悉了鸟的气味，我巴望着明天它能更上一层楼。

并不是只有诗人才有创造的激情，苦苦吟哦，逸兴遄飞。驯狗的苦处也不少，并且同诗人一样，夜深人寂之时，会有奇思妙想涌上心头，让你耳目一新，另择巧径。正在我辗转难眠的时候，突然忆起了《猎手》杂志上关于沙锥习性的探讨。有的作者认为，交尾过后，公沙锥就不再参与家庭生活。其他作者则声称，经常在鸟窝旁发现公沙锥。我于是灵机一动，因为那两只沙锥是一公一母，鸟窝肯定在不远处。早上一起来，我就向着沼泽地带进发，踌躇满志，得意洋洋。凯特还像往常一样闲荡。一只鸟飞了起来，它理都没理。我拨开芦苇丛，在草丘上发现四个鸟蛋，对这种身形娇小的鸟来说，那蛋真是大得出奇。

这个发现还真管用。现在，我可以每天牵着凯特到鸟窝那儿去，慢慢培养它的嗅觉。等小沙锥孵化了出来，它就可以搜寻小鸟，我再把它们藏起来，如此反复训练。

第二天，我迫不及待地赶到那边去，结果出人意料。鸟窝在沼泽边上约两百步远的地方。凯特从灌木丛里钻出来，走了还没到五十步，就歇在那儿，做第一次狩猎指示——要知道，离那鸟窝还有一百五十步远呢。接着，它领着路，啪嗒啪嗒地迈着纤纤细腿，动作优雅而娴熟，犹如一位芭蕾舞者。我穿着一双又大又笨的长筒马靴跟在后面，鞋子大得空空落落，我只好裹了一脚的破布，才勉强套上那鞋。凯特继续向前迈着步子，可声响变得小极了，就好似雨滴落在水面上，而我呢，只管踢踏踢踏地闯着，简直像头猛犸象。凯特还停住了脚步，一脸凝重地望着我，仿佛在说：

“轻点，求求你!”

大概还有五步远的地方，凯特做了最后一次狩猎指示，然后，任由我怎么恳求，它就是裹足不前。它是明智的，因为我刚从泥里拔出只脚来，咯吱一响，那鸟就惊得飞走了。

凯特看上去吃了一惊：“天哪，瞧瞧你干的好事！”

凯特还是不肯动弹。我让它走过去，小心翼翼地闻闻那鸟窝。我真是喜不自胜，可走出那条沼泽的时候，我注意到人家已经开始割空地上的草，他们还告诉我，这条沼泽上的草天夜前也能割完。跟老乡说小心鸟窝是白费口舌，他们中总会有人执意反对，把鸟窝捣掉。我回到沼泽地里，折下些柳条，插在鸟窝边上，做的像一丛灌木的样子。我最害怕的事情是，母沙锥受了惊，把窝弃之不顾了。不过，凯特领着我穿过刈过的草地，像往常一样，停在距我的假灌木丛五步远的地方，见那鸟照样还是飞了出来。

这时候，艺术家鲍里斯·伊万诺维奇，还有我相熟的一个医生米哈伊尔·伊万诺维奇，也在别处的树林子里驯狗。艺术家的那条是法国指示犬，医生养的呢，是条爱尔兰赛特种母狗。我假意邀他俩来喝茶聊天，真实的想法则是聊完带他们去沼泽地里，夸耀夸耀我那凯特。

我简直就是在自吹自擂，得意过头得有些窘迫了，就想同他们说两句恭维话。

“鲍里斯·伊万诺维奇，您挑条指示犬可真够准的，”我对艺术家说，“看看我这条吧，三个礼拜就训成了。”

“米哈伊尔·伊万诺维奇，您选条爱尔兰赛特种也够准的，”

我对医生肯定地说，“驯它有得费工夫了，可你会得到条引以为傲的好狗。”

不消说，他俩把我训猎狗的绝活儿给传扬开了，我成了方圆几英里内的知名人物。

不意之喜切莫沉湎，我要告诫年轻的爱狗人、猎人、新婚夫妇和诗人。殊不知，这不意之喜乃是一场幻梦，是前途高耸的障碍，你必须飞身跃过，而不是据之自得。我对凯特完美狩猎指示的欣喜，不出一个礼拜就破灭了。

沼泽空地刈了干草后，过了大概一个礼拜，那里望上去似乎越发葱葱茏茏了。那天风和日丽，略显灰蒙蒙，空地看上去诱人极了，我似乎能望见里面挤满了沙锥。果不其然，凯特刚上前一步，就有一只吓得扑扑飞了起来。出我意料，凯特表现得镇定自若。过了会儿，又有只幼鸟从它脚下飞了出来，可凯特毫不理会，只是着了魔似的径直朝那鸟窝走去。又有只幼鸟飞起来了，第三只，第四只，第五只……可凯特只是兀自朝前走去，直到距鸟窝五步远的地方，它才停下来做狩猎指示，僵在那里一动不动。我过去一看，可窝里除了些蛋壳，别的什么也没有。

我思忖着，或许是鸟窝的气味比鸟要重，就把蛋壳丢了。

第二天，凯特又把我领到了鸟窝那边。

我于是捣毁了那草丘，拾来些干树枝，在那里生起一堆火。可凯特还是全然不顾那些幼鸟，转转悠悠到我生火的那地方来了。

也就是说，从一开始，凯特就是全凭记忆而行。它只不过是在表演。它感觉不到真切的生活，只会演戏。这狗做不了猎人的朋友和帮手，也生不出嗅觉灵敏的小狗崽。它只是一个女演员罢了。

遇到这种情况，一般就留不得那狗了，要杀了。我想说动凯特原先的主人，把这狗领回去，顺便透透口风，暗示不然就要结果了它。

再过了一天，打猎季就正式开始了。我和孩子们一起去打野鸭，虽然那也算不得合我心意。又过了一周，我又出去打小黑琴鸡，这倒挺配我胃口的，但也不算太痴迷。我爱打的，是最迟孵出的松鸡。打松鸡的时候，猎狗大老远就做狩猎指示了，要选准最佳位置，在松鸡刚巧飞出的时候来上一枪，全凭自己的判断。这时只要打上一只鸟，就抵得上夏天打的十只哩。

花楸树火红欲燃。紫崖燕早已飞走了，燕子也成群结队的聚集着。燕麦已经收割了。椴树黄澄澄的，从头一直黄到了脚，沼泽地里的柳树和白桦也是通黄通黄的。已经降过了两场薄霜，马铃薯的茎秆变得黑不溜秋的。猎人的心里蠢蠢欲动，左右为难——树林子里，有妙不可言的黑琴鸡；沼泽地里，有肥硕的沙锥鸟；而田野里呢，还有那灰山鹑。我试图行遍处处，都去体味一番，这时有一天，有人告诉我说:“昨天鲍里斯·伊万诺维奇打到一只迁徙的大鹬。”

听到这消息，我立马把松鸡和山鹑抛到了九霄云外，赶了八俄里的路，到利亚霍沃沼泽去看看那迁徙的鸟。要是今天能打上两只，明天再打上三只的话，我就心满意足了。

我打猎的风头正劲，脚却被那破马靴磨起了泡，再也没法走到沼泽地里去了。在这收获时节，雇匹马去打猎代价未免太大，不过我主要是怕被人笑话，这才没有雇马——边骑马边打猎，我可不会。

那是忧思满怀的一天。挺拔的白桦树上，只只鸟窝望之如古旧的黄金。凯特走到我身边，一副伤心可怜样儿。它最近消瘦得真厉害呀！

我很为这漂亮的小东西难过。我们屋后的残茬里，有的是灰山鹑，因为太近了，我从来没当猎物一样打过这些鸟。为什么不让凯特试试身手呢，顺便打个一两只下锅？

我穿着拖鞋走了出去。风正巧朝我们这边吹，我放开凯特，让它抢风而行。它一开始抢风的时候，就嗅到了一缕气息，跳向一侧，停在那儿不动了片刻。接着，它又跃向另一侧，动作优雅如芭蕾舞者，再次停住不动，两眼紧紧地盯着同一处。然后，在我和那看不见的目标之间，它切奶酪似的迂回前行，直到靠近目标，迎面直前，如同上次发现空巢的情形。

凯特最后做了一次狩猎指示，它浑身抖颤，犹如抽动的马达，竭尽全力克制，不要跃入那气息的源头。

突然之间——你见识过吗，三十多只灰山鹑被轰了起来，惊恐地“呼呼”振着翅羽？我瞄准就是一枪，再来一枪，两只鸟应声掉在不远处。

凯特看到那鸟落地。

我这下明白了。我原来驯凯特，是在长着树的沼泽地里，四围都是灌木丛，那里的空气是静止不动的。在那里，它不明白该做些什么，只是鼻子贴着地，四处瞎逛。可在这样的开阔地带，强风很快就把它那原先在城里待木了的嗅觉，给搅动起来了。

凯特打山鹑一旦摸到了门径，在开阔的沼泽地里打沙锥和大鹬，想来也不是什么难事了。我乐得差不多忘了，自己还穿着拖鞋，身边也没带干粮。我还能怎么想呢？自然是一鼓作气，赶了八俄里的路，急不可耐地冲到了那沼泽地里。

一开始，我带着凯特到一处泥泞非常的地点练兵，那儿，它的四肢都陷在了泥里，肚皮差不多贴着地。它领我到一堆黑乎乎的草堆旁，那是堆陈年的干草。在那儿，凯特轰起了一只大鹬和一只田鹬。我只有工夫在那大鹬身上得手，可凯特发现了那田鹬，于是我把田鹬也收入囊中，我们就这样打着鸟，乐此不疲。

沼泽地纵横五俄里之长，夕阳在迅速西沉。我打猎的兴致正高，就祈求夕阳落得慢点儿，可那轮红日还是无情地沉了下去，四围暮色沉沉。此刻，我眼前朦朦胧胧的，看不真切，只好胡乱地开枪。

我从沼泽地里出来，走到残梗地里的时候，才感到脚下钻心的痛——田里的残茬戳着我那磨破的脚，好生疼痛。我的拖鞋呢，刚才不知丢在哪儿了，自己竟浑然不觉。

在利亚霍沃沼泽打了半天的猎，大胜而归的时候，我碰巧路过那片泥泞的空地，就是凯特像演员般表演，差点为此丢了性命的地方。有些狗的脑子就是能记事儿，叫人吃惊。凯特又到了那空空如也的老地方，不过，一只活沙锥的气味让它忘了表演欲，全然丢了它那优雅架子，把我领到鸟那边去。那只沙锥鸟起飞的时候，我没能瞄准，只得举着枪管一路跟踪，在空中想象出一个漏斗形状的靶子，然后朝那靶心就是一枪。只见那鸟应声跌落在灌木丛中。这回，我决定试试凯特的衔拾本领，它果然嘴里叼着沙锥回来了。

亚力克的爱

有的时候，我把猎狗带到林子里去，尽量不用人类的语言向它发号施令，而是通过表情、手势来让它明白，顶多含混不清地咕哝几声。这种无声的交流做起来自然很难，可能让你的感官更敏锐，有助于理解动物的心思。所以说，在亚力克和凯特无声的默恋中，我更能理解它们之间的爱。要是它们能开口交谈，我有心旁听的话，反而倒失了个中三昧了。

两只狗刚碰头的时候可算不得友善。亚力克闻了闻凯特，凯特不大乐意，亚力克只好灰溜溜地走开，躺在角落里生闷气。亚力克的性子起变化，就要从这时候算起。自打六周大开始，这条姜黄色的小狗就过惯了主人情有独钟的日子。我可不想夸大其辞地吹嘘，动物有多么通人性，多么完美无缺，可我可以证明，一条品种优良的猎狗，在追踪猎物时是多么忠于它的主人，那是一种强烈的本能，甚至胜过了饥饿——亚力克不管自己有多饿，只要一看见我扛着把枪，就会把吃的丢在一边。即使在爱得如痴如醉的时候，猎狗和主人间的这种纽带也不会断裂。

凯特刚到不久，就发情了，我们只好把亚力克关在畜棚里，同猎狐犬索洛韦伊关在一起。我全然不顾凯特的状况，继续在树林子和沼泽地里驯它，因为我们住的地方离村子很远，不大可能碰见别的狗。我寻思着狗的打猎本能到底该有多强烈，就决定冒个险，把凯特和亚力克一同带出去。这么做的危险不仅在于，德国指示犬可能会与爱尔兰赛特种猎犬在灌木丛里杂交，生下一无所长的杂种狗后代，而且在于，凯特如果再错过一年的训练，就可能彻底糟践了。可我总是好奇于犬类的心思，跃跃欲试，就想试它一次，就先把两只狗带到田野里，然后再到灌木丛中。那天，两只狗钻进了灌木丛就没出来，我真是等得心焦如焚。我于是自己冲了进去，四处找寻不见，就自己跑着绕了一大圈。不见两只狗的影子，吹了口哨也不灵。我慌晕了头，漫无目的地一头扎进灌木丛里，边咒骂着自己的冒失大意。最后，我总算发现了毛色棕白相间的凯特，认定之后，我急切的眼光又一扫，发现了旁边的亚力克。亚力克正死死地盯着草丛里那看不见的鸟儿，激动欲疯狂，静立如雕像。稍后站着的就是凯特了，对打猎的门道还是一片茫然，一脸困惑的样子，一滴滴深红的经血滴落在青草和林花上。这段时间，它俩本可以用来共度良宵的。到底还是被我说中了。这些狗之所以被叫做猎狗，实在是不枉虚名——打猎并不能使它们得到些什么，它们却为此甘于委身，打猎之重，甚至胜过了那撼天动地的爱欲激情。

我兴高采烈地回到了家。这次实验使我有勇气承认，自己也曾被激情所驱遣，为了个看不见的目标，错失良机放走了凯特。我这才欣喜地了然了，不仅人类会如此，高等动物也不例外。

我不得不让亚力克在畜棚里多待上几天，同索洛韦伊待在一起，不过我还是经常去看看它，爱抚它几下，用自己取的别名唤它。我爱抚凯特的时候，也会另取个名儿唤它。这是我自个儿的主意——给猎狗起两个名字，打猎时叫正名，在家时呼别名，叫正名时要无条件地服从，呼别名时呢，则是让猎狗偶尔放肆一把，当一回老爷。当亚历克前脚交叉趴在窗台上，斯芬克斯①一般，身上洒满了阳光，那种色调，只有提香②的妙笔

---

①斯芬克斯是希腊神话中带翼的狮身女怪，传说常叫过路行人猜谜，猜不出者即遭噬食。——译者注

②提香，约1477～1576，意大利文艺复兴时期威尼斯画派画家。——译者注

才能描绘。见此情景，你还做得像一个疾言厉色的驯狗人吗?在这样的时刻，我会温柔地叫它:“基留沙，我的宝贝儿。”

它心知肚明我在赞赏着它，却不露声色，保持着那傲气凌人的姿势不动，腰板更挺直了几分。

可如果我叫“亚力克”，不管声调多么温柔，它都会竖起耳朵，一脸灿烂的神情，放下那美妙的花架子，长毛尾巴呼呼地在地板上扫来扫去。

虽然林子里的那件事过后，我在畜棚里找亚力克面对面谈了次话，可我还是在它骄傲的举止里，看出了一丝异样。凯特第一次发情过后，我们又把亚力克接到屋里来，它的举止简直天翻地覆了一般。只要汤咕噜咕噜往狗食盆里一倒，凯特就会循声前来，急不可耐地摇着它那又粗又短的尾巴。要是在往日，听到那声音，亚力克也会急匆匆地赶过来，可如今，它只是躺在角落里，充耳不闻似的，一副清高矜持的模样，知道那儿没它的事儿。它越做越不可收拾，连喊它去吃饭的时候，也是满心的不情愿，拖拖拉拉地爬起身。亚力克不再瞧着我们吃饭，企望着漏下点美味佳肴来，只是懒洋洋地摊着四肢，趴在桌子底下，不闻不问。凯特可不同了，它苦巴巴地瞅着我们，看得我们都不忍心，只好把它赶开了。可就是在那会儿，亚力克也依然是冷冰冰的，一点不为所动。我们都懂了，亚力克变了，因为来了凯特，它跟我们闹意见了。

打猎季开始了，我没能赏识凯特的本事，每次打猎都只带亚力克去。在家里，亚力克终于恢复了老样子，总是第一个冲到狗食盆前，吃饭时眼睁睁地瞧着我们。凯特还是摇晃着它那又短又粗的尾巴，可怜兮兮地望着我们，我们只好把它支开："回你地儿去!"可到了打猎季快结束的时候，凯特证明了自己的实力，相比之下，亚力克反而显得木生生的了。这条德国指示犬默不作声却灵巧能干，我简直着了迷。我决定以后就养这种狗了，让它多生几个崽儿。邻舍里挑得上配它的，就数杰克了，杰克的主人是个艺术家，我的熟人。大鹬迁飞的时节，我们决定把它俩都带出去练练。真是一对王牌搭档。它俩打起猎来，简直就是艺术家的手笔，我们常常只顾着沉醉欣赏，连瞄准都不记得了。它俩出发的时候分别行动，再一同回来，在追踪的路上停下来，接着又引领向前，然后做最后一次狩猎指示。如果我们逗留耽搁了，它俩就会急吼吼地望着我们。打完猎，我们架起水壶煮上一壶水，边煮边畅聊着两条德国大陆指示犬的子孙后代，两条狗呢，累瘫了，趴在我们脚边睡得酣沉。它俩可以安安稳稳地睡着，全然不担忧上帝的异想天开，我们就是它俩的上帝，它俩的命运攥在我们手里。

有一天，只有我和两个孩子在家。凯特和亚力克闹着玩儿，我们就由着它俩绕着桌子嬉闹，碰翻椅子，蹦上沙发，还把桌布连同茶具什么的一股脑儿扯了下来。后来，它俩打闹得热气腾腾、精疲力尽了，咕咚咕咚舔我们喝的水，我们也都听任着。它俩闹得疯疯癫癫，我们看着兴味盎然，一心想把这场好戏看完。一开始的时候，亚力克玩得兴起，朝地板上就是一躺，四肢一摊，肚皮朝天。凯特朝亚力克猛扑过来，又是骚扰又是逗弄的，亚力克躺在那儿实在扛不住了，吐着舌头，喘着粗气。凯特就像条蛇一样，轻盈又机敏，有着玩不厌的新花样，终于把亚力克激将了起来。只见亚力克蓦然一跳，朝凯特的脖子狠狠地就是一爪，想要扑在它身上。凯特像是沉思了片刻，然后面露凶相，作一声河东狮子吼，一个转身，把亚力克狠咬了一口。亚力克受此重创，夹着尾巴，又气恼又可怜，只得偷偷摸摸地溜回它那块垫子上，呆呆地躺了许久，像人似的一圈黑眼定定地望着。

第二天，面对凯特的步步紧逼，亚力克没多反抗，只是在凯特玩过火的时候，吠上两声。凯特无所畏惧，跳将过来，啮咬着亚力克的耳朵和尾巴，直到缕缕姜黄色的毛发飘落了下来。现在，亚力克学会了空中接物的把戏，只要我们把好吃的东西拴在绳子的一头，在它鼻子前面晃来晃去，它就能准确接住。起先，它佯装不以为意，静静地观望，心中估摸着，然后突然飞身一跃，把那食物接住，屡试不爽。它和凯特嬉闹时也是一样，静候时机，算准距离，然后精准地一跳。它失于算计的只有一件事——它占不了凯特的便宜，因为凯特的第二次发情期还没到。它处心积虑得到的，只是狠狠的一口——对亚力克这么一条骄傲自负的狗来说，实在是最大的羞辱。它不顾凯特的警告，一意孤行，得到的就是一口。挫而再试，却不得不被逼回了墙角里。那一刻，亚力克一定看清了自己的本相：一条惨兮兮的小破狗，又挨咬又蒙羞的。整个白天，亚力克都在舔着自己的伤口。到了晚上，它又在房间里踱步踱了一夜。我爬起身，以为它要出去，就开了门。可亚力克又回了进来，继续踱着步子，踱过来，踱过去。我惊扰了好梦，一直都醒着，听着它啪嗒啪嗒的脚步声，一整夜回响不绝。

早晨，我注意到凯特有第二次发情的迹象，就匆匆记下日期，然后把亚力克赶到畜棚里，同索洛韦伊待在一起。接下来的事情，就按照驯狗手册指示的办。到了第十一天的时候，鲍里斯·伊万诺维奇带着杰克过来了。我们放它和凯特在一起，一番云雨欢爱，整整持续了十五分钟。

早晚都是严霜茫茫。晚上落了雪，风从山上刮下一层雪粉，只见那山莹光闪亮，眩人眼目。白雪之上，新积的夏云层层堆叠，杳然高耸。林木之间，蔚蓝的天空乍现片缕天光。乌鸦带劲儿地喧嚷着，山雀唱着求偶的歌，雌狐的经血滴落在脚踪上。

母狗六十三天的怀孕期就快结束了。凯特最前面的两个乳头都肿了起来，两排胀鼓鼓的乳房好似两条山脉，叫人想起哺育罗穆卢斯和雷穆斯①的那条母狼。就是在临盆的那几天，凯特看起来也不难看，她的肚子垂得低低的，快要贴着地，却垂得恰到好处，别有一番韵味。我们买来很多牛骨头，熬成骨头汤，还加了点燕麦在里面，把它喂得饱饱的。可凯特总会在盆里剩下点吃的，这时，亚力克就会从凳子底下钻出来，小心翼翼地走过来，把残羹剩饭一卷而空——它被打垮了精气神，变得恭

---

① 根据古罗马传说，罗穆卢斯和雷穆斯是战神马尔斯之子，幼年遭弃，由一母狼哺乳喂养。——译者注

恭敬敬，服服帖帖。它会在窗台上趴上一整天，前脚交叉着，狮子一般，沐浴着阳光，或许还做着白日梦，梦想着来年的春天和迁飞的鸟儿。我也会凝望着窗外许久，我们的头常常转向同一个方向，望着外面的雪地。我在寻思着新的驯狗方案，不发一言，全靠眼神和手势发号施令。如果真能做到，我将洞彻猎狗的心思，或许还有它们的爱，这样我就能解读凯特怀孕期间，亚力克复杂的心境了。

我正这么浮想联翩着，随亚力克一道转过头去，注视着浮云投下的蓝色影子，凯特过来找我来了。它见我在窗边，就跑到跟前，在我脚边躺了下来，像是想要些什么。我一起身，它就朝门边跑去。我随它出门。它方便了一下，就又匆匆跑了回来。当时我不明白到底有什么急事儿，还一个人在院子里待了片刻。后来一进屋，就听见一种奇异的声音，从凯特房里传来，它似乎在舔着什么东西。我进去一看，只见凯特身旁躺着只小狗，眼还没开，毛上撒着咖啡色的斑点，同它母亲一样。凯特无需旁人帮助，就自己动嘴又咬又吞搞定了一切，它把小狗崽舔得干干净净的，白生生的毛色泛着光泽，好似洁白无瑕的雪。它生产得很顺利，直到生完第五个小狗崽，眼白发青，体力不支，终于倒了下去。我们给凯特喂了口酒，它坚持生完了第六个，也就是最后一个，苦苦等待的雷穆斯。我们特别盼望能有公狗崽，在雷穆斯之前，只有一个，就是罗穆卢斯。

凯特自己生产，自己清洁，短短几分钟，就把狗窝打扫得一尘不染。那舔干净、没开眼的小狗崽，一个挨一个蠕动着，呀呀尖叫，直到摸索到了奶头，就吃起奶来。热爱生活的人们，请凝望着母亲的双眼吧，但是不要作声，唯恐语词亵渎了那至神至圣的……

我们正站在那里看着，凯特忽然神色大变。它颤抖起来，眼露凶光，从脖子到尾巴毛发直竖。我们四处一张望，发现亚力克姜黄色的脑袋从门里探出来。原来它也想过来看看。幸好亚力克溜得快，凯特只咬到了它的后腿，要是咬到喉咙就糟了。亚力克尖叫了一声，撒腿就逃，溜进了厨房。凯特折回来，躺在那里颤抖着，一直颤到了晚上。

那天，家里来了客人，我就跟他们唠了些猎狗的爱情故事，说着凯特第一次发情的时候，亚力克怎样只顾着指示看不见的猎物，而忽略了身边这个怀春的美人。冬天两只狗怎样打打闹闹折腾了一个月。还有杰克的故事，以及亚力克窥视凯特生产的时候，凯特那费解的暴怒……

“哪里费解了？”一个熟谙情事的女客人说，“我要摊上这么个亚力克，早把它撕成碎片了。”

“可那不是它的错，”我说，“是我们这做月老的乱点了鸳鸯谱，把亚力克和杰克调了包。”

“月老也有出错的时候，”女客人反驳道，“在灌木丛里那会儿，亚力克明明有机可乘，却傻呆呆地站着，指示那看不见的猎物，活脱脱傻帽一个。”

沼泽地

我知道，早春时节，能守在沼泽地里，听那黑琴鸡求偶的鸣叫，一听就是几个小时的，恐怕没几个人。可要想描述日出之前，这场沼泽地音乐会的空前盛况，恐怕我再美妙的言辞也会黯然失色。据我观察，在天光远未显露之时，是麻鹬奏响了音乐会的第一声。麻鹬的娇声一颤，全然不似往常的尖鸣。接着，柳松鸡也开始啼鸣，雌松鸡咯咯地叫起来了，雄黑琴鸡在紧挨着帐篷的地方咕哝着，一时不见了麻鹬的啼啭。可当旭日东升，金光万丈的时候，你定然又会听到麻鹬的新曲儿，是支活泼欢快的曲子，好像民间舞蹈的舞曲。这支舞曲，同仙鹤的嗷嗷鸣声一道，都在欢迎着初升的旭日。一天早上，我从帐篷里往外看，看到一只灰色的雌麻鹬，坐在草丘上，杂在一群雄黑琴鸡中间。一只雄麻鹬飞过来，扑腾着翅膀低低地悬浮，一双爪子快要碰上那雌麻鹬的背心，边扑腾着边唱着那舞曲。不一会儿，沼泽地里的鸟儿都加入了合唱，音波荡漾，空气仿佛都在微微颤动。我还记得，在那纹风不动的天气里，小水潭都漾开了涟漪，搅扰起一潭的小虫子。

望着麻鹬那张长长的弯钩嘴子，我不由地悠悠遐想开了，仿佛回到了人类出现以前的那个世界。关于这沼泽地的一切都是那么不可思议，无人知，无人写，也无人绘，身临其境，就好似人类还没被创造出来一般。

一天晚上，我去沼泽地里遛狗。时雨刚过，天气闷热得很，大约还要再降下一场暴雨。猎狗四处跑着，吐着舌头，时不时地扑通跌到水塘里，像头猪一样在那儿打滚。看得出，幼鸟还没孵化出来，所以我们这片沼泽地，虽说挤满了猎物，猎狗却什么也嗅不到，见到只路过的乌鸦，还会激动上半天。突然，飞来一只大鸟，刺耳地尖叫着，在我们头顶盘旋，打着大圈。又飞来一只麻鹬，也呀呀尖叫着，盘旋不息，接着来了第三只——显然不是一伙儿的——穿过盘旋的大圈，飞走了。我想偷只麻鹬的蛋，收藏一下。我思想着，如果靠近鸟窝，两只麻鹬的圈子就会越盘越小，走远点儿呢，圈子就会放大，于是我就在它们的呀呀尖叫声中玩起了捉迷藏。我就这样小心地移动，总算接近了鸟窝，此时，落日已低垂，巨大的火球放着绯红的光，暑气蒸腾，浩浩汤汤。两只鸟还在尖叫着，呕哑嘲哳，它们盘旋得那么低，衬着红彤彤的天幕，那又长又弯的嘴子看得分明，正惊慌失措地开口大嚷，无止无休。现在，我的猎狗捕捉到了空中的气息，做了次狩猎指示。我顺着猎狗的鼻眼望去，望见两只硕大的鸟蛋，既没有鸟窝，也没有什么东西遮掩保护，光溜溜地躺在一小丛灌木旁边，一条丛生着黄色苔藓的干地上。我让猎狗卧倒不动，喜出望外地四下张望了一番，全然不顾一群群来势汹汹的蚊虫。此时此刻，一轮红日掩映之下，两只麻鹬扑腾着翅膀，挥舞着又长又弯的嘴子，而我，只身涉入这片荒无人迹的沼泽地，感受着那洪荒久远的悠悠天地。

我俯身拾起一枚漂亮的大鸟蛋，突然，望见一个人正穿过沼泽，向我这边走来。那人既没扛枪，也没牵狗，连根棍子都没拄。没人会路过这儿，我也想不起还有什么人会像我一样，在这蚊虫肆虐的沼泽地里漫游，优哉游哉。我憎恶这不速之客，就好像自己对镜做了个鬼脸，被生人窥见一样不快。我没拿鸟蛋就走开了，知道那生人要是问起我，就要把我的闲情逸致给败了。我叫起猎狗，领它们登上高地，在块石头上坐了下来。那石头上覆着层厚厚的黄色地衣，坐上去暖洋洋的。一从鸟窝边走开，两只麻鹬盘旋的圈子就放大了，可我再也无心欣赏它们。那个不速之客的到来让我惴惴不安。现在，我看他看得真切：是个中年男人，干瘪消瘦，步子走得很慢，正留心望着盘旋的鸟儿。后来，我稍稍松了口气，只见那人调转了方向，登上另一处高地，找到块石头，冥然兀坐。还有别人在这儿，带着敬畏之心深深思索着这夜，我以为也是一桩美事。我们似乎不需发一言而心意自相通，言语反倒成了累赘了。现在，我又重新提起兴致来，观望着鸟儿飞过落日的红盘。这天地洪荒便存在，何其悠悠，而人类新近才出现，又何其倏忽！简直是暂如朝露啊。

金乌西坠。我环望四周，寻找着那个不知名姓的友人，可寻不见了。鸟儿的尖鸣沉寂了下来，大抵是回窝了吧。我让猎狗悄悄地跟随我，无声无息地朝那鸟窝走去，猜测着能否再看一眼窝边的鸟儿。我很轻易就找到了小灌木丛旁的鸟窝，那两只麻鹬居然由着我，真是出我意料。末了，我攀上那小灌木丛，一望，惊呆了：鸟窝里空空如也。我摸了摸那苔藓，原先放着鸟蛋的地方，还是热乎乎的。

我折腾了半天就是为了看一眼鸟蛋，可麻鹬害怕人类邪恶的目光，早早地把鸟蛋藏起来了。

更暖和的位子

每次从沼泽地里打猎回来，涅尔利身上都是冷飕飕的，滴滴答答淌着水。这时，涅尔利的母亲肯塔都会朝它狂吠一阵，以示警告，因为肯塔心里明白，涅尔利准会贴到它身边取暖。可要是肯塔打猎回来，又年轻又好奇的涅尔利就会从垫子上一跃而起，急切地想知道我们带了什么好东西回来，肯塔呢，就会乘机占了涅尔利暖过的那个位子，躺下来。如果我没有想出门的意思，只是顺便进去看看两条狗，它们会不约而同地跳起来，恳求着：

“带我吧，带我吧。”

我会轮着把两条狗抚弄一番，搞得它们都以为自己能去打猎，而对方去不成。

两条狗激动起来，都会把爪子搭在我胸前。但这动作是绝对不允许的，我会命令道：“今天不去打猎。下去，涅尔利，下去，肯塔！”

它们只得灰溜溜地退回垫子上，可肯塔总会去占涅尔利的位子，涅尔利呢，也总会占它妈的，两个心里都认准了，别人的位子比自己的暖和。

林子里的谜

树林子里有的是黑琴鸡，每座蚁丘都被它们的爪子扒过。可有一座蚁丘外观很奇特，上面有个深深的洞。黑琴鸡可挖不了这么深的洞，我实在想不出，这林子里有什么生灵，敢于如此残忍地捣毁蚂蚁的王国。

解不开这林子里的谜，想来实在恼人，可大自然布下的谜题何止千千万万，要知答案，存乎一心。我通常会把谜题悬置起来，挂在心上，深信有朝一日，会在同一片林子里找到答案。

还记得年轻时候，我常常百思不得其解，不知道沼泽地里的草丘，到底从何而来。我查阅了很多文献，可总找不到可以自圆其说的答案。别人给出的解答数不胜数，可都含混不清、纯属猜测。一次漫游林中，我在片林间空地上坐下来歇息。在这块湿气很重的地方，有着许多树桩子，树桩之间覆着一层新鲜的苔藓，地毯一般。那苔藓的色泽鲜翠欲滴，妙不可言，仿佛上面流溢着的不是日光，而是月色。这层月色冷冷的绿地毯，覆在许多隆起的小丘上面。那草丘一开始的时候，便是这模样吧，我心想着。草丘会生长，这不难理解，可最初的时候，它们是怎么形成的，却不是很清楚。我亲自动手，剥去覆着的苔藓，下面露出一段腐烂的白桦树桩。看来草丘便是这么形成的。

我发现，问题涌上心头，大多是在我散步的时候，而只要我一坐下歇息，答案便水到渠成。那个有着奇怪深孔的蚁丘之谜，也是这么揭开的。我想喝杯茶，就拧开保温瓶，坐在棵松树下面，软绵绵生着苔藓的小丘上，慢悠悠地一口一口呷着茶，冥思苦想着，渐渐与外物融为一体。一朵暖洋洋、灰沉沉的雨云遮蔽了太阳，万物似乎也都陷入了沉思。在雨落之前那万籁俱寂的时分，远处啄木鸟的振翼声隐隐传来，越来越响——只见那鸟就栖止在我头顶的松树上。那鸟似乎沉吟了片刻，向四周张望了一番，奇怪的是，我这个树下的庞然大物，却没入它的法眼。据我观察，鸟儿往往如此——抬头左顾右盼，却从不往下看。不只是啄木鸟，有时黑琴鸡也是一样，我在树下喝着茶，它停落在我头顶的枝条上，却对我视而不见。啄木鸟一点都没留意到我的存在，径直飞落到那疑云密布的蚁丘上，我眼前一亮：只见啄木鸟把嘴伸进深洞里，急急忙忙找吃的呢。

夏日里的一天——什么鬼日子——无数谜团一股脑儿冒了出来，我被逼疯了，骂了一位清白无辜的老妇人。一开始，涅尔利，这条只训了一年的幼犬，在沼泽地里完全不听指挥。我吹口哨，它不管不顾，没做狩猎指示，就把沙锥鸟给轰了起来。我失了耐心，发起火来，因为本想打几只鸟下来，而不是来驯狗的。我一次又一次地错失良机，又追着猎狗，又赶着沙锥鸟，头发里钻了只蜜蜂嗡嗡直叫也顾不上。后来，我好歹镇定了下来，把狗喊回来，摘下帽子，捋了捋头发，嗡嗡声这才止了。

我稍稍振作，就想抖擞精神，继续打猎。我于是再次解开涅尔利的狗链条，可就在距离那鸟五十步远的地方，它又开始蹑手蹑脚走上前去。我冲过去拦住那狗，谁知两脚踩进了一坨牛粪里。刚从牛粪里拔出脚来，那烦人的蜜蜂又在头发里嗡嗡乱叫起来，叫得任情恣性，吵吵嚷嚷。

“噗嗤，噗嗤”又有一只沙锥鸟飞了起来，涅尔利还是没做狩猎指示，我正要举枪瞄准，可惜太晚了。是只不错的鸟啊，可惜了。突然，我以为又听到了呼呼的振翼声，可没见什么东西飞起来。我好生诧异。后来，那振翼的呼呼声又一次在背后响起，我转身四顾，可是一无所见。我仔细地去听，可只听见那蜜蜂在头发里的嗡嗡声，此外就是灌木丛中喜鹊的啁啾声。我心想着，自己这么心慌意乱的，怕是把喜鹊的啁啾声错听成沙锥的振翼声了吧。正这么思虑着，又是一声“噗嗤”，这回可不是喜鹊叫了。就在这当口，我禁不住开口骂了那个老妇人，只因她没有说反话祝福我“一根毛也逮不着”，而是好心好意祝了句“上帝帮你捞得盆满钵满!”

我忙乱得精疲力尽，来到一块干地，在别人伐下的细圆木上坐了下来，摘下帽子，把头发通通透透理了一遍，就是没找到蜜蜂，可那嗡嗡声倒是止住了。我的体力慢慢地恢复了，也渐渐重拾了自信，相信只要用心去理解，驯狗时遇到的困难总会克服的。我坚信理解至关重要，因为大自然之中，没有哪两个生灵是一模一样的。不管是人还是动物，每一个都有迥异于同伴的地方，所以应用一成不变的教条是于事无补的。每一桩事情中，都能找到新的线索。

这时，涅尔利悄悄地起身，闻了闻地上的什么东西，怯生生地看了我一眼，然后兜起小圈子来——圈子越兜越大。“我是怎么吩咐的?”我柔声提醒它，吩咐过让它躺下。

涅尔利走过来几步，可还是兜着圈子，过来的半路上，又跑开了。“我是怎么吩咐的?”我又重复了句。

我注意到，虽然吩咐涅尔利躺下，可在地上闻不到什么气息，它就把鼻子撅得高高的，使劲儿闻着空气。见此情景，我灵机一动，主意来了。

我起来向前走去，涅尔利一走到离我十步开外的地方，我就静静地重复那句:“我是怎么吩咐的?”如此这般说着，我们来到了一丛灌木丛前。涅尔利停下了脚步，我又说了一遍,“我是怎么吩咐的?”，按着它做狩猎指示。就在这时，一只黑沙锥飞了出来。

自然而然地，我匆匆折回沼泽地里，总让涅尔利离我不超过十步远，它就一直撅着鼻子，闻那鸟的气息。终于嗅到了，涅尔利就悄悄袭上去，我说:“我是怎么吩咐的?”

涅尔利停下步子，高撅起鼻子，用力吸着空气。它先是抬起后腿，可发现这姿势有些别扭，就又屈起前腿。爪子上滴下水来，点点滴滴，汇成一个小塘。

我打中了那只沙锥鸟，接着是第二只，第三只，凭着自己的敏锐与执着，终于把那个被我无端咒骂的老妇人的魔咒，给打破了。蜜蜂的谜题也揭开了：那蜜蜂不是在我发间嗡嗡作鸣，而是躲在帽圈后面。至于那疑似沙锥鸟的“噗嗤”声，原来是我自己的鼻子在作怪：我深呼吸的时候，鼻腔里就会“噗嗤”作响，听上去很像是沙锥鸟的振翼声。

牧笛声声

牧羊人在佩列斯拉夫尔乡间放牧已经多年了，我们却从未听到过牧笛声，只听见他吹过口哨。可在扎波洛季耶那儿，一到天明的时候，牧羊人就会吹起号角，小牧童呢，则会吹奏一种叫*Zhaleika*的牧笛。那牧笛管身由瑞香木做成，簧片是芦苇做的，共鸣器用的则是牛角。要是我早上爬不起来，错过了那牧童的小曲儿，心里会觉得像是错过了早堂礼拜那样罪过。最后，我终于忍不住自己动手，做出一支牧笛来，尝试一下这沼泽之音。

我的耳朵敏锐得很，用这新制的牧笛，甚至奏出了柴可夫斯基的曲子，可就是那牧羊人简简单单的小调，我怎么也吹不出来，只得放弃了。

一天，大清早就下起雨来，我就待在家里写作。向晚时分，雨总算是停了，可那落日望上去冷冰冰的，黄得黯淡。我走到走廊里，面朝着落日，吹起牧笛来。或许是落日的缘故，或者就是那树——那棵路旁的大柳树，在半明半暗的黎明或薄暮里，望上去就像是个老农，鼻子硕大，头发蓬乱——我也不知是哪儿来的灵感，就是望着那“老农”的头，望了又望，突然就发现，吹起笛子真是轻轻巧巧，信手拈来。要全然抛开那些曲谱和柴可夫斯基——只要按着乐孔，小小牧笛就会流淌出妙音来。

几个村妇闻音而来，坐在板凳上欣赏。

“你们说说，比起沼泽那边的牧羊人，我吹得是不是差远了？”

“你要好些哩。”她们评论道。

我继续吹奏着。落日的余晖渐渐收尽。路上来了一马车老乡。他们会笑话我的吧，不吹也罢，我心想着。可出我意料的是，车上的老乡勒住了马匹，停下来同村妇们一道聆听着。

我吹奏完毕，立马溜进屋里。窗开着，我听见一个老乡驾马启程的时候，说了句：

“一定是塞得饱饱的。”

“那是当然，饿着肚子哪能吹呀。”另一个接嘴道。

这么听来，老乡们一定是把我错当成牧羊人了，吃着千家饭，住着千家屋。他们还以为，我这个牧羊人待在了一户好人家，吃得酒足饭饱，这才吹起笛子来。

秋之篇

autumn

地母之眼

自朝至暮，不外是一片凄寒、冷雨、狂风！失了至亲的妇人们曾跟我说过，人垂死的时候，是先丧失视力，再丧失意识的。有时，一个人临终时会说："亲爱的，我看不见你们啊。"这话意味着，那人的眼睛已经失明了，接下来，就会开口说不出话来。我脚边这湖泊，也是一样的。民间有种说法，湖泊是地母的眼睛。我可以见证，这话不假——在日光消逝之前，地母的眼睛就先走一步，失明了。树林子里，争夺晚照的大戏才刚刚开幕，树梢上如烈火熊熊，鲜艳欲燃——似乎树自身在灼灼发亮——这时的湖泊，却早已死去了，成了一座葬着冷鱼的寒冢。

连绵的降雨，让老乡们苦恼不堪。紫崖燕已经飞走了。燕子聚集在田野里，成群结队。已经降过了两场霜冻。椴树从头黄到了脚，马铃薯的茎秆变得黑沉沉的。地上遍铺着亚麻，正在沤麻呢。大鹬已经出来了，夜间打猎也就开始了。

小偷帽子烧着啦[1]

金灿灿的叶子文静不动，灰白色亚麻似的严霜铺在草上——那真是一场严霜，而不只是冷冰冰的寒露。直到早上八点，这场严霜才化为露水，灌木丛下的那层“亚麻”也就消失了踪影。落叶萧萧而下，无止无歇。远处，冷杉和松树正在同白桦依依道别，山杨树顶上红艳艳的，着了火一般，卓然峭立，俯瞰着树林。不知为何，我忆起了一句老话，在那遥遥的童年时代，曾经颇费我一番思量：小偷帽子烧着啦。

可燕子还在这里。

---

① 这一句俗语可能源自一个故事，有人喊了句“小偷帽子烧着啦”，以便惊吓并发现小偷。——原注

群鸟安眠

因为天气寒飕飕的，蜘蛛都冻得麻木了，它们结的网，大多经不起凄风冷雨的折腾，被扯破了。只有那些最坚韧的网，是蜘蛛吐尽精华织就的，在风雨中还保持完好无损，把风中飘动的东西粘住。现在，在风中飘动的，便只有落叶了。这不，一片明晃晃的秋叶，带着几滴露水，粘在了蜘蛛网上，随风飘来荡去，好似睡在张无形的吊床上一般。太阳出来了一会儿，那几滴露水在阳光下熠熠生辉，犹如颗颗钻石。此情此景映入眼帘，我想起了自己的打算，要想在秋叶变成松鸡美味的时节，了解一下松鸡的情况。我常听说，在日出前的一个小时，松鸡会飞到山杨树上，啄着树叶一直啄到晚上，栖在树上过夜，然后早上起来再啄一点。

我在树林深处的一小片空地上，遇见几只松鸡。在涉过小溪的时候，我一只穿靴子的脚从泥里拔出来，啪嗒响了一声，结果惊起了头顶山杨树上的一只母松鸡。这片树林密密匝匝地挤满了山杨和白桦，那棵高树正矗立在森林的边缘。正是在与松树和冷杉的生存竞争中，这树才长得如此高挑。一条林中大道贴树而过，黑黝黝的，带着车辙印，路旁鲜亮的山杨树叶零落下来，铺成了一条黄灿灿的小径。在这黄灿灿的落叶堆上，要想隐蔽起来打猎是很困难的，因为松鸡都栖在山杨树上，很容易发现我。这片空地是去年冬天才清理出来的——没有运走的柴火已经腐朽发黑，隐在茁壮成长的山杨树苗中间，被那硕大鲜妍的叶子遮着，难以辨识了。不过，在岁数大些的山杨树上，叶子差不多是黄色的，我就悄悄从一棵老山杨树边溜到另一棵。天上细雨霏微，清风徐徐，山杨树喃喃低语，窸窣作响，雨点轻敲，滴滴嗒嗒，在这一片树声、雨声中，我听不见鸟啄树叶的声音。突然，一只松鸡从小树苗上飞了起来，飞到两百步开外，空地的另一头。我站在那里，望着那松鸡啄食树叶，囫囵吞下。一阵狂风卷过，随后天地间蓦地阒寂无声，那松鸡啄咬树叶的声音，我听得分明。我曾听见过这声音。当松鸡啄尽了高枝上鲜美的树叶，就会跳落到低枝上，可那低枝太细弱了，承受不了松鸡的分量，松鸡便滑落到了树梢梢，扑腾着翅膀努力保持平衡。不一会儿，在我这边的空地上，又有窸窣噼啪之声传来，我明白了：四周的山杨树上，都藏着觅食的鸟儿呢。大白天的时候，这些鸟儿一定是在空地上四处闲逛，捕食昆虫，或者吞食那必不可少的小石子。到了晚上呢，它们就会飞上枝头，在睡前美美地饱餐一顿。

到了日落时分，西风的劲头渐渐减弱了下去，本地的天气向来如此。刹那之间，金色的夕照便如洪涛泛滥，万道金光遍洒了森林。我在耳朵边窝起手来细听，勉强分辨出了头顶上方啄咬树叶的声音——那声音模糊不清，比起空洞滴水的声音，要来得尖利些。我起身，不声不响地向那声源处逼近。这时节可不比春天，春天那会儿，轻轻巧巧就能撞上一只鸟，因为鸟儿只顾着唱歌，引吭一曲直干云霄，别的什么也听不见。蹚过一个大水塘的时候，我遇到了难事。虽然水塘上漂着厚厚一层山杨树叶，可毕竟泥泞不堪，水又深得很。每次从泥水里抽脚，我都不得不绷直了脚背，跳芭蕾舞似的，就怕弄出点声响来。要是我小心翼翼抬起脚时，滴下一滴水来，落到塘里去，那声音听上去真是大得怕人。一只老鼠从落叶下匆匆钻过，拱出一条小沟来，闹出的动静可大了，我想要是我这么着，恐怕鸟儿早就被吓跑了。那声音鸟儿听来一定耳熟得很，它们知道，不过是只老鼠跑过罢了。要是是只狐狸啪的折断了枝条，鸟儿大约也会明白，不过是只狐狸罢了，各走各的，不碍事儿。在树林子里，万物都各有其意义，也都千丝万缕地关联着。可很难说得清，人在其中扮演着什么，所以人弄腾出的一切声响，都与这林子格格不入。

我一旦对什么东西有了热情，就会催生出难以置信的耐心来，假以时日，或许能练就猫一般的机敏。可惜时不我待，太阳已经下山了，再过会儿，天色就会变得昏昏沉沉，打不成猎了。我认定无疑，那只鸟儿就在眼前的山杨树上，躲在枝条后面。可我既没法贸然向前，也没工夫绕到树的另一边。那该怎么办好呢？山杨树黄澄澄的树冠上，有一个小缺口，透过它可以望见一线天光——那缕天光时隐时现。我知道，那一定是鸟儿在啄食树叶，一抬头就把天光给挡住了，我都差不多能望得见那鸟嘴上的小小须羽。像我这样一情急就举枪射击的人，本不在多数，可恰在此时，脚下一根看不见的枝条折了，天光显露了出来……更为不妙的是，树上的那只鸟儿意识到了危险，鼻子里哼了一声，像是在咒骂我。还有一件不巧的事——旁边枝头上一只鸟滑落了下来，一时间完全暴露在我面前，可那距离太远，我的枪打不着，如果走近些呢，肯定会被它发现。我就那样单脚站立，定住不动，另一只踩断枝条的脚呢，几乎无所依凭。周围别的鸟纷纷飞来过夜。其中有一只，在棵高高的山杨树上咯咯叫起来，边叫边把咬得歪歪斜斜的小枝条往下撂，看得出，松鸡是要在这过夜来着。第一只鸟渐渐看清了：它就坐在那儿，脖子伸得老长，头扬得高高的。下面我立脚的地方，老鼠还在窸窣捣鼓不停，看上去已是晦暗不明。第二只鸟已消失在一片昏黑之中。大约其他的鸟儿，都把垂着须羽的脑袋藏在翅子底下，安然进入梦乡了吧。我挪了下站得酸麻的脚，松了口气，倚靠在刚才惊了鸟儿的那棵树上，那鸟此刻一定正睡得酣熟安泰吧。

当你知道这些巨鸟，巨兽时代的幸存者，如今正酣眠在你头顶的时候，这深林中的夜晚，远非言语可以形容。这些鸟儿睡的时候也不安生：有的摇来晃去，有的用嘴理理毛，还有的咔嗒咂着嘴。一个人独处林中，我并不感到担惊受怕，恰恰相反，那感受如同节假日探亲一般亲切。要不是这林子里又冷又潮，我可能会在这儿同鸟儿一道睡去。附近一定有个水塘，我听得见高树上滴水的声音，高枝，低枝，大滴，小点，滴嗒不停。当我理解、领会了这些声响，它们就汇成一曲和谐的乐章，比我惯于欣赏的那些寻常的佳音还要美妙。当林间万物都加入了水滴的夜曲里，我突然听到了一种大煞风景的杂音——打鼾声。

我倒不是心生惧怕了，而是听不得这美妙绝伦的音乐会掺进了杂音，一想到有人在如此大倒胃口地打鼾，我便匆匆离开了这片森林处女地。

穿过村庄回家的路上，在我听来，似乎不止是森林里有鼾声，不论是人是兽，世间万物都在打鼾呢。回到屋里，谢廖扎，女房东的儿子，在食品储藏室里打鼾，鼾声大得惊人。多姆娜·伊凡诺夫娜和家里其他人则在厨房里打鼾。顶顶奇怪的是，除了院子里牲口的鼾声，我还听到其他什么动物更细微的鼾声，拿手电筒一照，原来是家禽也在打鼾呢。

就是在睡梦中，这打鼾声也萦绕不散。同别人有时在梦中见到的一样，我也回想起了一些东西，这些东西如同覆水，再也不会回来。那天晚上，我那半梦半醒的脑子里挤挤挨挨，装满了鸟之梦……

我顿悟了，那在林子里打鼾的，不是别人，正是松鸡呀。我从床上一跃而起，喝了几口冷茶，扛起枪，匆匆忙忙就往林子里的老地方赶。我仍旧靠在那棵树边，等待着日出。现在，听过了家禽和家畜的鼾声，我不仅能够辨认出栖在头顶的鸟儿的鼾声，连隔壁树上的也听得分明。

晨光初露，林子亮堂起来的时候，那鼾声止住了。那棵山杨树上的天光又显露了出来，可鸟的脑袋却没出现。这个早晨，天上万里无云，所以天亮得很快。隔壁树上的鸟儿有了动静，暴露了自己。我看它看得很清楚。那鸟是完完全全醒了，长脖子上的小脑袋像个拳头一般，如今伸了出来，左顾右盼的，还蓦地展开了尾羽，如同在求偶季节时那样。对于秋季鸟儿求偶的歌声，我曾经有所听闻，所以心想着，不知这鸟会不会唱。可那鸟儿没开口，而是收起了尾羽，啄起树叶子来，吃得真是出奇地快。我头顶树上的那只，一定是刚刚才开始啄树叶吧，我已经看到了它的脑袋，挡住了那缕天光。

我一枪打得精准，那鸟没怎么动弹，就掉了下来，只不过抓了抓山杨树皮。那抓松的几片叶子，还在飘飘悠悠，未曾落地。

再回想那些鼾声，我以为那声音是这么回事：巨鸟睡觉的时候，把脑袋藏在翅子底下，呼吸声刮蹭着毛羽，那打鼾声就是这么来的。不过，我也不能肯定，松鸡真的把头藏在翅子底下睡觉。我是根据家禽的睡姿来推断的。一切都不过是推测、揣度和故事而已，而真实的林中世界鲜为人知。

死湖

金灿灿的树林子里，静悄悄的，温暖如夏。纤小的蜘蛛网飘落在田野里。脚下干枯的落叶发出清脆的窸窣声。鸟儿受惊飞起，飞出了猎枪的射程。一只野兔扬起一团轻尘，绝尘而去。我有些头痛，大清早就出了门，走了又走，走了又走，直到走累了什么也不想。我所能做的，就是跟在猎狗后面，握着枪时刻准备着，时不时地瞄一眼指南针。我就这么一路漫游着，行行重行行，直到看到指南针上显示，离家已经老远了。乡间这地面，我可从未来过。我在浓密的灌木丛间艰难地走着，突然，眼前出现了一大片椭圆状的死湖，湖岸边丛生着林木，金黄的叶子落满了湖岸。我在湖边坐了许久，凝视着这地母枯干的眼睛。

晚来时候突然变了天，在森林之外的地方，似乎有个巨大的茶炉烧得鼎沸。雨横风骤，撕扯着树木的衣衫。那一晚，从种种迹象和我的笔记来看，大雁该飞走了。

初雪飘飘

夜晚月色如洗，阒静无声，降了一场薄霜。破晓时分，飘下雪花悠悠。光秃秃的枝条间，松鼠在互相追逐。我约摸听到黑琴鸡在啼鸣，正寻思着要不要去打猎，突然意识到，那听见的不是鸡鸣，而是远方路上马车的辚辚声。

这真是个别扭天，时而洒下阳光万道，时而落下白雪飘飘。早上九点的时候，沼泽地上还覆着一层薄冰。树桩子银装素裹，山杨树叶躺在雪地上，如同盏盏血色的茶碟。一只小沙锥鸟从沼泽地里飞起来，消失在白雪茫茫的远方。

大雁成群结队集聚着。我静立在暮色中，欣赏着日落，听到迁飞大雁的叫声，看到一群水鸭飞过，接着又飞过一群大些的野鸭。我只要看见一群鸟儿在眼前飞过，就会激动上半天，乱了思绪，要费上点劲儿，才能再理出点头绪来。我正在这么遐想着：我们每个人都无法活得长久，这是何等美妙的安排呀——如此，我们便不可能阅遍世间万物，世界在我们眼前，便无限精彩丰富。

大雁与天鹅

晚上奇寒无比，天空中澄澈无云，月光皎皎，星汉灿烂。天明时分，天地间一片白皑皑的。大雁正忙着觅食。又有一群大雁加入了进来，现在这批大雁约有两百来只，正从湖边往田野里飞。到了晌午，黑琴鸡还栖在树上，不停嘀咕着。接着，天上飘来了云朵，天气变得阴森森、冷冰冰的。

午后，太阳又从云中探出头来，晴好天气一直保持到了晚上。两棵金灿灿的白桦树，躲过了严峻的浩劫，真令我们喜出望外。然而，北风刮来，湖水变得黑沉沉的，怒涛汹涌。一大群天鹅飞了过来。我听人说，天鹅常会在此地与我们在一起，待上许久。当湖上冰封了，只有湖心还留着个窄小的水洼，马车径直行在冰上的时候，一片朦胧中，人们有时会听到低低的絮语声，仿佛有人在交谈，其实，那只是水洼里天鹅的鸣声。

晚上，我蹑手蹑脚地走近雁群，本可大开杀戒，可爬上陡峭的岸边，我已累得气喘吁吁，也或许就没那个心思了。沟渠旁有个树桩子，我就坐在那儿歇息。只要一抬头，就可以望见那片栖着雁群的黑麦地——在约摸十步开外。我拿好了枪，这群大雁即使突然惊动了，也不可能一个不伤地跑掉。我燃起一支烟，挥挥手把唇边的烟雾驱散。那边还有一条沟渠，有只狐狸正和我一样，借着暮色的掩护，悄悄向雁群袭来。我还没来得及举枪，雁群就嗖嗖一哄而起，飞出了射程。好在我猜到那是狐狸干的好事，没有立刻抬头。那狐狸就像条狗一样，追踪着鸟儿的脚踪，越走越近。我稳住胳膊，瞄准，像老鼠般吱吱吹了声口哨。狐狸朝我看看，我又吱吱叫了一声——只见那狐狸冲我走过来……

人影憧憧

有晨月在天。东天阴云密布。厚重的云幕之中，好不容易现出一缕晨曦，月亮在青幽幽的云间浮动。

湖面似乎被大块大块的浮冰盖住了，晨雾散得突然而离奇。村子里的公鸡和天鹅打鸣了。

我不是做音乐家的料，可我觉得，在沼泽地里呼唤天明时，那天鹅发出的最高音，同仙鹤相仿佛。而当天鹅喋喋不休、嘟嘟囔囔的时候，那深沉的最低音则好似大雁。

我说不清，到底是那昏蓝的月色，还是周围青云中的晨曦，让我留意到了秃鼻乌鸦。不久，我就看到，大批大批的秃鼻乌鸦和寒鸦在天空中集聚。秃鼻乌鸦在进行迁飞前的调度，寒鸦呢，照例在为秃鼻乌鸦送行。谁能告诉我，为什么寒鸦经常会过来为秃鼻乌鸦送行呢？曾有一度，我以为世间万物的秘密都已揭开，只有我，这个可怜虫，还懵懵懂懂，一无所知。可是后来，我发现，纵然是饱学之士，也可能对这活生生的大自然中最最简单的东西一窍不通。

打那以后，我开始自己思索那些大惑不解的事情。就拿寒鸦这事儿来说吧，在我看来，鸟儿的脑子就像是水波，有些神经冲动是代代相传的，就好像投石入水，激起层层水波一样。最初的时候，寒鸦和秃鼻乌鸦一定是聚集起来，一起迁飞的。可是后来，秃鼻乌鸦飞走了，寒鸦却由于某种原因改变了主意，留了下来，裹足不前。此后，这一习性就在乌鸦中间世世代代传了下来。它们集聚在一起飞，可寒鸦送走秃鼻乌鸦，就又飞了回来。

可或许事情比这还要简单。我们最近才了解到，有些常见的乌鸦品种会迁飞。那么，有些寒鸦怎么不可以同秃鼻乌鸦一同飞走呢？

早上，又起了一阵风，刮倒了我种在田野中的小冷杉树。我是为了偷偷接近雁群，才种下这棵小树的。我走过去，把树扶正，正在这时，大雁突然飞来了。我藏在小树后面，看到雁群绕着小树飞了几圈，一副疑心重重的样子，最后总算飞走了，歇落在杜博维泽附近。我从空地中央的一大丛柳树后面，悄悄向雁群靠近。残茬上覆着茫茫白霜，我偷偷摸摸的身影，映着白霜，落在我前面一大截。一开始我还没注意，后来才无奈地意识到，我那森森然的巨影，正暗暗向雁群袭来。影子一晃，闹出了大乱子，只见整个雁群腾空而起，朝树丛飞来，两百多张嘴巴尖叫着，每一声都像士兵冲锋呐喊那么嘹亮。我以迅雷不及掩耳之势跳进树丛，朝那长长的脖颈伸出了我的双管枪。

松鼠

天刚蒙蒙亮，我们就出发，到冷杉树林里去打松鼠。我们分头行动，各走各的道儿。天空又低又沉，仿佛压在冷杉树的树顶上。很多树上都结着红通通的球果——球果累累的地方，自然会有大群的松鼠。

有些冷杉树枝叶齐齐整整，好似有梳子从头到脚给梳了一遍似的，还有些树则是枝叶纷纷乱。有些树很幼嫩，饱含着树汁，还有些树则很苍老，树上灰绿色的苔藓垂下来，胡须一般。有一棵树老态龙钟，树根几近枯死，差不多每一根枝条上，都垂下根灰绿色的“胡须”，树上结的球果却是累累硕硕，足可填实一座谷仓。一根枝条颤动了一下，可松鼠瞧见了我，屏住不动了。我头顶的那棵老树，底下被人烤焦过，从一块碟子似的洼地里擎起。我耙开旁边的白桦树落在洼地里的枯叶，发现底下的土地被烤得黑黝黝的，满是灰烬。我现在明白了，这块洼地是怎么回事。去年冬天的时候，有个猎人悄悄跟踪一只貂，到了此地。那只貂一定是在树间跳来跳去，抓落块块树皮，在负雪的枝条上留下踪迹。猎人追逐着这只名贵的貂，越走越深，进了林子深处。暮色四合，猎人不得不就地过夜。我所站的这棵树下，曾有个硕大无朋的蚁丘，兴许是林子里最大的蚁之家。猎人清扫去积雪，生起一把火，烧了那蚂蚁王国。他躺在暖暖的洼地里，就睡在热腾腾的灰烬上面，身上盖着大衣，准备明晨再去追踪。春回大地，洼地里涨满了积水，夏去秋来呢，则是白桦树的落叶，还有松鼠洒下的冷杉球果碎屑，充实了这洼地。现在，我便在此处打松鼠。

我想利用等待松鼠的时机，记下几笔关于蚁丘的猜想。我小心翼翼地从口袋里取出笔记本和铅笔，写道：那曾经的蚁丘或许是个巨大的蚂蚁王国，就像中国是世界大国一样。可我刚写到中国二字，一片球果碎屑掉落在了纸页上。一定是有只松鼠正在我头顶上方。我刚来的时候，那松鼠吓得一动不动，可它实在是太好奇了，忍不住想看看我到底是否还活着，还是凝作了一根没有害处的树桩。或许，那片球果碎屑，就是它故意扔的哩。那松鼠迟疑了片刻，又扔下一片。它即使是满心的好奇，也会看明白了再有所动作。我继续写着，那宏伟的蚂蚁王国，是何等的呕心沥血、辛劳不辍才筑就的，却被一个不速而至的巨人毁于一旦，仅仅为着能过个暖和的夜晚。这会儿，那松鼠丢下一整个球果来，差点砸翻了我手里的笔记本。我从眼角的余光里瞥到，那个蠢头蠢脑的小家伙，正谨小慎微地顺着一根根小枝条逐级而下，落到我肩头上方，顺着我肩膀望去，看着那一行行“巨人为一夜暖觉摧毁蚂蚁王国”的文字。

有一次，我打着了一只松鼠，一时间同时有三个球果，从三棵冷杉树上掉了下来。一定是每棵树上都坐着只松鼠，听到枪声吓了一跳，丢下枚球果，现出原形来。

我们在莫斯科常绿针叶林带，便是这么打松鼠的：十一月份，从黎明打到上午十一点，再从下午两点一直打到晚上——这段时间是松鼠活动的时间，它们剥球果，摇树枝，啃树皮，在树间蹦来跳去，找寻最鲜美可口的球果。上午十一点到下午两点这段时间，我们不打猎，因为这时候的松鼠，正躲在最最浓密的枝条间，用小爪子洗脸呢。

獾

去年这时候，地上是一片白雪茫茫。今年呢，深秋徘徊不去，大地还是黑黝黝的，雪白的野兔在地上跑着或躺着，大老远就能望得见——野兔子的生活，这会儿可够艰难的！可灰獾就没什么好忌惮的。我想，它们还在那儿晃悠。这时的灰獾，长得该有多肥美呀！我决定在灰獾洞窠外守着。在这阴郁的时节，松林里是不大容易保持平静的。待在屋子里估摸天气是好是坏，可没什么用处。林间万物都在活泼运动，并在这永不止息的运动中，找寻到自己的意义与乐趣。

獾生活的悬崖十分陡峭，有些地方，人手不得不挨着獾的脚印攀爬。我坐在一棵老冷杉树旁，隔过一根低枝，盯着那大洞窠。一只松鼠，正在自己过冬的小窝上缀苔藓，丢下几片树皮来。接着是一片岑寂。这岑寂，猎人可以守在獾的洞窠旁，不倦地听上几个小时。

天空郁郁沉沉，似乎是靠茂密的冷杉树林撑着，一点也看不出日头移动的迹象。可獾在漆黑的洞窠里却知道，什么时候太阳落山。日落后不久，獾就小心翼翼地出来夜间捕猎了。獾会时不时地从洞窠里探出鼻子来，嗅了嗅又缩回去，然后一溜风似的冲出来，把守着它的猎人给看懵了。守候獾的最佳时机在天明以前，因为在捕猎归来的路上，獾不会耍花招，而窸窸窣窣的动静声也老远就能听到。但在这时节，獾正冬眠着，不会每天出来，要是浪费一整晚守着，白天再呼呼睡去，未免有些可惜。

蹲守自然不比坐扶椅，我两腿开始发麻。正在这时，只见那獾突然探出鼻子来，我立马感觉好多了，比坐在最柔软的椅子上还要舒坦。獾探出鼻子来，又缩了回去。半个小时后，獾的身影又乍现了片刻，后来就再也没出来。

獾压根儿就不出来了。回去的路上，我刚走到樵夫的农舍，天就下起雪来。莫非那獾探出鼻子的时候，就预感到要下雪？

湿漉漉的雪花，直直地落下，落在枝条上，又滑落下来，整夜簌簌作响。簌簌的落雪声把雪白的野兔子赶出了林子。精明的野兔料到，到了早晨，黑黝黝的土地就会覆上皑皑白雪，那时，它就可以在雪地里高枕无忧了。于是，野兔就选了林子旁边的一个地方。野兔身旁是一块马的头骨，受了日晒风吹，看上去好像另一只雪白的野兔。到了黎明时候，整片田野就像一张洁白无瑕的白纸，雪白的野兔、雪白的头骨，都被吞没在一片茫茫白雪中。

我们来得有点迟了。松开奥斯曼的狗链条的时候，野兔的气味已经渐渐淡去了。一开始，奥斯曼还能在地上分辨出棕兔和白兔的踪迹。奥斯曼沿着棕兔的踪迹追踪。可猎狗刚刚上路，雪就化了，底下黑乎乎的地上，既没留下气味，也没留下脚踪。我们只得放弃了，打道回府，沿着林子边缘走着。

“拿你的望远镜瞧瞧，”我对同伴说，“那是什么东西？那白乎乎的。”

“一匹马的头骨。”同伴说。

我拿过望远镜望了望。

“旁边还有个白东西，”他说，“就在左边。”

我又望了望，看到了那野兔，和头骨一样，白得晶晶亮，甚至那白底子上的黑眼睛，我也看得见。那野兔紧张得六神无主——它要是原地待着，谁都看得见它；要是开溜的话呢，就会在潮湿的地面上留下脚踪，被猎狗追踪。我们逼得那野兔打定了主意。野兔受了惊吓，撒腿就跑，奥斯曼一阵狂吠，一路猛追。

美的力量

雾气迷蒙中，艺术家鲍里斯·伊万诺维奇悄悄潜近天鹅，举起猎枪瞄准。可他寻思着，如果用小子弹，效果可能会好些，就退出了枪里的子弹，换上了打野鸭用的小霰弹。再次瞄准的时候，他突然生了恻隐之心，觉得自己瞄准的仿佛不是天鹅，而是人类。他放下枪，饱餐着天鹅的秀色，然后小心翼翼地回去了——他走得那样小心，天鹅都不知道，自己曾经有性命之虞。

我曾听人说，天鹅是种恶鸟，身旁容不得大雁或野鸭，常常杀之而后快。真有这回事吗？好吧，即使真有其事，我们也不能让它玷污传说中的诗意形象，少女化身为天鹅——这就是美的力量。

雾气蒙蒙

夜晚星汉璀璨，温暖宜人。天快亮的时候，我走出门去，听到一滴檐滴从屋宇落下。破晓时分，一场雾气弥散开来，我们像是在岸边，面对着一片浩渺无边的大海。

一天中最微妙、最神秘的时刻，要数一线晨光初露之后、日出之前的那段时间。此时，晨光刚刚开始描画光秃秃的树干的轮廓。白桦树像是用梳子从头往下梳了一遍似的，枫树和山杨呢，则像是从脚往上梳了一遍。我见证了银霜降临，摧枯离离黄草，使之憔悴惨白，并给小池塘覆上一层薄薄的冰。

日出之后，对岸的剪影从云间显露出来，高高地悬在空中。接着，在四射的日光之中，湖也露出了真容。在日照之雾中，一切似乎都夸张地呈现了出来：长长的一队野鸭，就好像是一支大军，正准备着攻城掠池。而湖中集聚的天鹅，则好像神话故事里白色大理石的城池，兀立在海面上。

一只黑琴鸡从栖息地飞来，匆匆飞过——显然是有要事在身，因为接着又飞过一只，往同一个方向去，后面的黑琴鸡越飞越多。我到湖边沼泽的时候，那儿已经聚集了一大群黑琴鸡。有些黑琴鸡栖在树上，大多数的则在小丘间蹦蹦跳跳，边跳边咯咯叫唤着，好像春天时候那样。

能把这秋日同早春区别开来的，恐怕只有冬黑麦那抹浓艳的绿色了——或许，还有人内在的心境：人们的血管里，阳春的美酒不再滔滔奔涌，欢愉的刺激也已淡去。此时的欢愉，是沉静安恬的，就好似从疼痛中舒缓了过来一样。你欣欣然疼痛过去了，可接着又不无眷恋地想着，那过去的岂止是疼痛呀，随之倏忽而逝的还有生活本身……

在这初降秋霜的漫漫长日里，湖水完全变成了黑色，镶着一圈的湖冰。每天，那圈岸旁的湖冰都在向湖心步步紧逼，把黑色的湖水越逼越窄。如今，那圈湖冰散开来了，解放了的湖水闪闪发光，欢欣雀跃。股股溪流冲下山坡，哗哗作响如同春日。可当阴云遮蔽了太阳，我们才知道，没有了太阳的光辉，那水、那野鸭、那白天鹅，我们什么也看不到。万物又一次包裹在蒙蒙雾气中，不见了那湖，唯有对岸的轮廓隐隐高悬在空中。

伊万和玛利亚[①]——野三色堇

深秋颇似早春：东一块白雪，西一块黑土，斑斑驳驳。可在春天，空气中散发着泥土的芬芳，秋天呢，能闻到的则是白雪的气息。往往如此。我们在冬天闻惯了白雪的气息，一开春，就对泥土的芬芳特别敏感。可夏去秋来，泥土的芬芳也变得习以为常，反倒是白雪的气息来得更浓郁些。

---

① 伊万和玛利亚是俄国人对野三色堇的称呼。——原注

如今的太阳，难得从云中露出脸来，即使真的出来，也逗留不超过一个钟点，可享受煦煦秋日，是多大的一种欢喜呀。看到秋风萧飒中，几片霜冻的叶子仍然依附着柳枝，或是发现脚边开着一朵小小的蓝花，都会让我们欣喜若狂。

我俯下身，仔细端详着这朵小花，惊喜地发现，它是伊万，就是那黄紫相间的伊万和玛利亚的余瓣。顺便说一句，伊万并不是一朵花，而是几片小小的卷曲的叶子，因为呈紫罗兰色，姑且称它为花。而黄色的玛利亚，既有雌蕊又有雄蕊，才算得上是真正的花。是玛利亚在秋天的大地上撒下种子，让来年的地面上开满伊万和玛利亚。玛利亚的使命要艰巨得多，或是正因如此，它才先于伊万早早地谢了。

可我很高兴看到，伊万经历了霜冻的考验，变成了深蓝色。我最后看了一眼这深秋的花朵，柔声问道：

“伊万，伊万，你的玛利亚哪儿去了？”

追捕

有个朋友来看我——他叫费奥多尔，是个从拉缅涅来的猎人。拉缅涅相去莫斯科不远，乘火车只消几个小时，可还是个适合狩猎的乡下地方。那儿，男人们整个冬天都在猎狐，打野兔，捉松鼠，捕貂。费奥多尔便是其中一个。他平时做鞋匠营生，虽然打猎没给他带来多大收获，他还是因为太酷爱而割舍不下。

费奥多尔听人说，我们这块地面上狐狸相当之多，就过来瞧瞧，把猎狗也牵来了。我们熟悉这两条狗。一条名叫索洛韦伊，另一条的名字带点法国腔，叫赖斯顿。

索洛韦伊是条身形壮大的杂种狗，身上有部分科斯特罗马狗的血统，部分俄国狼犬的血统，还有部分普通杂种狗的血统——这些血统混合在一起，造就了一条一流的猎狗。带着索洛韦伊猎狐的时候，你既可以用猎枪打，也可以静候佳音，徒手拾起猎物。只要那狐狸没有钻到地下去，索洛韦伊保准会把它追赶得精疲力尽，走投无路，然后，坐在那边看着猎物，而不把它咬伤。主人听到了索洛韦伊的吠声，就会赶过来，一枪结果了那狐狸。索洛韦伊生育的小狗崽，一眼看上去不过是些寻常的杂种狗，实际上却是打猎的好手。这些猎狗会追捕野兔、狐狸和貂，深入獾的洞窠，一路追到地下去。这本事，在门外汉看来，简直是不可思议，甚至有几分滑稽。

费奥多尔驯养的猎狗蜚声于外，远近闻名。

索洛韦伊的小儿子是条特别敏锐的狗，训练正进行到第二年。可瞧瞧那狗！——待在后院里，拴着根链子，看看门还差不多。

莫斯科的猎人们是刀子嘴。“那算什么狗，”他们说，“叫谢里克[1]得了。”这条红毛蓬乱的杂种狗，我也叫它谢里克，倒不是因为我是个势利眼，瞧不起费奥多尔家狗的血统，而是因为这么一条看起来稀松平常的狗，实在不习惯叫它的大名阿里斯顿[2]。

费奥多尔家的狗叫这个名儿，一定是哪个老地主上流社会的养狗人给提议的，老乡们却同文艺复兴时期的人们一样，给了这个希腊名字新的生命，后来他们这么自圆其说道：所谓赖斯顿，是赖斯基顿的简称，赖斯基顿是“尖锐的音调”之意。

后来，在十月七号，费奥多尔带着索洛韦伊和这条红毛的谢里克来了。村子里但凡有把枪的猎人晚上都过来了，要求加入明早的打猎。那些不是猎人的，也很看重打猎这事，央我们

---

① 谢里克是杂种狗的常用名。——原注

② 阿里斯顿这条狗，与古希腊哲学家希俄斯的阿里斯顿同名。——译者注

杀死一匹狼。

这伙猎人中领头的，是我家邻居，补锅匠托米林，四十出头，一家老小有九口人。要养活这么一大家子人，光靠焊焊茶炉、补补提桶，是不够的。于是，他就干起了副业做猎枪，把各种废铜烂铁拼拼凑凑组装起来，枪里的弹簧绝佳，托米林特别引以为豪。

与这些村子里的打猎伙伴在一起，我时常感到很融洽，但总是同他们保持一定距离为好，因为总有人的枪会爆炸。这不足为奇，因为仅凭肉眼就能看到，枪管上焊着铜补丁，闪闪发亮。有把枪的扳机甚至是用绳子拴着的。开完一枪，那扳机就会飞到空中，摇摇晃晃挂在绳子上，可谁也不担忧这事儿，即使打偏了，他们也毫不挂心。关键是那“砰”的一响！

我最害怕的是那老式大口径短枪，去年填了火药，就再没上过膛。一开始打猎的时候，猎人会开上几枪，把陈年的弹药排掉。猎人开枪的时候，那枪四处直冒青烟。人人见了，都会大笑一通，说道：

“这筛子不错嘛。”

“给你老婆筛面粉去。”

猎人们就这样自娱自乐着，一片欢声笑语，我不由想起了上古时候，村民全体出动猎猛犸象的情景。在我看来，我们这打猎还要来得精彩刺激。猛犸象是种令人望而生畏的巨兽，打猎的时候，人人都要上点心，把它当回事儿。而我们的猎物有时不过是只小白兔，躲在秋叶底下，不比大田鼠大到哪儿去。

可那打猎的快感，那手忙脚乱的愉悦，丝毫不逊于猎猛犸象。当一个猎人挥舞着猎枪，扳机在绳子上晃晃悠悠的，对着那看不见的猛犸象喊道:“看我打掉你的老腿!”真是何等的乐事。要是当真有头猛犸象在眼前，旁人一定会说:“留心它别废了你的老腿。”

现在既然只是只白兔，他们不过淡淡地说一句:“小心扳机别飞脸上。”

打猎的那兴奋劲儿，可真没得说！托米林会凌晨两点就起身，看看外面天气如何。我听到动静，也会起来，生起茶炉。

凌晨三点。

费奥多尔和我坐着喝茶。看得见托米林和他儿子也在喝茶。我们会聊聊野兔子，谈谈落叶纷纷的时节追踪野兔的难处。

凌晨四点。

我们还在喝茶，现在话题转到狐狸身上，说着狐狸是何等的聪明狡猾，这小坏蛋。可举出的例子成百上千。

到了五点钟的时候，我们争论着，把只貂从树洞里赶出来，使什么法子最好。争论的结果是，最好用雪橇蹭树干。这样一来，貂会以为有人在爬树，就会探出身子来。

昏昏的晨光映进窗户。猎人们在外面集合，坐在板凳上，轻声交谈着。

末了，我们会起身出发。我们中间，可没有什么扫兴的家伙，先知先觉地认定一件事毫无指望，落在后面拖拖拉拉的，满心的不情愿，直到冒险意外成功了，才有了点精神。

即使那晨光熹微，昏昏沉沉，我们也毫不懊恼。不仅如此，而且如果换作待在小别墅里看日出，听夜莺婉转歌唱，我们并不以为会更惬意些。

只有在深秋时候，一个人才会感到如此心旷神怡。一场夜雨过后，阴霾渐渐消散，太阳露出喜洋洋的笑脸，树木洒落一身的雨水，就好像在洗漱。

林木总在窸窣作响，让人怀疑该不是有什么东西在后面偷偷跟着吧。你大可不必惊怕，那东西非敌非友，只是一个心事重重的林间生灵，在寻找过冬的暖床。

我看到一条蛇游过来，慢悠悠、懒洋洋地，寻找着地下安静的处所。那蛇漠不关心地继续向前游去，钻过零落的秋叶，发出沙沙的声响。

林间有清香一缕，沁人心脾。

有个猎人说了几句，抑或是我自己的幻想，为窸窣作响的凋敝的自然，凭空添上生气勃勃的人类的语词？再或许，那是忙碌不歇的松鼠在吱吱作鸣？不，我又听到那声音，回头看看我的同伴。

他们正兀立不动，随时盼着那野兔子从密林里钻出来。

那会是谁在说话呢？或许是采晚秋蘑菇的妇人们，时不时地絮絮低语，打破林木恼人的呢喃？

“排好队，排好队！”

原来，这不是人在说话，而是头顶的野雁在叫唤，提醒着彼此不要落下。

一大队大雁——数不胜数——浩浩荡荡，布满了金色白桦树顶间的天空。我用小木棒数到了十五只，然后举着木棒沿着“人”字形挪移，算出来大雁的数目当在两百只以上。

我们可以听见，索洛韦伊零零星星的吠声，从小冷杉树的密林里传来——那儿一定有只野兔子在觅食呢。猎物的脚踪难以追寻，因为夜来风雨冲刷了密林，卷走了部分蛛丝马迹。

猎人们把小冷杉树林称作“食橱”，一口咬定，那野兔子就在里面。

“那树叶子、那雨点子，它怕着呢，在那儿挪不了窝。”

“那是，板上钉钉的——牢啦。”

“谁说它怕树叶子、雨点子来着？它躺那儿是因为毛色在变，我亲眼看见的：那小腿儿白生生的，身上其他地方还是灰不溜秋的。”

“好啦，要是它的小腿儿真是白生生的，它就铁定不会跑啦，真真实实钉在‘食橱’里啦。”

密林里唯一一棵高挑的冷杉树，树干上流溢着奶油色的树脂。整片“食橱”底下，覆着白桦的枯叶，地毯一般，树上还有许多在萧萧零落，簌簌有声，如同有人在柔声低语。

“真是片再普通不过的‘食橱’了。”一个猎人说着，打了个哈欠。

补锅匠托米林也打了个哈欠。

刚出门打猎，就打起哈欠来，谁想得到呢？

“就不能去帮帮索洛韦伊吗？”托米林说。

每个人都将那“食橱”打量了一番，好像在估量着，到底是穿得过去呢，还是会卡着。

突然，我们都起来，决定去帮帮索洛韦伊。我们呼喊着向那“食橱”冲去，枪管上的铜补丁在阳光下耀然发亮。托米林打头阵，直穿冷衫树幼苗而过，高声呐喊着，戳得越痛，喊得越响。人人都在大呼小叫，时而嘶嘶嘘气，时而仰天长啸，时而嗷嗷乱叫。现在，他们的叫声听起来各个不同，似乎返回到了猎猛犸象的远古时代。

一声枪响，过后是发疯似的吼声：在这儿呐！

打猎一开始的艰难阶段已经过去。就好像是一根导火索在火药桶底下阴燃，整整燃了一个钟头，最后总算引爆了。

“跑啦！”人人欢欣鼓舞地咆哮着。“跑啦！”

索洛韦伊有节奏地吠叫着，充满了自信。一会儿，谢里克也加入了进来，它的声音可真够尖的。

一时间，一群年轻人仓促忙乱地冲过密林，去拦截那猎物。托米林也像全然忘了自己的一把年纪，在林间披荆斩棘，一路猛冲，活像一头麋鹿。

这样拦截野兔可不成，可谁又顾得上这些呢？猎人们只顾着在林子里发疯似的穷追不舍，灵缇犬一般。

费奥多尔和我，我们这两个老前辈，互换了一下心照不宣的眼神，莞尔一笑，侧耳倾听着那追捕的脚步声。我们猜测着，野兔可能从哪儿突然冒出来，然后立定位置守着。费奥多尔立在“食橱”门口对面的空地上，我站的位置要稍远些，在高树林和密灌木丛之间，三条荒草小径的交岔口上。

四十岁的补锅匠披荆斩棘的声音还没散去，我就看见森林和灌木丛之间，一条绿油油的小径上，那野兔子白白的小腿儿时隐时现。接着，那野兔子现了身，一瘸一拐地向我走来。

我从准星里望着猎物。我的“猛犸象”是只深秋的小白兔。那兔子短短的身子一端，长着一对硕大的耳朵，另一端则是一双纤长的后腿。那后腿实在太长了，跑起路来一跳一跳的。

这回，我肩上责任重大，要防止“猛犸象”溜回“食橱”里去，免得猎狗再困在那儿。我只得把这“猛犸象”结果了，于是举枪瞄准。

只见那兔子蹲了下来。

坐着的动物，我是不兴打的，不过那兔子是死定了——它要是向我跑过来，就瞄准前爪；要是蹦一边去呢，就瞄准脑袋。

可怜的“猛犸象”大难临头了。

可就在这时——

一个姜黄色的脑袋，因为沾着露水的缘故，有些灰蒙蒙，从那密林里探了出来。

“谢里克?”

我差点就开枪了，把它当成狐狸了。可定睛一看，那分明就是只狐狸，根本不是谢里克。

余下的故事，就发生在一刹那之间。那脑袋，既来不及探出来，也来不及躲闪。我开了火，那迟钝的家伙应声翻倒在高草丛中，而野兔子雪白的小腿儿则很快闪得远远的。

猎狗狂飙过来……

费奥多尔也飞奔过来。托米林挺着枪，冲锋一般，冲出树林子，其他人跟在后面，打着补丁的枪闪得耀眼。猎狗拴着狗链条，挣扎着扑向狐狸，狂吠如疯。所有人都在大喊大叫，想要把声音盖过同伴，嘶声喊着——那狐狸跑过灌木丛的时候，自己看到了。当猎狗冷静了下来，年轻人也沉下气来的时候，我们都感到了一种莫名的欢欣，这欢欣人人都有份，把我们凝聚为一体。

“是只受了惊的狐狸。”费奥多尔说。

“是只吓坏了的狐狸。”托米林加了句。

安加尔

我喜爱猎狗，但是讨厌在林子里大惊小怪，大呼小叫，艰难地跋山涉水，好端端的一个人，却表现得像只狗一样。我最乐意逍遥的打猎方法是，放任猎狗行动，我自己则煮着茶炊，即使那猎狗已接近了猎物，我也不慌不忙的，只是端坐着喝茶，侧耳聆听。待到时机成熟，我才起身，径直朝猎物走去——“砰”的一枪——就这么结果了。

我意中的打猎乐事，便是如此。

我曾有一条狗，名叫安加尔。在阿列克谢耶沃鹿寨，有一条水沟流向林间空地，那里，一个树桩子标记着它的小小坟冢。

安加尔这条狗，不是我养大的。是一个老乡，把它送到我身边——那时，安加尔已经长成了，长得结结实实，眼周围有几道圈圈。

“偷来的？”我问。

“是啊，”那老乡说，“不过好久了。我女婿打那养狗场把它偷来的时候，还是只小崽子哩。这没什么好担忧的，它的种气纯得很呢。”

“甭提种气的事儿，说说看，它跑起来怎么样？”

“没得说。”

我们就遛出去试试。刚走出村子，老乡就把狗链条松开了。只见那狗一溜风似的跑了，只在灰蒙蒙的草上，留下一条碧绿的脚踪。

“身上寒丝丝的，”在林子里的时候，老乡对我说，“咱生堆火吧？”

“说什么呢，”我心想着，“敢情是开玩笑吧。”

不，那老乡是认真的。他拾起柴火来，生了一堆火，坐了下来。

“狗呢?”我问道。

“你还是后生呢，不像我，年纪一把了，”老乡说，“这等事儿你从没见过吧，现在就让你见识下。别忧心那狗——它对活儿熟得很哩。咱俩喝茶的时候，叫它四处转转。”说罢，老乡咧嘴一笑。

我俩各喝了一杯茶。

狗叫声传来，我刷地站起身。

可老乡只是大笑了一通，又给自己斟了一杯茶。

“咱先来听听，它在追啥玩意儿。”

我们凝神细听。那狗叫声很响亮，听得出，狗跑得很快，穷追不舍。

“在赶只狐狸呢。”老乡说道。

我俩又各喝了一杯茶。喝茶的时候，那狗大概跑了四俄里的路。突然，狗叫声止住了。

“你家奶牛在那儿么?”老乡问道，用手指了指。

他说对了——卡拉楚诺沃村村民的牛，常在那块地吃草。

“那狐狸引它上了奶牛的道儿，现在它得重新找那气味儿了。咱再喝一杯吧。”

可那狐狸只是暂时歇了口气。猎狗很快就重新找到了它的脚踪，开始兜起小圈子——看得出，是只本地狐狸。老乡把茶水往火里一泼，踩灭余烬。

“现在咱得赶紧了。”他说。

我们匆匆赶到空地上的狐狸洞前，准备拦截。我们刚准备就绪，那狐狸就跑进了空地，猎狗快要咬到它的尾巴。狐狸摇摇尾巴，想要把猎狗引导沼泽地里去，可猎狗心知肚明，一口向狐狸的脖子扑过来——狐狸没命了。断了气的狐狸躺在地上，猎狗在旁边舔着爪子。

那猎狗有个蠢头蠢脑的名字，叫贡恰尔。可我脑袋一热，脱口就喊："安加尔！"①

这名儿就是这么来的。后来我就经常叫这狗安加尔。

你知道猎人是怎样敞开自己的心扉的吗？试想这么一幅画面：清晨，草上降着严霜。日出之前，有薄雾弥散。旭日方暾，迷离的雾气渐渐散去。在碧绿的冷杉树和金黄的白桦树间，是一片蔚蓝。那蔚蓝的愈来愈澄澈，那金黄的愈来愈明亮，一片优美炫目的灿烂。阴冷的十月天便是这样敞开内美，猎人亦是如此敞开心扉：大口大口地吸进寒气，任情恣意地享受阳光，然后"阿嚏"一声，神清气爽，遇到的每一个人，都能变成朋友。

"老兄，"我对老乡说，"出了什么倒霉事，你要把一条好狗卖给我这个陌生人？"

"我就知道，它能找到个好东家，"老乡说，"我那倒霉事儿，说来也平常。我的奶牛吃了点冻草，肿了起来，死掉了。我得再买一头——庄稼汉没奶牛可不成。"

---

① 贡恰尔的意思是"陶工"，而安加尔的意思是"见血封喉树"，出自普希金的诗，在俄国家喻户晓。——原注

“我明白了，真为你难过。这条狗你开个什么价?”

“就要一头奶牛。你有两头，就给我有斑点的那头。”

于是，我就用一头奶牛换了安加尔。

啊，这秋天我过得多惬意呀！不用大呼小叫，在灌木丛中挤来挤去，只是信步漫游，欣赏着秋树的金黄渐渐加深，或者为榛鸡踏出些小径来，模仿它们的鸣叫声，它们就会沿着小径奔我而来。可后来，这黄金季节终于是过去了。一天早晨，霜冻得特别严峻，太阳升起来了，金闪闪、暖洋洋的，到了中午，最后几片叶子也辞枝而落。榛鸡再也不来应和我那诱人的叫唤声了。接着，降下潇潇的秋雨，枯叶开始腐烂了。十一月到了——这是一年中最黯然神伤的月份了。

我不喜欢一大伙人一起去打猎。我喜欢在林间轻移缓步，时不时地稍作休憩，松一口气，如此，所有的林中生灵便都将我当做了自家人。我喜爱观察一切活物，惊叹于造化的美妙，只在不得不做时，才行杀戮。一大伙人在林子里横冲直撞，大吼大叫，在路上大开杀戒，是我最痛恨不过的了。有个知心好友，也是技艺精湛的好猎人，央我同去打猎，那另当别论。那自然别有一番乐趣，毕竟还是乐趣。我爱良伴。这不，十一月初的时候，一个朋友从莫斯科写信来，说着想要过来同我一起打猎，不知可否。他的名字就不必提了吧。我回了封信去，说欢迎他来。于是，在那个萧条的十一月，六号的晚上，他来了。

此时，有一阵清朗的好天气，可就在朋友来的那天，霜冻开始消解了，地上一片泥泞，寒雨丝丝，绵绵不绝。那晚我没睡好，忧心着雨水不要冲去了猎物的脚踪。不过，午夜刚过，天上突然现出明星熠熠，到了早晨，野兔子已在地上踩出了许多脚印。

破晓以前、晨星初露的时候，我们喝着茶，尽兴地交谈。当窗户上映出灰蒙蒙的晨光的时候，我们便出发，带上安加尔去打野兔。

村子旁边，一片今秋种下的冬黑麦地映入了眼帘。幼嫩的茎秆又粗又壮，鲜翠欲滴，让人有一种想一口吃了它的冲动。野兔子便在此饕餮饱餐，吃得身体里的肥膘鼓鼓的，葡萄一般——我曾在一只野兔子身上，剥下足足一磅的肥膘来。安加尔迅速嗅到了野兔的气息，稍微兜了几圈，就径直朝那野兔子的窝奔去。树林子里窸窸窣窣、滴滴嗒嗒响个不停。那野兔子吓怕了，想要钻出来，待在阿列克谢耶沃鹿寨对面的空地上。我懂安加尔，只见它从黑麦地里直冲空地，急着往水沟旁的荒地赶，因为在空地上受了惊的野兔，必往那边去。我把朋友布置在水沟的一头，自己则镇守在另一头，在那个方位上，他看不见我，我看他却是清清楚楚。

打猎的时候，要拟定个计划才好，可往往执行不了。我们等了又等，可安加尔既没出声，也没出现，简直就是没了影儿。

“谢廖扎！”我喊了一声。

我不是有意要透露这朋友的名字，世上叫谢廖扎的可多了去了。

“谢廖扎！”我喊道，“叫安加尔！”

我把打猎的号角借给了他，因为他吹得很拿手，也很爱吹。他刚举起号角，我就看见安加尔朝水沟跑过来。我看着安加尔跑，知道它在追踪那条旧踪，可那兔子定是被狐狸或猫头鹰给吓着了，已经跑过了水沟，安加尔正穷追猛赶。安加尔刚跑到与我朋友平齐的地方，他就举枪瞄准。

我那一会儿要是记起了过去的惊险事儿，悲剧本可避免。有一次，就在这地方，我瞄准了一个人，差点打死了他。那人走上水沟，头戴一顶兔皮帽。我一开始只望见了那兔皮帽，正要扳动扳机，那人的脑袋露了出来。这记忆里一闪而过的警告，我当时要能意识到，就会明白，在那儿往下看，只能窥见一斑，这样就会叫喊着制止他了。我还以为他是开玩笑的——这些城里的猎人就像马一样，在马厩里关久了，就变得桀骜难驯起来。

我以为他是开玩笑的，可是突然传来“砰”的一声枪响。

四周突然沉寂下来。弥散的青烟遮住了水沟。

我的心一沉，立刻记起了自己有一次差点打着了人。

青烟落定在绿色的水沟里。我站在那儿等待着，难熬的分秒过得真慢啊，好似岁月荏苒，左等右等就是等不到安加尔。不——它没有从青烟里钻出来。青烟散尽，我看见安加尔躺在青草地上，好像安眠在它的垫子上一般——长眠不醒了。

悲痛的泪滴从高树上沉沉地落下，滴落到矮树上，又从矮树上滴落到灌木丛里，再从灌木丛里滴落到青草地上，它们忧伤的低语一阵轻柔似一阵，终于在落地的那刻化为默然。大地以全然的缄默吸收了那泪滴。

我垂下眼，欲哭无泪。

“好吧，”我想着，“这还不算糟。有的时候，人也会被误射的。”

我是个内心刚毅的人，很快调整了心绪，甚至还想着，怎样才能安慰我的朋友，他一定同我一样难过。我们不都是猎人么，难道还不会排遣忧伤么？在茨冈诺沃，家家户户都有酿酒的蒸馏器，我打算带朋友去那儿，借酒浇愁。正这么想着，我望了眼水沟那边的朋友，心生疑窦。他走下去，看了看死去的安加尔，然后又退回原位，假装还在守着猎狗，等它叫唤。

他这是干什么？

“喂！”我喊了声。

他也回了一声。

“刚刚打了什么？”

他默不作声。

“刚刚打了什么？”我又问了遍。

“是只猫头鹰呐。”他答道。

我的心一紧。

“打着了吗？”

“没，偏了。”他说。

我在块石头上坐了下来，一下子明白了。

“谢廖扎！”我喊道。

“诶！”

“吹起号角，喊喊安加尔。”

他举起号角，可没有吹。他朝我这边走了一步——一定是满心愧疚——又走了一步，停下来思虑着。

“吹呀！”我喊道。

他又举起号角。

“快点，帮帮忙！”

他把号角凑到嘴边。

“吹呀！”

他吹了起来。我坐在石头上，听着，满脑子胡思乱想：有只乌鸦追赶着一只老鹰。我好奇那老鹰为什么不给乌鸦头上来一记——只消一记就够了，一了百了。就这么胡乱遐想着，你可以在石头上一直坐下去，坐到老死。一个大问题一直在脑子里苦苦折磨着我：人为什么要说谎呢？死亡便是终结，一切终结得如此干净利落，为何还要苦苦纠结呢？我的狗被打死了，打猎打不成了，他亲手打死了我的狗，可他心里应当明白，我不会对他口出怨言的，也不会责怪他，可他为什么……

他到底想骗谁？

“我跟你说，”我说，“沿着那儿的那条道走，一直走到茨冈诺沃，我们在那儿喝上两杯。继续吹你的号角，我四处听听看看，兴许安加尔会应和。”

“还是你拿着号角自己吹吧。”

“不，”我说，“我吹的话，就听不见了。顶顶小的声音我都要听到。”

“那你往哪儿走？”他胆怯地问。

我指了指安加尔陈尸的方向。我已逼得他走投无路，他该向我老实交代了，我想。可他没有。

“不该往那儿走，”他说，“那儿一棵树都没有。狗总不可能在灌木丛里上吊吧，不是吗？”

“好吧，”我说，“我就换条道儿走。你走的时候，可别忘记吹号角。只管朝前走，边走边吹。”

他听到我说“换条道儿走”，气色明显好了些，吹着号角走开了，吹啊吹啊，一直吹了三俄里地。

“不，”他走开时，我对自己说，“生命的降临，可能会有许多奇迹，但是当生命逝去，却不会有奇迹。安加尔再也不会应和了。一个真正的猎人会直直地盯着我的眼睛，说：‘过来喝一杯吧，朋友——都过去了。’”

是啊，他到底想骗谁呢？

我皮带上常别着一把短柄小斧，以防万一。我砍下一根粗枝，削成铲子的形状，在松软的土地上挖了一个坑。我把我的好安加尔安放在坑里，覆上泥土，在墓的四周铺上草皮。我记起来，在焚烧过的空地上，有一段扭曲焦黑的树桩。在半明半晦中，那树桩常会被当地妇人当做树妖，见了胆战心惊。我把这段树桩拖到安加尔的墓前，立起来当做墓碑。

我站在墓前，望着那“树妖”，而谢廖扎还在不停地吹着号角。谢廖扎，你到底想骗谁？

冷雨潇潇，令人瑟缩。悲痛的泪滴从高树上沉沉地落下，滴落到矮树上，又从矮树上滴落到灌木丛里，再从灌木丛里滴落到青草上，最后从青草上落到湿漉漉的大地上。整片林子都在哀恸地低语："可恶，可恶，可恶……"可地母在默然中收纳了所有的泪滴，点点滴滴，一饮而尽。

我感到，似乎世界上所有的道路汇合到了一处，那路的尽头便是一座狗的坟冢，坟头上立着我的"树妖"，庄严肃穆地望着我。

"听着，"我说，"听着，你这树妖。"

我致了一番悼词，具体内容，在此就不透露了吧。

打那以后，我感觉好受些了，就往茨冈诺沃走去。

"别吹号角了，谢廖扎。"我说，"都过去了，我什么都知道了——你到底想骗谁？"

他面色煞白。

我们一起喝了几杯，在茨冈诺沃过的夜。大家都认识这样的人，我们每个人的记忆里，都有这样一个谢廖扎。

冬之篇

winter

穷追猛赶

过去，冬天时候，我不得不拖着沉重的步子在森林里跋涉，受够了酷寒严霜。即便是现在，在暮色朦胧之中，只要一望见那灰蒙蒙的树林子，我就总感觉不舒坦。但是在一个清朗的早晨，刚下过一场雪，太阳远未升起，我就走到林子里去，庆祝属于我自己的圣诞节。在我看来，这种庆祝法，可谓壮丽堂皇，前无古人。

那天，我欣赏着粉雕玉琢的宫殿，聆听着深沉的寂静。可没多久，我的猎狐犬索洛韦伊就发出了信号。就像鼎鼎有名的索洛韦伊大盗①那样，它先嘶嘶作响，接着发出尖利的哨音，然后汪汪吠叫，打破森林的沉寂。这狗发现新鲜踪迹的时候，总会发出这样奇怪的声音。

索洛韦伊在追踪的时候，我匆匆赶往长着三棵冷杉树的空地，狐狸常会路过此地，歇在绿色屏障后面，透过树间的空隙观望。这会儿，索洛韦伊正追赶着那狐狸，越来越近。

---

① 索洛韦伊大盗是俄国史诗歌中的传奇人物。相传，他的哨声之大，足以致人死命。——原注

只见狐狸从远处的冷杉树丛中飞身一跃，跳进了空地，白皑皑的雪地上闪过一道红光。那狐狸看起来很像一条狗，除了那条美丽而无用的大尾巴。狐狸怒气冲冲的脸上，似乎有一道笑容稍纵即逝，那绝美的大尾巴一闪，可爱的雌狐消失了影踪。

索洛韦伊从树丛里冲出来，一身红毛好似狐狸，身强体壮，不过彻头彻脑发了疯——自打在雪地上第一次发现那狡猾的狐美人的脚踪，它就疯疯癫癫失了心智，穷追猛赶的样子，不像条性子温良的家犬，倒像头凶神恶煞的野兽。吹号角叫不住它，打枪也不管用。它不顾一切地追赶着，尽情嘶吼，决意要么追到，要么死掉。索洛韦伊的疯劲儿会传染，在这离家八俄里开外的地方，白雪茫茫的陌生森林深处，暮色苍茫之中，我常不得不强制镇静。

在空地四周，猎狗和狐狸的脚印密密匝匝，交织在一起。在密林里，猎狗靠嗅觉追踪，直到它看到狐狸的脚踪，穿过空地，在小冷杉树旁再次发现脚踪，就是我看见雌狐尾巴一闪的地方。如果那狐狸是只本地狐狸的话，尚有几分逮到的希望，因为它有可能回到猎狗越缩越小的圈子里。可不一会儿，那狗吠声就消失了，再也没听到。看来，那是只外地狐狸，已经回家了。

现在，我的追猎开始了。我要沿着脚踪走，直到再次听到猎狗发声。大多数脚踪都在林间空地的边缘交织着，狐狸兜着圈子，猎狗径直穿过。我也试着抄捷径而走。除了脚踪，我什么也没看见，一门心思全贯注在脚踪上了。和索洛韦伊一样，那天我也是神经兮兮的，随时准备豁出去。

突然，眼前出现了一片脚踪的迷宫，中间大多数是野兔的脚踪，也有狐狸的脚踪交错其间。那雌狐上演了一出计中计。它想要掩藏自己的脚踪，同时试图用新鲜的野兔脚踪把索洛韦伊引开。它的计谋起初得逞了。那脚踪如此新鲜，野兔子一定就躲在最近的灌木丛下面，一双扣子似的大眼睛闪忽闪忽的。索洛韦伊果然被引开了。它会不会舍狐狸而去，追踪那可怜的小野兔了呢?

狐狸的脚踪从野兔的脚踪里分出来，穿过小山杨树丛旁的沼泽地，就是野兔子啃的那片小山杨，然后——来啦——又是索洛韦伊重重的脚踪，冲出树林子。在最后一程的穷追猛赶中，狐狸和猎狗的脚踪交叠在了一起。

我以为听到了索洛韦伊的咆哮声，停下来细听。那一定是我的幻觉。四周静悄悄的，我却以为听到了榛鸡的叫声，隐隐地传来。脚踪一直延伸到了田野里，阳光下望上去蓝幽幽的——一条蓝幽幽的动物脚踪，横贯广袤的田野而过。

轻盈的狐狸从木栅栏低低的桩子底下钻了过去，猎狗却只能望洋兴叹。索洛韦伊试着想要跳过去，有力的爪子在栅栏顶的雪上留下两痕凹印。我现在才知道，自己刚才听得不差：猎狗刚才的确咆哮过，抱怨着自己从栅栏上跌下来，不得不绕远路。我不知道它具体是怎么绕的，可在防火带边上，我又看到了新的脚踪，纠结在一起，引向那坎坷难走的地方去了。

对于猎人来说，没有比这防火带更艰巨的考验了。曾几何时，滚烫的地面着了火，大垛大垛丑陋的土丘耸起来，树木一棵接一棵倒下去，如今仍横陈在地上，一层层横七竖八，上面又密密地长满了树苗。这境况，连狐狸都举步维艰，更别说是狗或人了。狐狸跑到这里来，只是为了把猎狗甩开，并不想久留。它钻到一棵树下，拱出个通道来，而猎狗则越过原木，蹭下些积雪，把积雪上面臭鼬的脚印给蹭没了。狐狸和猎狗都错判了积雪蓬松的地面，双双掉进一个深坑里。雌狐冲上第二层原木，接着又上到第三层，然后顺着一条原木，走到了中间，猎狗则奋力保持着平衡，可惜又摔了下去。我听见有人在附近砍柴火，不论他是谁，一定看饱了这场好戏：两只动物在深坑里跳了又跌，跌了又跳。可我没法顺着它们的路线走。我在防火带周围绕着走，满心遗憾不能同它们一起奔跑。

防火带旁我还是没有发现脚踪，这时，从国有林那边突然传来狗嗥声，悠长悠长，凄凄切切。我朝那声响处直奔过去，想要助上一臂之力，尽管自己已是上气不接下气，热得好像在热带地方一样。

不必烦劳我出手了。索洛韦伊已经调整好了状态，再次跑到听力所及之外了。可我决意探明，为何它的嗥声如此悠长而凄切。国有林中间，有一条大道。很有可能那狐狸上路后不久，就来了一辆雪橇，从新鲜的脚踪上碾过。或许现在回来的便是刚才那雪橇——装饰精美的雪橇上，载着几个媒人，鼻子冻得通红，胡须结着寒霜，正准备再去喝上两杯。在风风火火的追猎中，索洛韦伊跑上了大道，可大道毕竟不比森林。要说森林，它像它的先祖狼一样，对林中万物都熟稔得很，远胜过人类。可这大道的出现，要晚得多，对狗来说，全然是陌生的领地。这条笔直的人工大道直通远方，无穷无尽，令索洛韦伊费尽思量。一开始，它跑错了方向——跑到媒人的来路上去了。它跑了一段，寻找着狐狸的脚踪，最后被这无尽延伸的大道给吓怕了，蹲下来长嗥起来，呼叫猎人给它解释下这大道的玄机。我在防火带里跌跌撞撞走的时候，它终日嗥叫不止。

后来，索洛韦伊一定是转过身来，漫无目的地朝相反方向奔跑，直到碰巧撞见狐狸尾巴留下的一道印迹，这才振作起来。再过去些的地方，狐狸冲向大道的一边，不知何故又回过身去，留下半圈脚印。索洛韦伊就顺着这些脚印追踪，直到大醉而归的媒人的雪橇把脚印抹掉。

那雌狐在什么地方钻进了灌木丛，我可能没留意到，可索洛韦伊拖着一身壮肉奋勇直追，在雪里撞出个窟窿来，我还是看得清清楚楚的。一路寻过去，我可以看见，在这场生死追击中，两排脚踪比肩而过，黑沉沉树桩子上的积雪，也被一扫而落。

猎狗和狐狸没有直跑多久——动物并不喜欢走直线。它们再次穿行在乡间，穿过一片又一片田野，越过一块又一块草地。

我满意地看到，那狐狸一度想歇息，留下一处记号。

如果现在有人问起我，是在哪儿追上那猎狗追猎的小圈子的，我是死活也不会说的。我只记得那里有一丛高耸的松树，旁边突然低了下去，是一小片灌木丛，还有大块大块宽阔的空地。就是在那儿，我听到了索洛韦伊急促的吠声——追猎的圈子缩紧了。我再也不必横猜竖想，做个探路先锋了。现在，我亲自与身这疯狂的角逐，成为其中最为可怕的角色。

厚厚的雪片堆积在我的枪上，我用手捋去雪，指尖是刺骨的寒，这天真是苦寒啊！在小冷杉树后面，脉脉的斜晖之中，我看见那雌狐悄悄地钻过灌木丛，咧着嘴喘着气。雪落在林子里，嘎吱嘎吱地作响，可我并不担心，如今那狐狸已是精疲力竭，再也没力气跑长途，兜着小圈子，准能被我撞上。

狐狸冒险钻了出来，穿过空地，直奔我那棵冷杉树而来。它吐着舌头垂向一边，两眼仍然闪着凶光，惯常的笑意掩盖了它的凶残。我的双手冻得刺痛，但就是这双手冻在枪管上，我也不会放过它。索洛韦伊抄捷径走，一看见那狐狸，就纵身一扑。雌狐蹲着迎战，一脸奸笑，将尖利的白牙转向索洛韦伊那最最凶猛、又最最温良的脸庞。这尖牙的厉害，索洛韦伊已见识过不止一次，一旦伤到要好几个礼拜才会好。猎狗不能直面狐狸，只有等它再度逃之夭夭，才能下手。好戏到这里还远未收场。狐狸还有一计：它漂亮的大尾巴一抖，想要引开猎狗，自己则钻进了小冷杉树丛中。天色渐渐昏暗下来。

猎狗在长嗥。两个家伙差不多是正对着对方的口鼻在喘气，身上都覆着寒霜，呼出来的蒸汽即刻化为冰晶。

我想悄悄地在嘎吱作响的雪上走过去，可这着实是件难事，那霜冻一定是彻骨的寒。可那狐狸的声音已经听不见，只在它那永恒的奸笑中，露出尖利的牙齿。索洛韦伊八成也没留意到我。它要是看到了我，跳过来的话，那狐狸就会一口咬住它的喉咙。两者都没注意到我，我就躲在一根冷杉枝条后面观望，不用再走远路了。

冬日最后的余晖映在了高拔的松树上，一时间树干灼灼欲燃，接着，光线黯淡了下去，如同吹灭了许多支圣诞蜡烛。那儿，没有一个柔和的声音在说：

“愿你们平安，亲爱的野兽。”

什么地方，霜爷爷冻裂了一枚坚果，那声音清脆响亮，好似林中有人开了一枪。

突然间乱作一团。狐狸漂亮的大尾巴凌空一挥，索洛韦伊被这诡计迷惑了，冲向一边。我开了一枪，那声音不像霜爷爷冻裂坚果声那般清脆，而是长长地在树间回荡。

雌狐佯死，可我看见它向后撇了撇耳朵。索洛韦伊扑了上去。雌狐对着猎狗的脸颊就是一口。我用木棍揍那狐狸，让它松口，现在猎狗咬住了狐狸的背心。我一脚踩在狐狸的脖子上，捅了一刀。狐狸总算是没气了，可它的牙齿还紧紧地咬着我的毡靴，我只好用枪管使劲儿撬开。

在一场疯狂的追猎之后，我清醒过来，肩上扛一只瘫软如泥的兔子，总会感到羞愧。可这次打到这只林中皇后，即便已经断了气，打猎却总还意犹未尽，要是我由着索洛韦伊，它还能把死狐狸撕咬折腾上半天。

日影昏沉，暮色四合。

冬之心

我住在俄罗斯中部最大的湖岸边，一座小山上的空房子里。据说，那房子闹鬼，作祟的恶鬼守护着山上的宝藏。我本想在那儿过个夏天就走，可几个地理学者执意要我在那儿过冬。几个地理学者是过来研究大湖的，是一群怪里怪气的人。

据我观察，地理学者大多生性古怪，至少不像我们常人一样，舒舒坦坦地过日子，就好像是地球是平的，静止不动似的。他们终年在船上考察，绕着太阳扬帆远航，眼中的世界自然与我们不同。

几个年轻的地理学者都有点稀奇古怪，而他们的领队，一个头发花白的中年教授，却生龙活虎、精力旺盛，看上去一点不像地理学者，倒像个满心快活、再正常不过的普通人。领队和我决定在我住的房子里建立一个地理观测站，我同意担任观测员和看护人。走之前，大学生们把所有地理观测的仪器装置都搬进了我屋里，教授许诺一周后回来，带来我的委任状，指导我从事观测工作，并教我使用仪器。那还是七月份的事儿，如今寒冬已至，教授却还没回来，仪器摆在我屋子的一角，积满了尘埃。看来，这教授也是个实打实的地理学者了。

在等教授回来的日子里，我自说自话，做起了各种观测。我想，既然地理对于我的吸引力，在于它有助于让人在运动中思考生活，那么，我到底是严格按照科学的方法观测，还是随意地记下日月、湖泊、大自然以及邻近自然的人们每日的变迁，并不是那么要紧了。毕竟，随着我们这个星球的运行，我会逐日记下观测所得，标记自然变化的分期。我甚至还自创了一套方法，尝试为流逝的岁月，留下生动而准确的记录。我笨手笨脚捣鼓了几周，揽上一门新活计总要过这关，渐渐地就可以熟门熟路放手干了，没多久，我就感觉自己在这地球之上意气风发地启程了。

即使是鸡零狗碎的事情，只要我一想到，也会匆匆记下来，因为这些事今天看来或许微不足道，明天累累相叠，却可能形成一幅星球运行的图景。蚁丘里的蚂蚁王国昨天还熙熙攘攘，今天“臣民们”却已退至王国深处，我们坐在蚁丘上，稳如座椅。昨天，我们还坐着雪橇从湖畔滑过，聆听无冰的水域天鹅咿呀呢喃，在隆冬的沉寂里，那声音听来好似某种高级智能生物在庄重地会谈。今天，天鹅飞走了，我们这才洞悉了它们昨日谈话的秘密——它们是在就迁飞的事儿开会呢。在我们这星球围绕着太阳运行的旅程中，我记录下了成千上万动人心魂的细节：满是尖细冰晶的黑色湖水，拍打着冰封的水湾，叮当作响。阳光灿烂的日子里，漂浮的碎冰晶晶闪亮，晚生的鸥鸟错把浮冰当成了鱼儿。入夜时分，昨日还喧嚷热闹的大湖，变得静默无声，唯有那穿过沉寂山谷的电话线，还在嗡嗡作响……

我再也不懊恼，自己当初应允留下过冬，而那地理学者没有教我怎么使用仪器，我也不再大为光火了。贵重的仪器不是人人都能得而用之的，而我做的工作不同：我是在为散落在这个广袤国度的人们铺平道路，他们生而知地球是平的，并在褊狭的井蛙之见中，慵懒少动，活力日失。每天不消花十分钟的时间，就能记录下一天的特征，不出几个月，就能记录下生活运动的崭新图景，这是幅奇特的图景，描绘着生活从不走回头路，我们绕着太阳的旅程每年都有所不同。

霜冻有时降在破晓之前，以此可以看出风的大小和方向，如果想预知天气情况，可以出门去，观察晨光的显露。从我那房子出去，只消走二十步路，就能走到湖边的峭壁上。我会站在那儿，望着一轮圆月掩映下，山杨树的细枝姗姗浮动，互相追逐。山杨树就好像我藏身的大地的毛发，而那细枝就好比是根根细毛，随着月影浮动，揭示出我们这个行星的运转——这种检验法，是我的拿手好戏，大概也唯有如此，才能用肉眼见证地球的运转。在破晓以前的空闲时间，我站在此地，把儿提时代“地球平坦且静止不动”的虚假观念轻掷脑后，感觉自己如一位客旅，正站在一艘艨艟巨舰上，经度为何，纬度为几。是的，我现在便是这客旅，可在未来的无穷岁月里，我的灵魂将在千万条生命中流转，最终引领这艘巨舰，驶离垂死的太阳，驶向热力更为充沛的恒星。

一阵狂风卷过，撼动着山杨树，打断了肉眼的观测，可不论我看见与否，我在的这行星，依然在宇宙中沿着既定轨道运行。风越刮越大，冰冻的树枝挥舞着互相拍打。破晓时分，每过十分钟，气温就下降半度，我这巨舰未来的船长不得不离开了驾驶台。零下十五度，寒风呼啸。太阳出来了，洒下万道光芒，如同无数柄猩红的利剑。

我回屋里去生茶炉。过了五分钟，等我出来的时候，利剑消失了，太阳隐在了云中，湖面上雪片飞卷，有些地方露出了块块暗色的湖冰。赶在动物夜来的脚踪被风雪湮没之前，我滑着雪出去，看看野狼有没有再次造访我狗的坟墓。很快，我就在灌木丛里发现了熟悉的脚踪，还有狐狸的脚踪混在一起。两个家伙都是过来啃骨头的。那野狼一定有一把年纪了，因为它总是离群独自行动。这是野狼的规矩：一旦年老齿衰，无法跟上年轻的狼，便只能自谋生路。这样的老狼，主要盯上的目标是狗，因此猎人们称它为“吃狗狼”。每次我的索洛韦伊追逐狐狸，跑到听力所及之外的时候，我总会想起这条杀千刀的吃狗狼，忧心如焚。

“等着吧，好家伙，没多久，保管给你点铅弹尝尝。”我边研究脚踪边说道。那脚踪从水沟一直延伸到了田野里，朔风刮来雪粉，积在脚印处，变成处处小小的突起，脚趾脚掌历历分明，石膏模一般。我沿着突起追踪了一段，可反复无常的暴风雪似乎突然决定阻止我进一步探寻，把那脚踪席卷得干干净净。

走回来的时候，我想起了狐狸的脚踪，就尝试着一路循迹而去，以防万一——在这样的大风雪天气里，对狐狸来说，水沟可是个舒适的蔽身处。我兜着圈子走，数着进进出出的脚踪，可就在圈子收尾的最后一步，我却判不出，狐狸到底在不在水沟里。末了，在我现在立定的位子，同起步的那一处之间，只有一丛杜松，我的心突突地越跳越快。我绕杜松树丛走了一圈，没有发现出来的脚踪，这样兜完了一整圈——附近地面上的隐秘事，我算是了解到了一桩，就在这圈子里头，呼呼大睡着丘鹬和鹌鹑的虎狼之敌。

如今，我可以想见狐狸夜袭的情形。昨晚，它追逐过黑琴鸡，就是我夏天时候放过的那几只，那会儿是想等到春天到了，在前门廊里等听它们求偶的歌声。一共有六只，两只是灰色的母鸡，其余四只是公鸡，鸡冠子红通通的，尾巴长落落，好似七弦琴。雪堆得高高的，黑琴鸡从下面就可以够得上杜松树的枝条。它们终日闲逛来，闲逛去，在灌木丛间留下长串长串可爱的脚印。向晚时候，黑琴鸡就在雪里打洞，钻出个舒舒服服的小穴来，在顶上留个透气的小窗。趁着昏暗的暮色，那狐狸想必盯上了黑琴鸡的脚踪，顺迹摸来，悄悄潜近它们的卧室，拖了一只公鸡出来。雪上散落着一堆毛羽，还有血迹斑斑。那狐狸饱餐了一顿，蜷缩在一块平平的、桌子似的草丘上，纷纷落的雪片像是覆上了一层台布。那晚餐吃得狐狸腹中餍餍的，早上都懒得出去觅食了，也可能是暴风雪袭来，困住了那狐狸。

那狐狸正睡得酣沉，丝毫不觉有两个猎人正密谋着取它性命。低声争执了一番之后，我们决定，利用强风缩小包围圈。我俩各拿一圈细绳标记圈子，把绳子从一丛灌木绕向另一丛，再插上小红旗。我俩背身而行，再碰头的地方，便是魔圈收束之处。终于大功告成，那狐狸一旦被旗子围住，便是我们的囊中之物了。

只要我们愿意，满可以把狐狸困在圈子里三天三夜，甚至更久。尽管狐狸狡猾得很，却缺乏人类的常识。不要说是人类了，狐狸就连猞猁和狗熊也不如，识不破猎人的诡计，不知道轻轻一跳，就可以跳出圈子。

在一棵小而茂密的冷杉树前，我们拉下一截细绳，那树后面很容易藏身——要给狐狸留条跑路。我俩一个站在树后，枪上好膛，装的是二十四粒浸过石蜡的弹丸，确保火力集中。另一个则从对面进入圈子，沿着进入的脚踪细心追踪，还时不时地柔声吹几声口哨，或折断一根霜冻的枝条。

狐狸依然流连在梦乡，浑不知插着红旗的圈子已经悄然围住了自己，只留下一处致命的出口。可即使在睡梦中，狐狸的听觉依然保持警醒。它听到了口哨声，抬起头。一根枝条折断了。狐狸爬起来，继续听着，小心翼翼地挪动着步子。

“回去！旗子！”

它缩了回去，心生害怕。

“回去！旗子！”

狐狸蹲下来细听。很近的地方，一根枝条折了。狐狸三步并成两步，连蹦带跳朝致命的出口飞奔。

手表的指针快要交叠在一起，我那对准着红色肋腹的黑色准星却不会动摇。

有的人循规蹈矩地打猎，有的人打猎时则不假思索。我在打猎的时候，大多循规蹈矩，可过起日子来，却不假思索——不知怎地，我总没法把生活料理得井井有条，因为人生苦短，在细枝末节的事情上浪费时间精力，实在是太可惜了。一个有点脑子的人，不会不知不觉到隆冬了，才想起来没有储备过冬的柴火，或者还没想到要采购什么东西，兜里的现钞就只剩下十六戈比了。可是，我已经这么不假思索地生活了很多年，学会了如何应对紧急情况。最主要的，就是要保持喜乐的心情。这并不总是容易做到，可如果没法循规蹈矩地生活，你还能怎么着呢?

好吧，我已经烧完了最后一堆柴火，可毫不忧心地，我出门打猎去了，还扛了只狐狸回来。扛狐狸的时候有人看见，结果我们还没来得及剥皮，就来了个主顾要买那狐狸皮，出的价足够买上一大堆上好的白桦木柴。我就捎信给我的至交米海大伯，要他尽快替我把柴火送来。

风暴肆虐了一夜，到了天明时候，屋子成了雪窖冰天。日出之前，我出门去观测，可立马折了回来。实在没什么可记录的，只是一片狂风呼啸，鬼哭狼嚎，严霜凛冽，寒彻骨髓。这会儿，米海大伯一定是吃得饱饱的，浑身上下裹得暖暖和和，出门替我砍柴火来着。一掷千金，买这么一大堆柴火，这等好事儿，他可从没碰上过。大伯可不会心不在焉，他是个循规蹈矩过日子的人，夏天时候，就早早地储藏起木柴来了。他这人就是干卖木柴营生的，还把卖木柴看作是一项重要的社会责任，给别人温暖，也给自己一口饭吃。干的木柴拉出去卖掉，潮的木柴留着自己用，所以他那农舍总是冷丝丝的。家里唯一暖和的地方就是火炉了。炕上那地方，只够他老婆和孩子睡，米海大伯自己就只能睡外头。可我总也不能领会这种循规蹈矩的生活，宁愿不假思索地随便过，尽量别错待人家，就好了……

黎明时候，风还在刮，刮在鼻子上痒兮兮的，我的滑雪板陷在雪里足足两英尺。转眼再望我那房子，那哪还是幢房子呀？活脱脱一艘南森的“弗拉姆”号[①]，困在北极的坚冰中间，四周是浩瀚无边的北冰洋，波涛翻滚，视野之内没有人居，没有人迹，甚至连兽迹都看不见。那从村子里送来牛奶的老大妈，今天肯定来不了了。米海大伯会先可怜他的老马，然后顺便给自己也放个假——自然，老马要紧。那我该怎么办好呢？我穿上自己最保暖的衣服，提上短柄小斧，走到林子里去，准备砍点木柴用。杜松树丛上，积雪层层叠叠，成丘成堆。我陷进一个雪堆里，雪一直埋到了脖子，在雪堆里胡乱挣扎的时候，我的手冻麻了。从天到地，万物都笼罩在一片茫茫白雪之下，仿佛有个硕大无朋的白雪猎人，布下白色的细绳和旗子，将我围猎其中。

在暴风雪之中，万物似乎都奇怪地放大了。灌木丛望上去好像峭拔的森林，突然之间，一个大怪物，摇曳着一码长的巨

---

① 南森全名弗里特约·南森，挪威探险家、科学家和政治家，十九世纪末曾乘“弗拉姆”号考察北极。——译者注

耳，跳将出来，直取我性命。我挥舞着短柄小斧防身，那野兔子一定比我还胆战心惊，掉头跑开了。过了一会儿，我看见了那吓跑野兔的东西——是座高耸的白塔——原来是米海大伯。他发话了，用的是十分平常的语调：

“我要手里有根棍子，准保一棍子打死这斗鸡眼的小兔崽子。”

他说得不差：大伯用棍子打死的野兔子，比用枪打的还多。

“我的柴火怎么样了，米海大伯？”

“已经卸下来了。”

大伯困在雪里走不开，就把柴火卸在了田野里。我们用小雪橇来来回回运了几次，才把柴火都运来，把屋里所有的炉子都生了起来。我那“弗拉姆”号的每支烟囱里，都突突地直冒青烟。那青烟在无垠的白雪中转瞬就消散尽了，如同支支点燃的香烟。

屋里暖和起来的时候，我就坐下来记录下观测结果。之前的那片白雪茫茫，我们称为冬天，我却以为只是段前奏。只有到了如今，我们才进入了冬之心——隆冬。在这时节我幻想着，那白雪猎人正撒开旗绳围猎我们，只给每个人留下一处致命的出口。我们该怎么办？在为生活而奋斗挣扎的时候，对人的同情恻隐之心，让位给了冬天般的冷峻无情。

炉火越烧越明，越烧越热。

日头挪移

从佩列斯拉夫尔－扎列斯基区深林里向贝伦代伊村站装运原木的老乡，嘴里骂骂咧咧的难听话，多得好似冬天从天而降的雪片，纷纷扬扬，没完没了。天上雪下得越紧，老乡碰头的时候，嘴巴里骂得越凶，人人想着让别人驾马赶进雪堆里，自己则幸免于难。

心情好的时候，那驾马车的老乡的臭嘴巴，我全然不在意，只顾着继续测量积雪或湖冰的厚度，记下大自然发生的新鲜事儿，得出关于地球运动的结论，那时，我便真的感觉，自己乘在一艘名叫地球的艨艟巨舰上，正绕着太阳扬帆远航。我每天都能注意到新鲜的事物，训练自己的眼睛记下生活生生不息的运动，这运动永无重复。

可是有时，要是在我的小屋里发生了什么不快事，或者自己感觉郁郁寡欢，没心情欣赏那纷纷飘落的软绵绵的雪片，我的耳朵里便充斥着那些老乡的咒骂声，一声比一声响亮，一句比一句凶狠。这咒骂声也是一种指示，意味着雪越下越紧了，也为生生不息的运动图景添上了一笔：不论是仰而望天，还是俯而看地，我们都在运动着。

我们小的时候，都以为自己生活在一片静止不动的平原上，而对我们这个星球日日疾行，却浑然不觉。学校里学到的那些地理知识，我们很快就忘得一干二净，只因在日常生活中没什么实用的价值。我为此深深思虑着。在我看来，如果能把地球运动的感受，与那些生来便以为地球静止不动的人分享，那么我对地球运动表现的记录和总结工作，就意义非凡了。我会把在这地球之上的旅程称为“一年到头”。

一个小男孩被村里的老师打发过来，递给我一份《消息报》。

“咱明天过什么节呀?”我问他。

“一个苏维埃节日。”

“圣诞节不是基督教的节日吗，”我说，“怎么变成苏维埃的了?”

“那又怎样?”

“什么叫那又怎样?你那村子要庆祝下吗?”

“不，他们不想庆祝我们的圣诞节，我们也不想庆祝他们的。”

“你说‘他们’是什么意思，这傻孩子?”

我教小男孩地球运动的知识，告诉他明天是冬至，这是标志着日头挪移的重要节气，从明天起，光照就会渐渐增多，或许人的智慧也会与日俱增。我说的这些，他在学校里都学过，提不起兴致来再多学一点——地球只管日夜飞驰好了，光照也只管渐渐增多好了，在这里面找不出什么乐子来。

“他说得对，”我想，“我只有把地理教授得生动有趣，找出点乐子来，才能教得成功。”

我立刻记下条笔记，要把绕日之旅传授得兴味盎然，引人入胜。

那天夜里有暴风雪，我去院子里查看了一两次，风还刮得很猛。明天本来计划去猎狼的，看来是不能成行了。可巧的是，有一对老狼在设作诱饵的肉食前久久徘徊，直至天明。清晨时候，有人把老狼吓跑了。它们跑出来，到了湖心，在那儿稍作休息，迟疑着下一步该往哪儿去。我们猎狼行动的领头，身材魁梧的费佳，还有他的大助手，本地银行的出纳德米特里·尼古拉耶维奇，已经发现了它们。当两匹狼移动错了方向，他俩就上前拦截，把老狼赶进了我们这边的林子里。两匹狼肚子都吃得饱饱的，懒得跑远路。它们跑到村子附近，丢弃牲口尸首的地方后面歇息。

以前，我曾随费佳在厚厚的雪地里拉旗绳围捕过野狼。要跟上这大个子的步子，可把我累得半死。我会累得趴下，一口啃在雪里，像只狗一样，浑身腾腾地直冒热气。这时候，大个子会嘲笑我胆小得跟个小鸡似的，还用滑雪板戳上我几下。我和他在一起，可算是做够了插旗拉绳的活计，如今我加入了打枪的那一伙儿。

我断定那天打不成猎，可突然有个小男孩儿跑来叫我去。

“狼已经给插上旗子了。”

他说的意思是，一圈旗绳已经围困住了野狼，可以打枪了。猎人只要一听说野狼被旗绳围困住了，他就会放下手头的一切，匆匆赶到射击地点，因为冬日苦短。老乡们都在忙着运原木，找不出一匹空闲的马来。小男孩是乘着小马驹拉的儿童雪橇过来的。我们驾着雪橇一路机敏地驶来，却不巧碰上了一长队运原木的马车，望上去简直有一俄里长，我们陷在茫茫大海似的雪地里，一直等到车队通过。接着，又来了一队车马，又有数俄里之长，慢慢地天色眼看就暗了下去。这是猎狼的一大主要难处——冬天的日头实在是太短暂了！可我们赶到村子里的时候，天上还有些亮光，再走一俄里，就到沼泽地了，只要别再碰上运原木的车马队，就能及时顺利赶到了。

正争分夺秒赶着路，新的麻烦事又来了。

“下去吧。”小马驹和雪橇的主人对我们说。

“你这是什么意思？”

“说好送到村口就回去的。”

在与“灰色敌人”的斗争中，这是常有的事。冬天，牛群在围栏里安全待着的时候，农民们就老跟猎人过不去。可到了夏天，野狼日日出来咬死牲口，猎人也拿它们没办法，农民又呼天喊地求猎人帮忙。这些我们已习以为常了，就多给了那人几个卢布。打死野狼的时候，费佳会好好“招待招待”农民兄弟——用滑雪板给他后面来上几下子。旁人则会哄然大笑，撺掇着：“再来几下，费佳！再来几下子！”

我们把雪橇的事情谈定了，就继续上路。道路分岔的地方，有人站在那里向我们挥手示意。我们跳下雪橇，走上前去。

“快点，他们在等着呢。”他小声说道。

从此刻起，不准抽烟。为了防止哪个烟民咳出声来，我们会预先塞块糖在他嘴里。在别的有钱的打狼队，咳嗽是要罚款的。因为没钱，我们不兴这个，不过也没人敢咳嗽，因为费佳会逮到那罪魁祸首，亲手给他一下——结结实实的一下，权当做罚款。

我们走得匆忙，把滑雪板撂在身后，在厚厚的雪地里艰难跋涉，很快就上气不接下气。我们的心跳得震天响，林子里都回荡着突突的心跳声，我们耳朵里也像是钟鼓齐鸣。

我那年轻的同伴一望见旗子，拔腿就跑。在林子深处，看到这秘密布下的天罗地网，人不由激动难耐。费佳的旗子剪裁精细，造型别致——像是一盏盏明晃晃的纸灯笼。

我们顺着插着旗子的细绳走了大约一俄里，跨过野狼进入圈子的脚踪，终于看见了“不响人”。“不响人”的任务是保持不声不响，倾听“呐喊人”发号施令。如果野狼往他这路跑过来，他就要把野狼往射手方向驱赶，因为有时候，受了惊的野狼会跳起来，越过旗子。“不响人”干起活计来兴致勃勃，得到的乐趣丝毫不输于射手——猎狼成败与否，很可能取决于他是否警醒机智。

我们走到旗子尽头，面对着致命的出口，也就是野狼的必经之地。德米特里·尼古拉耶维奇在正对出口的雪地里挖了一个洞，洞口周围插上冷杉树枝伪装，藏身其中，远远望去，只望得见覆在他帽子上的白手绢。再往前大概一百步路的地方，费佳也用差不多的方法埋伏着。他撤去了几面旗子，给我们也留了段出口，还从皮箱里提出一把钢锯，锯下冷杉幼苗，给我们每人都做了一处埋伏点。我相信，他用的是自制的钢锯，所以锯起枝条来无声无息，他的滑雪板也是自家出品，举世无双。他事先用什么东西浸过滑雪板，这样化雪的时候，就不会黏着。他懂的活计有几十种，据说，老早以前，他还亲手造过一爿小店，后来因为卖东西时允许猎人赊账，破了产。

野狼结果得干净利落，可是“呐喊人”却没有个像样的领头儿。通常是费佳领这个班，可这回，他生怕我们没法及时赶到，就自己充当了名射手。费佳很快就意识到，他们快把事情搞砸了。论起打狼，谁说他的手不也是痒痒的？在我左边的那个小伙子，我摸不定怎样。一个猎人单枪匹马打沙锥鸟，可以干一场漂亮仗；可要是成群结队打条狼，却往往容易失手。一匹狼有时会走到六十步以内，这时候打它，可谓十拿九稳。可它走的时候，如果你不开火，它可能会走到离你身旁的同伙十步之内，这时你一定要熬得住，不能贸然开火。有的时候，前狼刚走，后狼又来，你就必须放过前狼，专攻后狼，因为这样，前狼会方寸大乱，就可以趁机把前狼也拿下。可要是摊上个少不更事的猎手，可能就会不假思索地朝前狼开枪，这样，打后狼的机会也就竹篮打水一场空了。常有这样的事儿。

我埋伏的地方，前头立着根干草堆的垛心杆，左边还竖着棵冷杉。我那年轻的伙伴站在树的一侧，这时候，狼从另一侧过来了。那狼稍息了片刻，似乎是被空地上白皑皑的积雪映得头晕目眩，一双后腿深深地陷在了雪地里。在白雪的映衬下，那狼身的毛色显得有些诡异，说不上是灰色，还是别的……突然，那狼越陷越深，连身带腿囫囵陷了下去，它奋力挣扎着。“砰”地又来了一声枪响，雪地里不见了那狼的踪影。我还没回过神来，还呆立在那儿想着那狼的毛色。

打死的是匹体型硕大的母狼，打得手脚利索，旁边的雪都一尘不乱。母狼躺在地上，还像活的一般，口鼻趴在前爪上，耳朵翘着。

“干得利落，”费佳说道，心满意足。“为啥开的第二枪？”

小伙子一言不发，可原由再清楚不过了。要是打失了，也得挨教训，所以最好补上一枪，图个双保险。

那母狼的毛色灰里泛黄，无以形容。可在我印象里，那狼活泼泼地傲立在雪里的时候，全然不是这等颜色。我于是问那小伙子，他以为狼是什么颜色。

“绿的吧。”他说。

我们中间出两个人拔起那根垛心杆，从野狼捆起的腿间穿过去，扛着野狼就上路了，那架势，好像从照片上看到的，中非地方人家打猎罢扛起死狮子一般。费佳把狼大模大样摆放在雪橇上，那死狼怕人的模样，路上哪匹马见了，都得吓得跑到雪堆里去，就这样，给打狼凯旋的猎人清开了一条道儿。

我住的那房子建在临湖的小山冈上，湖边有条车马道，源源不断的运原木的马车便是打这里走。那天晚上，用完冬至节的大餐，空雪橇队从车站返了回来。老乡们得知，因为逢着节假日，木材工作处三天不发送木材，但铁路还照常运营，他们就打算提前装上一批木材，趁着新式圣诞节，用雪橇把木材拉到车站。

空荡荡的雪橇队回来装木材来了。天上有一弯新月——只那么纤纤的一钩——外面伸手不见五指。刚打完猎，我就设法弄到了一匹壮马，快马加鞭先行到家，准备垫垫肚子的小菜，等大伙到了一起享用。听着外头的叫喊声和咒骂声，我想起来，忘记测量当天积雪的厚度了，就根据那骂骂咧咧的声音喧嚷的程度，粗粗估计了一下。真正紧要的是，只要我根据种种迹象，每日记下地球的运动，就能还原出这个星球绕日一周神奇之旅的全貌。用图像记录下地球的运动，比用数据要来得好，因为数据只局限于观测站里，而人们真真切切的生活中，全然没有数据，只以为生活在一片静止不动的平壤上。我的图像应该能为门外汉所理解，他们测量雪深的方式，不是用标着刻度的数据，而是用走在路上一声高过一声的咒骂声。

“想想，我们生活在‘凌空飞橇’的时代。”我想。

我刚这么想着，门外突然骂声大作。我马上意识到，这可不是简简单单的测雪深。莫不是有狼从路旁的沟渠里跳将出来，把雪橇上的狗给拖走了？我一把拿过猎枪，向山下飞奔。当眼睛适应了昏暗的暮色，我看见一个大个子正同老乡厮打，打得他们在雪地里满地爬。可后面的车上很快又来了一伙老乡，大个子看起来情况不妙。大个子消失了一会儿，回来时挥舞着滑雪板，张牙舞爪，身旁满满地围了一圈的人。大伙儿定睛一看，这大个子不是别人，正是打狼队的领头费佳，立刻镇静了下来。麻烦是这么来的：那老乡车队的头马，瞥见了雪橇上戳出的狼头，吓得连连惊退，马车主人就跳下车来，抡起袖子找架打。费佳挺身上前迎战，其他老乡就纷纷过来助阵，扭作一团，变成了一场混战。

于是，在冬至那一天，我记下一条：日头挪移了，很多人的鼻子也挪了位。

父狼

国有林驻守在田野的尽头，直竖着耳朵。田野在观望，森林在倾听。在田野的另一头，依傍着波尼科夫卡村。村子就像位老妇人，坐在那里，把在田野里看到的，在林子里听到的，以及她自以为看到或听闻的一切，一股脑儿都捡拾进口袋里。

林子的边角，田野的零碎，给那干瘪的老妇人收集起来，装满了一个又一个口袋。听年迈的斯皮里多诺夫娜讲述她在林中的惊魂之夜，我们常吓得毛骨悚然，也惊异于野狼留下记号的奇特习性。如今回想来，这林子与田野里，最最令人称奇的，还是斯皮里多诺夫娜本人呐。

那时候，她跟我们一同住在波尼科夫卡村。她是个“护理婆婆”，一家家走街串巷，只要哪家有孩子病了，她就会留在那儿，照顾孩子直到病愈。

每次哪户贫苦人家有孩子病倒了，这位枯瘦的老妇人就会出现在门口，问道：

“小家伙还在吗？”

于是，孩子的母亲就可以安心继续干活了，知道孩子会得到精心的照料。再没有哪个母亲，比斯皮里多诺夫娜老太太更体贴、更慈爱了。有一天，我家彼佳生了病，我们全家都心烦意乱。我的妻子守在床边照料孩子，因此上班之前，家里什么事儿都要我来打点料理：取柴担水、采购东西……凡是要做的，都得我来。我近来疏于工作，遭到办公室里同事的睥睨。

可一天早上，有人敲门，我起来一看，门外站着斯皮里多诺夫娜老太太，问我：

“小家伙还在吗？”

老太太一来，一下子卸下了我们所有的重担。一个月后，彼佳身体康复了。有人捎信说，波尼科夫卡村有个孩子病倒了，斯皮里多诺夫娜就同我儿子道别，那恋恋不舍的情景，就好像是母亲送自己的独子上战场。老太太啜泣涟涟，仿佛心碎一般。

不久之后，她就会带着同等的伤感，告别另一个孩子。这就是为什么她能成为如此优秀的护士。她的慈母之爱无穷无尽，永无干涸之日。就像有些女人，会把爱心倾注在许多人身上，斯皮里多诺夫娜慷慨地把她的慈母之爱，灌注给一个又一个孩子。当一个孩子康复了，同她亲如骨肉，她却不得不依依分别，转而照顾下一个。我们的这位老太太，是个杰出的女性，在同她相处的一个月里，我从她那儿听闻了许多。她总爱同我们讲故事，讲了一个又一个。

那是新年的夜里，一个老人躺在森林的另一头，奄奄一息。小木屋里，除了孤苦无依的孙儿，再没别人陪着他。因为老人无力照料婴儿，孩子嚎啕大哭，发起了高烧。做完晚间弥撒，有人告诉斯皮里多诺夫娜，在林子的另一头，有个老人和小孩，都快不行了。按照本地的风俗，做完弥撒，人们要带上祭品去墓地，追念逝者。斯皮里多诺夫娜也不例外，她烘了些馅饼带去。墓地里坟堆坟，碑累碑，各家的坟墓密密匝匝挤在一起。只有凭着松树上的刻痕，才分辨得出亲人的墓，有时一棵树上就有几道刻痕。本来，墓地早该迁址别处了，可人人都习惯了葬在此处。此处地势较高，下面是干燥的沙土，亲人们可以舒坦地长眠在此处，在世的人也能方便前来，摆食设祭，慎终追远。妇人们摆设开馅饼，神父为他们祷告。之后，教堂执事会过来，把祭品捡拾进自己的口袋里。教堂执事的小猪也过来了，看看能找到什么东西填填肚子，这头小猪老早就被一匹下巴尖削的幼狼盯上了。

斯皮里多诺夫娜不是本地人，她的亲人并不葬在此处，可她同样在新坟前痛哭流涕，不胜悲伤。等祭扫的人群散后，她把馅饼掰碎，一一洒在坟前——她经常留意着，不让祭品落进教堂执事的口袋里——不一会儿，鸟儿纷纷飞落下来，啄食碎屑。看到覆着白雪的松树间，阳光丝丝普照，鸟儿沐浴嬉戏，令人心生欢悦。此时，斯皮里多诺夫娜的心里感到一种神赐的平安——如果这位老太太心里流溢着神赐的平安，生活对她来说，就足够美好惬意了。

这时候，那匹幼狼沿着沟渠，悄悄跟踪着教堂执事的小猪，直到它差不多撞着了老太太，吓得魂飞魄散，这才飞奔过田野，钻进国有林中。幼狼在雪地上的新鲜脚踪，立刻被一群滑雪的猎人发现，穷追不舍。可突然之间，天色昏沉了下来，雪越下越紧，越积越厚，狂风大雪抹去了地上的脚踪。只有在林子深处，透不进风的地方，野狼在树桩子上和灌木丛里留下的记号，才没有被雪掩盖。野狼用自己的方式解读这些记号，然后留下自己的。后来又来了别的野狼，便依次轮流着读记号，做记号。野狼就这样阅读着野狼世界的新闻，探听关乎它们的人类世界的消息。那匹追踪教堂执事的小猪的幼狼，现在也在每一根树桩子上，写下了自己的故事。

天色昏沉，斯皮里多诺夫娜心里也一沉。她没法赶到那婴孩身边，孩子就必死无疑了。透过窗户，她焦急地张望着，看看暴风雪有没有减弱。向晚时分，暴风雪暂时止歇了，可这也不顶事儿，因为她要从森林里穿过，而晚上的时候，那里有成群的野狼在潜行觅食。斯皮里多诺夫娜左思右想，自己到底该怎么办，正在这时候，邻居抱着个小孩儿走了进来。

“小宝贝，”她对孩子说，“往窗外看看，告诉奶奶：我是去，还是不去？”

像老法时候一样，她相信，纯洁的孩子不会说谎。

“我会迷路吗？会冻着吗？野狼会来吃我吗？”

“野狼不会吃你的，奶奶。”

于是，斯皮里多诺夫娜定下心来，一定要去。邻居去给栗色马套上马具，这时候，盯着马的那匹幼狼连蹦带跳跑进了森林，在沿途的灌木丛里留下记号，告诉别的狼：今天晚上，斯皮里多诺夫娜要驾着栗色马穿过林子。

田野机警的眼睛，被暴风雪蒙蔽了。森林灵敏的耳朵，也被暴风雪遮住了。可野狼自有办法知道，风很快就要止息，月亮也会破云而出。领头的母狼决心再次测试一下它那大脑袋伴侣的勇力，在林间留下记号，召集狼群全体，举行盛大的集会。野狼嗅着记号，意味深长，悄悄爬过软绵绵的雪地，聚集在森林的边缘，围绕着它们年长的头目。

野狼集会，真是挑了个良宵。月亮很快就出来了，黑黝黝的磨坊矗立在田野里，映得清清楚楚。在白雪的映衬下，苦艾树丛看上去黑森森的，野狼一开始把它错当成是老乡，从田野里走出来。

森林侧耳细听，听到遥远的波尼科夫卡，一匹小马驹在对月长嘶。野狼炯炯的眼睛，看见一驾低矮的农民雪橇，在白雪的银浪上滑行，如同一叶扁舟，时而高高跃起，时而低低沉下，一路星火，朝着磨坊的黑岛疾驰。雪橇驶过磨坊，越爬越高。召集狼群的大脑袋老狼，请求母狼批准，冲上前去，准备行动。

斯皮里多诺夫娜昏昏沉沉地睡着了，做着甜美的梦，梦见自己已经坐在火炉边，双手抱着那孩子，摇啊摇的。

斯皮里多诺夫娜一点都没注意到野狼的记号。她有自己的记号，并且坚信不疑，栗色马只顾嘚嘚地一路向前。如果自己不能亲眼看路，最好放心地依靠你胯下的那匹马，因为它明白，哪块地方最坚实。如果你勒紧缰绳，就会立刻偏离正道，再也别想回来。于是，老太太继续打着盹儿。在梦中，她已经到了那户人家，正坐在炕上，怀里抱着孩子，轻轻摇着。而野狼已潜行到了地板上，来了那么一大群，一匹踩在另一匹身上——越爬越高，差不多就要够着炕头了。

可孩子看不见野狼。孩子渐渐康复了过来，小脸蛋红扑扑的，好似红苹果，一双小手伸了出来，嘴里喊着老太太“妈妈”。

野狼越爬越高。

斯皮里多诺夫娜勃然大怒，正想着随手抓起什么掷过去，突然之间，转念一想，紧紧抱住孩子，来到狼群中间，跪了下来，身子伏得低低的。

“父狼爷爷，我求求你们，不是为着我自己，而是为着我这小天使，求求你们，走开吧，别再吓着娃儿了。你们也是当爹的，不是么？”

那野狼是怎么答复她的，斯皮里多诺夫娜没有听着，因为她在雪堆里醒了过来，什么也看不见，就看见那栗色马的一双耳朵，从雪里戳出来，像是长了一对角。

老狼大惑不解：那雪橇已在山头露了出来，照理说应该直奔狼群而来才对，怎么就不见了呢？大脑袋公狼踌躇了半晌，尽管心高气傲，还是交了权，让它聪明的伴侣来定夺。

母狼想起来，有个地势更高的地点好登高俯瞰，就从暗影里走出来，领着狼群踏雪而行。狼群往下一看，真是撞上了好运，栗色马从桥上摔了下来，掉进了雪堆里。泠泠的月色下，野狼的毛色闪着银幽幽的光，它们悄悄走到坡边，一双双火烧似的眼睛直勾勾地盯着底下。

斯皮里多诺夫娜困在雪橇里手忙脚乱，她越是喊那栗色马往前走，马在雪堆里就陷得越深。她正要走到大路上，试着用手拽那缰绳，猛地瞥见上面一圈火烧似的眼睛，吓得僵在那里，一动不动。

老公狼又取得了领导权。它后腿蹬在雪里，随时准备纵身一扑。可是刹那间，公狼也和斯皮里多诺夫娜一样，呆呆地立着，一动不动。

野狼有个奇特的习性，对于静止不动的东西尤其害怕，唯恐里面藏着什么活物。就连一棵刚刚被连根拔起的树，它们看着，也是心惊肉跳的，不敢马上靠近，而是先试着安抚那纹丝不动的神秘东西，然后才怯生生地走到近前，又敬又畏地留下自己的记号。

在这当口，老太太脚下，要是有条冻僵的脆枝折了，或者她稍稍动一下身子，野狼就会扑将过来，把她和栗色马撕成碎片。老太太没有拔腿就逃，而是一步向前，跪倒在地，身子伏得低低的：

“父狼爷爷，我求求你们，不是为着我自己，而是为着我的小天使。可怜可怜孩子吧，你们也是当爹的呀。”

老太太就这样伏在雪地里，一动不动。野狼看着一动不动的老太太，大惑不解，又惊又怕。

野狼望着眼前这黑乎乎的神秘东西，纹丝不动，却显然是个活物，不由心中大乱，想着要逃到那清辉流溢的月色下。聪明的母狼从大脑袋公狼身后走出来，小心翼翼地嗅了嗅一动不动的老太太，又敬又畏地留下记号，然后沿着空地边缘走开了。其他野狼跟在后面，一个个上前去闻了闻老太太，敬畏地留下记号。就这样，野狼一匹匹跟在头狼身后，排着队离开了那可怖的地方。

这段遭遇野狼的惊魂之夜，斯皮里多诺夫娜跟我们讲了很多回。每次听来，我们都是毛骨悚然，也惊异于野狼留下记号的奇特习性。

故事讲完的时候，老太太总是轻松地一笑：

“孩子们，等我起身的时候呐，浑身上下都是湿淋淋的。”

淡紫色的天空

十二月的天气里，要是天上有阴云，松林间的暮色会看起来十分诡异，几乎有几分骇人了。天空变成了淡紫色，垂得低低的，似乎要倾跌下来，警告着人们赶紧逃跑，因为林中别有一种非人类的生活即将拉开帷幕。

我们沿着早上的足迹，匆匆往家里赶的路上，看到雪地里有一条野兔的新鲜脚踪。再往前走几步，脚踪越来越多。看来，这些日夜与我们颠倒的野兔子，已经离家出去四处转悠了。

对这些野兔子来说，这令人敬畏的淡紫色晚霞，竟是光彩夺目的日出哩。

只不过是下午四点。

“夜长着哩。”我说。

“顶顶长的，”叶戈尔说，“兔子走了又走，老乡睡了又睡。”

紫罗兰的芳香

每次牵着猎狗去猎狐，我总会对自己说，要是能打到只狐狸，我一定要看看，著名博物学者和猎人佐利金在名著《猎狐》里的记载是否确然。佐利金在书里写道，狐狸尾巴根上有个小小的腺体，在霜冻的日子里，会散发出淡淡的紫罗兰芳香。如佐利金所述，“对他来说，正是这紫罗兰的芳香，宣告猎狐这项优雅的运动完美收官。”可是，很少有猎人真的闻到过那股香气。我们大多数人一口咬定，狐狸尾巴闻起来跟狗差不多。还有些人则纯粹是出于礼貌，才对佐利金表示赞同。要不是知道佐利金是个不轻下论断的作者，我简直要把他的说法比作是皇帝的新衣①。但既然佐利金这么论断了，就同我亲口说的无二。我敢肯定，佐利金真的闻到过那紫罗兰的芳香，这是个有趣的生物学事实。我寻思着，能不能亲自闻到那香味。

问题在于，牵着猎狗去猎狐并不总是大胜而归，要么狐狸

①《皇帝的新衣》是丹麦作家安徒生的代表作。在童话中，一位奢侈的国王每天只顾着穿衣服，不管其他任何事，最后竟然还受骗，什么都没穿去游行！没有人去揭穿谎言，甚至还夸耀，最后一个孩子天真的一句话才结束了这场闹剧。——译者注

钻到洞底下去了，要么它引得猎狗追得远远的，天黑之前赶不上。从我的经验来看，要是在打猎的第三天就打到狐狸，就算是走运了，常常要到第四天、甚至第五天才打得到。我要是下定决心要闻那紫罗兰的香味，猎狐的时候却往往失手。而如果真的打到了狐狸，却总是欣喜若狂，一时间全然忘了紫罗兰香气的事。最后，好歹迎来了个霜冻天，我打着了只狐狸，也记起了闻香的事。

那是个清寒的早晨。天上有一眉新月，群星璀璨，我们一行三人牵着两条狗，到森林打猎去。和我一起去的，一个是区法律顾问 Y，还有一个是本地影院的钢琴师 T，两个都是打猎的好手。钢琴师带的是一条科斯特罗马猎狗扎利韦，刚刚得过大奖，我带的则是忠实而无与伦比的老狗索洛韦伊。说起来，自然只带一条猎狗，要比两条狗别别扭扭搭档要好，可我俩谁也不想把自己的猎狗落在家里。我说这个，是要给打猎的新手提个醒：最好只带一条狗去，顶多两条。我们小镇边上，狐狸多的是，可每一只我们都熟悉，它们都被我们的戴达伦[①]给吓怕了，老奸巨猾，实在难以得手。我们顺着高高的大道往下走了十俄里地，这才找到了些没有被猎过的狐狸。镇上正在举行一个集市，好像是卖马的，我们一路走着，看到路上的老乡络绎不绝，往下走来。幸运的是，我们还躲在暗影里，老乡看不见，

① 戴达伦是法国作家都德的长篇小说《达拉斯贡的戴达伦》中的主人公，声称要成为大名鼎鼎的猎人和探险家，实则是个好吹牛皮的人。——译者注

否则准会被他们取笑一通——老乡老爱开猎人的玩笑。我们从暗影里走出来的时候，老乡浑然不觉。不想，一缕月光照在我们的枪管上，惊了老乡的马匹，免不了招来一串咒骂声。有的时候，这是不常有的事，一匹马安生地走过，而坐在雪橇上打盹的马主人，猛地睁开了眼睛，一开始吓了一跳，错把我们当成了强盗，后来，猜着了我们的身份，亲热地跟我们打招呼：

“哦，猎人!”

就这样过了好久，等到天色放亮，人人看见了我们，都会嘲弄似的说上一句：

“野兔子的苦日子到了!”

还有人特地对我说：

“别白费工夫了，老爹。”

我听着逆耳，就问钢琴师：

“这儿有多少老乡呐?”

他应了句，答得准极了：

“一百万。”

天透亮的时候，我们达到了目标，在新鲜的雪地上辨识出了狐狸的脚踪，立马把狗放了出去。索洛韦伊追踪第一条脚踪的时候，扎利韦另外发现了一条，就把钢琴师领开了，后半天都没见他的影子。律师和我跟着索洛韦伊，爬到了老高的地方。我们看到一小堆一小堆的沙土，覆着雪，是狐狸在树桩子间挖洞的时候，刨出来的，我们循迹而去，自然很快就发现了狐狸洞。地上狐狸的脚踪错综复杂，迷宫一般，索洛韦伊看着大费脑筋，我们也努力盘算着狐狸所有可能的逃跑路径，以及拦截的最佳地点。

宽阔的溪流，几乎环绕着这座打着狐狸洞的山冈。溪水还没有封冻住——在两岸莹白炫目的雪色间，嵌着一道墨玉色的罗带。在溪流的另一头，是无尽延伸的林木，隐入迷离的寒雾之中。一株倒地的巨树横贯溪流，权作桥梁，上头覆着白雪为垫，雪上印着一条狐狸的脚踪，一直延伸到林子里。巨树的另一端藏在浓密的灌木丛中，一对红腹灰雀正在那儿啄食牛蒡。漂亮的鸟儿啄够了种子，飞下来，落在新鲜的积雪上，红羽映衬着白雪，灼灼然鲜艳夺目，令观者饱餐了秀色。附近肯定另有一个渡口，我们听见索洛韦伊在对岸吠叫。它一发现那条单独的脚踪，就吠叫起来，拼了命地一路直追——那脚踪一定十分新鲜。律师走了下去，在倒地的巨树和两只红腹灰雀对面，找好了位子。我匆匆掉头寻找另一处渡口。很快就听不到狗吠声了，我正四处搜寻着，那追逐着的狗和狐狸又折了回来，往律师这边过来了。我冲到山顶，想居高临下，看个全貌，看看要是律师失手了，狐狸能往哪儿逃。狐狸纵身一跃，跳进了一片开阔的空地，在那儿迟疑了片刻，四处张望了一番，然后继续迈着它那轻松优雅的步子，大步流星地朝倒地的巨树赶去，那儿，红腹灰雀还在忙忙碌碌地啄食牛蒡种子。灌木丛挡住了律师的视线，他看不见狐狸，可他立定的位子十分理想，听到猎狗吠叫，他随时戒备着。我观望着，心想哪件事会发生在先——是红腹灰雀先被狐狸吓飞呢，还是我那守候着的同伴先开枪。可大事临到的那一刻，我将鸟儿全然抛在了脑后。那狐狸刚刚从灌木丛中露出嘴脸，枪就响了，子弹正中脑袋。受到了这致命一击，狐狸在空中翻腾着，差不多又落在了原地。

我们是怎样飞奔过那狐狸的独木桥的，自己也说不清。

狐狸越蹦越低，终于断了气。我们走上前去，看看它有多肥硕。

善心的读者朋友，没必要去可怜那狐狸，我们迟早也会有那一天的。我自己就差不多准备上路了，我担忧的只有一件事，就是人们可能会望着撒手人寰的我，失望地说，“多小的个子呀。”

说实话，我从没见过这样的狐狸——一只又肥又壮的姜黄色雄狐，岁数很大，满口坏牙。

那天我们没打到野兔子。雪一直在簌簌落个不停，直到天明前才刚刚止住。兔子的脚踪一定都很短，我们一条都没摸到。不知不觉中，冬天的白昼就一闪而逝了，暮色四合，我们听到钢琴师的号角声，也吹了一声应和，然后碰了面。他既没打到狐狸，也没打到野兔，却为我们的收获而感到欣喜——他是个真正的猎人。

我们顺着来时的那条大道，兴高采烈地回去了。不走运的是，一群老乡从集市上回来了，显然是喝了一两杯，看到我们一行三人只扛着一只狐狸，难免千篇一律地招呼道：

“才一只?”

我们默不作答，可源源不断地有老乡走过来打招呼，我们实在是被问得不耐烦了。

“到底有多少老乡呀？”我问。

“一百万。”钢琴师又说了一遍。

我们烦透了，就离开大道，找到一条与大道平行的林间小径。我们大大地松了一口气，坐在一棵倒地的树上歇息。律师从肩头卸下沉甸甸的狐狸，我突然想起来，自己常常念叨着闻一闻那紫罗兰的香气，表示猎狐这项优雅运动大功告成。我告诉同伴的时候，他们全都哈哈大笑。我就引用佐利金这个权威猎人的话，跟他们谈谈那散发香味的腺体，还把那段文字背诵了出来。钢琴师被我说动了，和我一样兴味盎然。律师瞥了我一眼，满脸职业性的质疑神情，心理揣度着，我到底是认真的，还是在同他开玩笑。

“我来闻闻。”钢琴师自告奋勇地说。

他拎起狐狸尾巴，厌恶地闻了闻。

“一头野兽那地方还能有什么味道，就是那个味道。”他说。

律师唇边浮动着一缕怀疑的微笑。我想惩罚下这个疑心病重的律师，也让我们大家都来领教领教佐利金的发现。我拎起尾巴，特地闻了很长时间。

“你错了，我的好伙计，”我郑重其事地说，“你一定是抽烟抽多了，把鼻子给抽坏了。我觉得那香气说不上是紫罗兰，但至少是种非常微妙的香气。”

这一计果然奏效了，律师也凑过来闻了闻。

“不”，他朗声大笑着说，“你说服不了我。闻起来臭烘烘的——皇帝是光着的。”

一堵薄薄的树墙，把我们走的小径，同雪橇络绎不绝的大道分隔开来。我们大笑着，要是这些老乡都看到我们在闻狐狸尾巴根，岂不是绝了？他们那醉气醺醺的嘴里，会喷出什么样的玩笑话来？

那天晚上，我们三人在我住处喝茶的时候，我怨气冲冲地想起了佐利金，把他的书拿出来，给朋友们看，那可是个记录在案的科学事实。我读下去，可读到香腺那一段时，发现它应该长在狐狸尾巴根的上方，而不是下方。那个在霜冻天散发紫罗兰香气的腺体，应该在尾巴上方，就是狐狸蜷起身子睡觉的时候，搁鼻子的地方。

我们正思想着这事儿，我们打来搬进暖屋里的狐狸，开始散发出浓烈的狗一般的臭味，我们三根香烟都抵挡不住，更别提紫罗兰了。我们想象着，一百万个老乡沿着大道碰到我们，每一个嘴里都吆喝着同一句话：

“嘿，猎人！你们闻错了地方！”

狗熊

（一）

提格里克在熊窝旁吠叫起来。这是在奥格涅茨省最荒野的角落里，属卡尔戈波尔斯基区，尼曼林区第十三片区，扎冯多什耶村附近。帕维尔·瓦西里耶维奇·格里戈里耶夫，一个农民和业余猎人，轻吹一声口哨，把提格里克叫了回来，然后小心翼翼地在雪上滑行了几步，一双火眼金睛发现了一个大熊窝的洞口，被一棵连根拔起的树庇护着，挡住了北风，洞前是片空地，上面稀稀朗朗地长着纤细的冷杉树。帕维尔谙熟狗熊的习性，是个平心静气的典型北方汉子，他走过熊窝，心中打定了主意：如果在熊窝前滑过不停留，是不会惊动狗熊的。他判断得没错：这地方是个出气口，狗熊正在里面呢。他绕着熊窝滑行了一圈，又用手指交错着滑行的轨迹留下印记。这样，他就能知道，有没有人来到近前，还有狗熊是不是还在窝里。为了把偷猎别人熊窝的人和捣蛋鬼引开，他又在附近假意滑行了几圈作为迷惑。

几天以后，在同一片林区的第十七片区，提格里克又发现了一处熊窝，吠叫起来。这次，空地是在连根拔起的树后面，那树也为洞口挡住了北风。看起来，那狗熊是头朝东睡着，面对着茂密的冷杉树丛。绕着熊窝滑行一圈的时候，格里戈里耶夫差点撞上了那熊。紧要关头，他拐过了三步远，免得把熊惊起。后来的一天，在检查绕熊窝滑行的轨迹的时候，他又发现了另一处废弃的熊窝，是同一只熊留下的，显然是个庞然巨兽。正是他这么一估摸，两处熊窝都落到了我们莫斯科猎人的手里，没有被沃洛格达或者阿尔汉格尔斯克的猎人得着。沃洛格达来的人开价五十卢布一处，但是帕维尔坚持要按熊的体重来算，九卢布一普特，考虑到熊的身量比较庞大。另一种算法，他要价六十卢布一处熊窝。幸运的是，双方正为价钱的事争执不下，帕维尔想起来写一封信给我们莫斯科分会。

那股狗熊的气息，最初传到了提格里克的鼻子里，接着触动了扎冯多什耶村的帕维尔·格里戈里耶夫的神经，然后又传到了沃洛格达的猎人那儿，再后来又传到了莫斯科。我那天要是待在扎戈尔斯克的话，就会错过了这消息。幸运的是，我那天正好在莫斯科处理繁杂的事务，更巧的是，我累得懒得四处跑动了。我还要拜访《星火》杂志的编辑，可他们的办公室在斯特拉斯特诺伊林荫大道，而那时候我在尼科尔斯卡亚大街，靠近猎人茶室，我就想去茶室坐坐。茶室的氛围很休闲，猎人坐在里面谈天，一谈就是好几个小时。年纪大的聊老早以前的事情，年纪轻的则畅谈着未来。这儿，是世上绝无仅有的地方，茶客们对真心钟爱打猎与自然的作家投以青眼。要不是这些猎人的心思，被大自然反复无常的情绪紧紧地攥着，他们可能会成为最最热心的文学读者，谁知道呢。有一天，我同一个老汉谈起了果戈理，还拿了几本果戈理的作品给他看。这些书给他开启了一方崭新的天地。这个从未听说过果戈理的老汉，变得何等欢喜快活，何等令我欣羡切慕。可另有一个场合，他也欣羡切慕起我来。

我当了一辈子的猎人，却从未参加过猎熊。

“怎么会呢？”老汉很意外。

这时候，有人告诉我帕维尔的第一封来信，我保证如果协议达成，就加入猎熊的行列。就这样，最初由提格里克嗅到的那缕熊的气息，终于飘到了我这里。

从茶室出来，我就去了《星火》杂志社，同编辑交谈的时候，我不小心说漏了嘴，透露了猎熊的事。众所周知，图文并茂的杂志，尤为强调照片的重要性。最后，在主编的急切要求下，我答应带上一名摄影师随行。

“要是打着了熊，”主编说，“我给你登封面，来个特写！”

我不是很明白，主编就解释说，我和熊的照片会登在封面上，再腾出两整页来，刊登猎熊的快照。

“好好指望吧！”分别的时候，他允诺我说，“我给你登封面，来个特写！”

一名作者要举手发誓，说自己写的确系确凿无疑，那是徒劳无功的——这种誓言，往往被当作是一种形象化的说法而已。

可我要对着野兽发誓，而不是对着众人发誓，听闻与帕维尔的交易成功，回电报的时候，我给《星火》杂志社打了电话，请他们派名摄影师来，那时候我心里想的全然不是自己。我这么要求纯粹是为猎人着想的，知道他们喜欢扛着枪与猎物合影。这样的照片谁都见过！可结果是，猎熊的猎人们另有想法。他们的目标是猎熊，而不是为自己留下影像。对他们来说，一个外人、一名摄影师，实在是来搅事的，可恶可恼。当他们听说要来个摄影师同行时，简直要崩溃了，只是为着敬重我，才勉强允许他同去。只有到了打猎行将告终的时候，我们才欣赏起那摄影师的好处来，明白他不是胆小鬼。可一开始的时候，当摄影师问起我们，打猎时他能否用梯子，哪儿能弄一套便当走动的工作服，我们又怎么会有先见之明呢？摄影师的这些荒唐要求，惹茶室的常客终日笑得前仰后翻。猎熊的猎人总算定下心来，他们以为，到了紧要关头，那摄影师一定会溜之大吉，也就不再惹他们烦心了。

过后不久，格里戈里耶夫又来了一封信。在信中，他措辞模糊地说，要价六十卢布一处熊窝，并暗示不然的话，就要按照熊的体重收钱。对于他这封措辞模糊的信，我们也回了封同样措辞模糊的电报回去，但是注明了我们到达的确切日子。谈价钱的部分算是告一段落了，莫斯科的猎人拍得了狗熊，而我们的这位觅熊人则继续查看着他绕着熊窝的滑行轨迹，并用手指交错着轨迹留下新鲜的印记。

(二)

有人说，第一印象往往具有欺骗性。于是，他们一遍又一遍地去验证这个印象，最后把所有的色彩都抹去了。还有些人则恰恰相反，任由自己被第一印象牵着走，一心咬定，新鲜色彩的重要性，绝不输于确凿的事实。至于我自己，我只能说说，初见的印象，是如何使我惊叹不已的。为什么豢养在动物园里的动物，总不能给我留下深刻的印象，使我想着要同旁人分享自己的感受？在动物园里，不论环境多么现实逼真，我总能找出些微的破绽来，使魅力消散——只因动物不在自己的原生环境中。如果在一片真实的林子里，有一只自由自在的狗熊，穿过一片真实的空地，我哪怕只瞥了它一眼，也比看到熊在动物园的笼子里终日踱步，或者拴着锁链被人牵着走过大街，从中知悉的要多得多。甚至在我看来，在莫斯科省杀死一头熊，几乎留不下浮光片影的印象。狗熊有时会漫游到我们这边，在此地做窝，但此类事情只是历史的遗存罢了——那熊过来，是走错了地方，离开原生环境在外浪荡了。

可是现在，我抛开了手头的一切，在这原始的北方森林里，急于与每个人分享这明媚的光的春天的喜悦。此时此地，母熊正在产下幼崽，老熊和幼熊躺在窝中，睡得迷迷糊糊，期盼着即将到来的暖意。我可以看到，冷杉树枯槁而结实，积雪附着在粗糙的树枝上，如同厚厚的枕头，杜松树丛粉雕玉琢一般，美不胜收。这种种美景，在我脑海中绘成了一本画册。这里还有个怪老头儿，好似半人半羊的农牧神，有忧思满面的妇人，婉约优雅，背上却负着沉沉的袋子，马克西姆·高尔基①和阿波罗②，西尔维娅③和奥利维娅④——他们都在这里，在这积雪皑皑的荒郊野林里。我将他们一一辨认出来，即使走上一百里地，解读这冬日林子里的故事，我也会毫无倦意。最最令我称奇的是，在回来的路上，我又重新认出了许多人物，并能以此来判断，还要走多远的路。但是其中最最勾魂摄魄的形象，那最最真切、搅扰起我浑身血气与心魂的，要数一个深棕色的脑袋，躲在一棵连根拔起、覆着积雪的树后面。那脑袋缓缓地抬起，如同日月之升，坚定而无疑，而我站在几步远处，举枪瞄准。

一轮满月当空，金星大如拳头，大熊星座和天穹上的众星熠熠闪耀，照得雪地莹莹亮，我们不仅能分辨出狐狸、野兔和松鼠的脚踪来，就连白山鹑和黑琴鸡精巧玲珑的脚踪也看得分明。于是，从车站到扎冯多什耶村的这七里路，我们是欣欣然一路看来。帕维尔的众多家眷睡在两间屋子的地板上，提格里克若无其事地在老老小小身旁走过。空气有些沉闷。听见我们敲门，主人马上行动了起来。睡着的孩子挪到了另一间屋里，

---

① 马克西姆·高尔基（1868—1836），苏联作家，为苏联社会主义文学奠基人。——译者注

② 阿波罗是古希腊神话中的太阳神、光明神和文艺的保护神。——译者注

③ 西尔维娅是莎士比亚早期剧作《维洛那二绅士》中的人物，是常规稳重的女性。——译者注

④ 奥利维娅是莎士比亚早期剧作《第十二夜》中的人物，是个富有的伯爵小姐。——译者注

桌子腾空了，茶炉也搬了进来。摄影师小声问主人:“帕维尔·瓦西里耶维奇，请问方便的地方在哪儿?”

这是我们与摄影师之间的第一道隔阂——我们是群冒冒失失、无知无觉直往险地里冲的人，而他只不过是过来拍个照，展示给别人看。我们说话三句不离本行，他听来枯燥腻味，可我们正是赖以为生，他后来就会明白。我没有卡宾枪，用的是二十口径的滑镗枪。我从书上得知，扛着这枪跟熊单干是不安全的。不过我心里有数，猎熊行动中我不是领头的，只有遇到了紧急情况，才需要我来开枪。可后来事情的发展却出我意料。他们让我负责一处熊窝，负责另一处熊窝的是靶场的神枪手，也是我们协会的出纳，一个捷克人。我一开始把他错当成了希腊人——请见谅——在本篇故事中，我就权且称他为“希腊人”吧。论起猎熊，他也是个生手，但是装备有威力最猛的那种卡宾枪。还有一个人是猎熊的老手了，但是此次行动他只负责统领安排、提供保护和指导。我们都叫他“教父”。

“我可不会端着二十口径就直面熊窝，”教父说，“不过不要紧！我们掩护你。”

现在再想抽身已成难事。自然，一小粒子弹也能结果一头熊，可一个时代自有一个时代的技术，一个时代自有一个时代技艺精湛的猎手。要是这年头打熊主要靠猎叉，我又颇谙此道，我不会觉得有什么奇怪的——笨手笨脚的灰飞烟灭，艺高胆大的只偶或蹉跌。可如今是卡宾枪和快速弹丸的时代，只有业余人士才端着滑镗枪。

我落伍于时代了。最最恼人的是，我既不是第一个用卡宾枪的，也不是最后一个用猎叉打熊的。非鱼非鸟，连红鲱鱼也不是，简直就是不伦不类。

“端第一个熊窝的时候，我在旁边看看，行吗?”我提议道，“这样，第二个我就能帮衬上了。”

“当然可以，”教父说，“可兴许打不成第二个。我们一吓唬，可能它就跑了，那谁来写猎熊故事呢?您要只是在边上看看，还写什么呢?完了您会后悔的。”

我点头称是。教父建议希腊人说，不用抽签，就让我打头阵。通达的希腊人没有二话，一口答应了。

我们只睡了两三个小时。在猎熊的事上，教父是个头脑精明的外交家，他等到了最后一刻，一切都安排停当了，马也挽辔待发的时候，才跟帕维尔谈起信里含糊不清的条件来。我们每处熊窝付六十卢布，或者每普特熊肉付九卢布。为了防止我们把熊放跑了，要付六十卢布。这种一处算熊窝，另一处算熊的计价方式，我们拒绝接受。

帕维尔深思熟虑了一番后，宣布说：

“两处都按照熊的体重算。”

教父大喜过望，因为这番话意味着，那窝中的熊的确是大块头。

临走前，帕维尔提醒我们，准备第四辆马车。

“载谁呢?”

帕维尔意味深长地看着教父，老汉心知肚明，叫人立马再备一辆车来。车上载的什么，要是大声说出来，是不吉利的——这第四辆车准备载的，就是我将要打死的那头熊。

接着，摄影师要一架梯子。他催梯子催得紧，我们就被说动了，相信他真需要一架。梯子和第四辆车一道被带了过来。摄影师真是个走运的家伙。

这样春光明媚的日子，我是难得才碰得上。万道金光洒遍了针叶林带，地上处处是猞猁、狐狸、野兔、松鼠、山鹑和黑琴鸡的脚踪。我看得眼花缭乱，都不知该看哪边才好。阳光照耀下，积雪清香阵阵，扑鼻而来！

我们不在大道上走，而是沿着别人雪橇的轨迹辘辘前行。时不时地，我们总会卡在树林间，进退维谷。橇轭碰落树上的积雪，纷纷而下，落在我们头顶。每次走到堆着积雪的拱形树枝前面，摄影师总请求我们停下拍照。每次一停下来，教父就嘟囔道：

“又要显摆了！”

森林肃然逼人。林子里没有一条道，连小径也没有。只要一遇到滑雪板留下的轨迹，我们的驾车人就说得出是谁留下的，道出个一二三四来。我们停下来，看到自己的滑雪轨迹被觅熊人用来标记第一处熊窝。我们从马车里下来，脱下羊皮袄子，踩上滑雪板。教父和希腊人端着卡宾枪，准备就位。我掏出自己的小破枪的时候，慌得心跳漏了一拍。就这玩意儿，也能打熊，还是打头阵的！

我们的艺术大师按耐不住了。

“麻烦您脸朝向太阳！我看不见。把您帽子推上点儿！”

“别理他！”教父小声对我说，“咱跟好帕维尔。我去告诉他不要讲话。”

在蓝天丽日之下粲然生辉的北方森林，它的美我再也看不见了。我现在担忧的只有一件事，就是别折断小枝条。短短一俄里的地，似乎有十里那么漫长。最后，我们跨过了魔圈。帕维尔马不停蹄，用手和胡子示意，朝北边的密林指了指，就是那熊冬眠的地方。本来可以靠得很近，可是我们有意要沿着密林边上走，在片空地上直面熊窝。那时候，我心里祈求得心焦，多么希望最后一刻出现什么转机，我不用开火，只需在旁边看看就好。明朝我会心甘情愿地开火……我仿佛回到了求学时代，写着答题卡，感觉头脑中空空如也，一门心思地祈祷：“主啊，救救我吧……”再说了，我所有写过的打猎故事，如今都被放在了试金石上。要是结果我只是个骗子——一个纸上谈兵的猎人，该怎么办？更要命的是，如果我是个猎人中的骗子，我就必定也是个作家里的骗子了。

最后，长着稀疏冷杉树的空地映入了眼帘。觅熊人停下了脚步，指了指。

觅熊人的工作算是完成了。要是这会儿让熊跑掉，我就要付给他熊窝的钱。我上前的时候，他退了下来。我左有教父，右有希腊人，三人一道上前。前面有几棵冷杉树，还有一棵连根拔起的树，树下有个黑黝黝的洞口，大约帽子大小。

手指触到钢枪，冻得冰冷，真是糟糕。我又没法暖一暖手指，因为那熊随时可能出现。在离熊窝二十步远的地方，我们暂歇下来，小声开个会。希腊人从右翼包抄熊窝，防止熊另寻逃路。教父则镇守在我左侧，拿枪立定，预备着万一我打偏了，或者只伤到了熊，熊跟我要诡计的时候，他来补上一枪。

如今我面朝熊站立。我要脱下滑雪板，踩着脚下的雪。谁知，我刚一伸脚，就陷入了齐腰深的雪里。现在，连熊窝的洞口都看不见了。该怎么办呢？这种意外，我在书上可从没读到过，也从没有人指教过我。我被困住了。熊可以跑掉，而我连看都没看上一眼。上面传来教父的低语声，催我到冷杉树那儿去。哪能这样呢！那几棵树离洞口只有七八步远啊。不过，我还是听从了指教，挣扎着向前走去。等我走到了树的前面，抬头看了教父一眼，他赞许地点了点头。我用双脚把雪踏实，踏成一级一级的台阶，逐级攀爬，终于又望见了那洞口。我现在看清了那深棕色的东西，远望像只熊，近看不过是倒地的树根。我已经就位——就等行动了。谁教会了我这些呢？身后有什么动静，我浑然不知。我甚至忘了摄影师和他的梯子。猎熊行动马上就要到达高潮，气氛变得异常紧张。希腊人兴奋得昏了头，忘了自己的任务是守住熊窝后部。教父朝他猛地挥手，拼命低语着，脸上红一块，白一块。希腊人总算领会了教父的意思，退了回来。

我多么清楚地明白，我们内心深处那骄傲的自由人同胆小鬼之间的争斗，不仅无可避免，而且十分必要，因为正是我们心中的那个胆小鬼，把我们推到了考验的风口浪尖。一个人没法说动自己变得勇敢起来，正如心跳怦怦地越跳越猛，止也止不住。有一会儿，我还以为心要从胸口里跳出来，可接着，极限突破了，争斗不再了，胆小鬼也消失了，我化为了一架机械装置，如时钟里的钢制发条一般精准。

我突破这个极限，便是在听到教父发话的时候，那声音又响亮又清楚：

“在动啦！”

树根边上，有东西在动。我手握钢枪，蓄势待发。熊耳朵露了出来，同在动物园里见到的一样，那对耳朵缓缓地抬了起来，坚定而无疑。接着露出来的是两耳间的那道卷毛。我在等的是熊两眼间的那道卷毛，照这个移动速率，我估计得等上半天。简直就像是在瞄准升起的月亮。

这漫长的静寂，莫非能用人间的一秒钟来衡量？在这段深深的静默之中，我听到身后有人说了一句，那声音似来自一个久已忘却的世界，那里，人潮涌动，如同在蚁丘中一般。那是摄影师在说话，他正爬在梯子上：

“您能稍稍朝左站一点么？”他指示教父。

“见你的鬼去！”教养良好的老汉突爆粗口。

说时迟，那时快，两眼间那道等待已久的卷毛出现了——我在动物园里也曾见过。我的心跳骤停了。我的心思、意志和全部的感官，我的灵魂，全都汇聚在了扣着扳机的食指上，指头一动，发出了致命一击。

一定是那么回事：那熊正从冬眠中醒来，慢悠悠地伸展开身子，正准备纵身一跳。我开枪后，它抬着前掌，挺着肚皮，往后一翻，跌回了熊窝里。

一切都过去了，冬日依旧晴好可爱。如此温暖，如此美妙！夏天能与之媲美么？

熊被拖了出来，个头不算很大。可这又有什么要紧的呢？教父拥抱着我，祝贺我第一窝旗开得胜。希腊人也走了上来，笑语吟吟。教父转过身去，请求摄影师谅解他。看得出，摄影师也是个勇敢的伙计，他刚才就站在我身后的梯子上，身上什么武器都没带。不知怎地，我们总觉得亏欠了他，他呢，知道我们心里负疚，就随心所欲地叫我们往左转，朝右转，弯腰或者瞄准，摆姿势拍照。我们拿捏在他手里，就好像蜡一般。他想照一张熊窝的相，非要砍了窝前的那棵冷杉树不可。可兴许就是因为这棵树，那熊才选择了此地为窝，也正是因为这棵树，如灯塔一般指引我，深陷积雪的时候，我的猎人资质才经受住了考验。

“不，砍不得。”我们说，不让他砍那棵树。

（三）

我们谈论着猎熊大战，一直谈到了夜深，虽然整个战斗短短几秒就结束了。就连冬日打猎过后常有的开怀大饮，我们竟也不以为意了。这种对酒的不以为意，在我看来，恰恰揭示了饮酒欲的起源——只是当人没有心满意足时，才有必要靠酒精产生幻觉，聊慰心怀。早上早早地起身，把同伴们都叫醒，侧耳聆听觅熊人讲述第二只熊的情况，真是一桩乐事。觅熊人以为，那熊定是头大家伙。这一点觅熊人应该清楚，因为他曾经离熊窝只有三步远，看到那熊躺在两棵冷杉树之间，暴露无遗，只有一棵连根拔起的树遮挡着。我最得意的，并不是听说那熊块头很大，暴露无遗，而是自己已经大功告成，后面的猎熊行动，便只需在一旁观望了。

“就看你的了，小伙子!”我逗弄希腊人道。

教父须间露出一丝笑意。他参与过几十次猎熊，从没有哪两次是相仿的。每次的情况都各不相同，看似跑龙套的人，最后往往扮演的是最重要的角色。他的话我都记着，可一到猎熊地点，开始给枪上弹药的时候，便被我抛到九霄云外了。我胡思乱想，做起幼稚的白日梦来。我仿佛看见希腊人，这个和我一样的生手，没能给熊致命一击。体型庞大的熊眼看就要把他踹倒在地，这时我冲上前去，对准熊眼中间就是两枪，结果了那熊。为了这紧急情况，我甚至专门节省弹药。

我们在以新的队形滑雪。打头的自然是觅熊人，接着是负责熊窝的希腊人，后面是教父，再后面是我，我身后跟着帕维尔的两个孩子，一个扛着梯子，另一个拿着绳子，准备捆那打到的熊。今天，我的重负已释，注意到了一棵冷杉树上的球果，在阳光下灼灼欲燃，金球一般。在那树顶上，栖着一只小鸟，与光的春天里蓝莹莹的天色相映衬。这里的脚踪，大多是猞猁留下的。狗熊和猞猁常常出现在同一地点。或许，它们是有意在找寻着对方吧。

突然，觅熊人示意我们停下。他看上去面露忧色。是不是狗熊跑了？

帕维尔消失在密林里，一会儿又露了出来。我们迟疑不定地继续前行。有人悄声说，帕维尔找不到那圈子了。或许是大风雪抹去了帕维尔的指印，以致他分不清圈子的真伪了。我们以为，那熊窝还远着呢，所以各自的枪都上着保险栓。可结果恰恰是我们猜错了，帕维尔没有找丢圈子，却是找丢熊窝了。我们早已入了圈中。

我们滑过了密密的灌木丛，来到一片空地前。帕维尔、希腊人和教父已经排成一列纵队，在穿空地而过了。再差两棵冷杉树，我也快穿过去了。我还注意到了那棵连根拔起的树，要是再稍稍往低处看一点，我准会看见……就这样，我们三人毫不留神地滑了过去。

空地上，立着一棵枯黄而没有树冠的树。我最后的随心一想是：这棵树这么引人注目，帕维尔怎么会找不到他的圈子，真是奇怪。正在这时，帕维尔停了下来，打着手势叫我们也停下。我们还以为他总算是找到了圈子，而实际上他一直都在找熊窝。他一定以为我们都准备就绪了，所以一认出那熊窝，就指给我看。我们都心不在焉，以为他发现了圈子，教父连头都没回。我倒真的停了下来，我身后那拿梯子的小伙子也停了下来。

“快看，看！”我听见他警觉地小声道。

事后我们测量了远近。那棵连根拔起的树，距离我站的地方正好三步远。吼声从我底下的某处传来——总共吼了两声。那猛然大吼的东西，同我昨天见到的一样，就是从树根底下的黑洞里奋起，慢慢显露出的野兽脑袋。我脱下滑雪板，陷在雪地里。我的枪像是自个儿蹦到了我肩头，透过准星看到的景象，同平常肉眼所见大不相同。我神志清醒得很。同昨天一样，我必须再作一搏。同样的静寂，无限漫长，神经紧绷。两耳间那道熟悉的卷毛越来越宽，珠子似的眼睛眼看就要露出来。同昨天一样，这会是一场漂亮仗，因为我的手臂坚定胜钢。可是突然，熊前额的那道卷毛没有继续变宽，而是缩了回去，熊鼻子露了出来，还有粗粗的喉咙。我该怎么办？没人告诉我，该瞄准哪儿，那喉咙实在太粗了！或许我该目测着将喉咙一分为二，然后瞄准那中间。猎人常常没有时间细想，就扣动了扳机，带着稀奇古怪的最后一念："由它去吧！"这回，我的全部身心没有都灌注到食指上，指头没有自顾自地扣动扳机，而是听从了我模模糊糊的命令："由它去吧！"

（四）

在我看来，似乎这一切发生在一片广大的空间里，我的朋友们都相距遥遥。后来，我们相互核实了一番，确定当时教父距我四步远，希腊人距教父六七步。既然教父距离那么近，在熊抬起身子的时候，他为什么不朝熊脑门开火呢？我朝熊脖子开枪，要打中脊柱，几率可谓微乎其微，这他比谁都清楚。再说了，我的子弹可能打不断正脊。那垂死挣扎的熊掌只要一阵痉挛，就足以敲掉我的脑袋。那我就必死无疑了。可他并没有开枪。我对此大惑不解。

那是打猎野兽时遇到的最最称奇的事情了。拿梯子的男孩告诉我们，他看见熊掌一动，就发现了那熊。狗熊冬眠的时候，盖住眼睛的那只熊掌挪开了，就在那时候，他小声说，“快看，看！”后面是这么回事：熊从窝里爬出来，朝我扑过来，身子却陷在雪里，朝后仰去，亮出了喉咙。我不假思索，扣动了扳机，这时教父却还来不及转过身子瞄准。希腊人什么都看在眼里，可出于好奇一路跟着我们的驾车人正对着他，站在熊身后。透过准星，他看见了驾车人，所以下手踌躇了。

打开猎枪的保险栓，只需要倏忽一刹那。我扣动扳机，发现不对，瞥了一眼保险栓，等到打开的时候，已经太晚了，只见那熊快速摆动着后腿，钻入茂密的树丛中。我不管那树，随意地双管齐发。希腊人前面的树丛肯定有个空当，因为他——一名神枪手——抓住时机，连开两枪。我看见那熊，左侧身负重伤，突然回转，穿过空地直取希腊人而来。教父看不见情况，我就朝他大喊：“打呀，熊转身了！”教父一步上前，把情况尽收眼底，开了火。那熊就扭头扑向教父。就在那刹那之间，希腊人看清了熊的脑袋，举枪就打。熊轰然倒地，积雪四溅，一团深棕色终于不再动弹了。

说来难以置信，这惊心动魄的一切，前前后后加起来不超过几秒钟。教父的脸色惨白如纸，却走上前来对我说：“您脸色怎么这么白！”希腊人也这么对教父说，尽管他的脸色同我们一样惨白。我们几人当时没有丝毫的胆怯，那一定是因为，面对着突然奋起的野兽，我们心中的胆小鬼还踉踉跄跄落在后面，等他赶到的时候，一切都已经结束了。那我们现在为什么还脸色煞白呢？我们心中冷静的勇士，让我回忆起了内战时的一刻，那时真是生死关头。在那关头，我感到的也是同样的冷静，就好像是为了纾缓头痛，服了两片阿司匹林似的。

最令我意外的是，帕维尔也惊得脸色苍白。他不知道普通子弹和快速弹丸有什么区别。那站在熊身后的驾车人，他也不可能看到。他对我们的猎熊经验坚信不疑，一旦领我们到了熊窝处，就深信我们绝对不会把熊放跑。在我看来，事情是这样的：他本来的任务是带我们到熊窝附近，后面就没他的事了。可结果他找丢了熊窝，熊爬了起来，就要拔腿跑掉！要是让这熊溜了，整整十二普特半的大家伙，九卢布一普特的大买卖，眼看就打了水漂——那可值一百十二卢布外加五十戈比咧！想想看吧，帕维尔日日啃着比石头还要硬的玉米面包，家里的孩子塞满了一屋子，为找熊窝滑雪滑了整整二十里地，还有那脑子里挥之不去的美滋滋的念想，那熊窝里躺着的，可是头价值连城的大块头。勇敢的莫斯科朋友们，如果这事发生在你身上，保准你也会面色煞白的。

（五）

我们总习惯沉湎于过去的丰功伟绩，一讲起来就滔滔不绝，刹也刹不住，这是源自人类的天性，想要一辈子抓住那辉煌一刻不放手。此外，我们都老爱从自己的角度看问题。确实，最后一发子弹是希腊人打的，不过明白得很，那熊正被打得晕头转向，不管怎样，坚持不了多久肯定会倒下。那么问题就在于，我们中间是谁给了狗熊致命一击。重述猎熊场景的时候，人人心里都怀揣着一个念头，不愿言明，尽力相让。我们互相核对，弄明白了一些情况，但要确定各自到底扮演了什么角色，还要待把熊解剖了再下定论。

我们费了吃奶的力气，才把熊拖出了林子，用马车运到了村子里。早上，我们把熊抬进屋，等它身上的冰冻消融了，就开始解剖。很抱歉，我没有拍下照片。那熊伸开四脚趴着，后掌伸到供着圣像的墙角，前掌高伸过头，那毛发丛生的巨大膀臂仿佛就要抓起大俄式火炉，劈头向我掷来。在那强健有力的躯体面前，让人倍感自身软弱无力，着实蒙羞。我的遐思飞驰，回到那洪荒久远的年代，那时，人类同猛兽一般强壮，打起狗熊来，可谓势均力敌。在石器时代，我们毛发茸茸的先祖猎杀猛犸象。如今，这最后的林中巨兽，却为记账人、驯狗人、作家和摄影师所杀。

小刀披开深棕色的熊皮。

“这个照张相不错。”我对摄影师说。

“看着倒胃口。”他说着，走开了。

最初检查的是熊身左侧的伤口。正是这次负伤，使得那熊转身朝空地走来，我便是在空地看见熊身侧的大红伤口，显然，这不是我的子弹所为。这伤口一定是在树丛里就留下的。伤口是一粒快速弹丸造成的。子弹打断了三根肋骨，还有一片碎骨穿进了心脏。熊的心脏里还发现了几片子弹碎片，肺也穿了孔。想想看，那熊身负重伤，还能跑上足足四十步！要是它扭头攻击驾车人而不是我们，怎么办？希腊人最初的一顿猛射，造成了这一伤口。教父的子弹穿左肩胛而入，接触右侧肋骨后爆炸，彻底毁了熊的右肺。即使这样，那熊还继续向前跑了几步。是希腊人的最后一枪——他给卡宾枪重上弹药之后——击中脑袋，使熊最终倒地毙命。生理学者可能不相信我的分析，但事情就是这样。熊的生命力是惊人的。可帕维尔肯定地告诉我，像这样爪子又短又肥的熊，是从来不攻击牲口的。人们普遍认为，只有长爪子的熊才攻击牲口，可对此说法我从没多在意过。不过有一点很显然：不是所有的熊都攻击牲口。大多数的熊挖掘蚁丘，舔食野草莓和其他莓类，采集蜂蜜，并刨挖各种植物的根部为生。使用如此卑贱的材料，要生长出如此威猛的肌肉来，一头熊要懂得多少林中的知识，又要付出多少艰辛的劳动呀！而希腊人，一心只知道记账，从朋友那儿借来一把快速弹丸，任由子弹飞射，或许全然不知这子弹是如何制作的。而那设计子弹的人，或许从来不会开枪，也不在意这些，全神贯注的活儿就是设计子弹。而记账人则只是让子弹飞。另一方面，那只熊身上集聚了林中的精华，或许因此才具有了惊人的生命力。

当然，我们有点惋惜那头熊，可打到它使我们名声赫赫，威名远播。

一回到有熊居住林子里，我们的名声就传开了。那里，熊经常在山莓树丛里侵扰人类。老老少少蜂拥而出，争着看我们打到的熊。老乡们看着熊，谈着熊，摸着熊，那股热情劲儿，简直让人以为那是远古狗熊崇拜的遗存。就在参加猎熊的前几天，我刚读到一篇见多识广的猎人的最新文章，断言不可能用猎叉杀死一头熊，从无此事，纯属传说。我也开始相信这一说法，并且惊异传说从何而来。可现在，上了年纪的老乡拿出一把锈迹斑斑的猎叉，演示给我看，旧时人们是怎么用来猎熊的。当一头熊起身的时候，他们把一顶皮帽朝熊嘴里扔过去，缓一缓熊进攻的势头，然后一个人手持猎叉刺过去，另一个人对准熊脖子后面就是一斧头。一个叫叶尔莫沙的老乡最清楚怎么用猎叉打熊，可他碰巧出去储备木材去了。这个叶尔莫沙不仅会用猎叉打熊，而且有一次还用皮带活活抽死了一头熊，还是头挺大的熊。

直到我们赶往车站，村子里的骚动才止歇了。车站的站长是个刚刚接班的新人，听闻我提议不加包装地运熊，大吃一惊。他笨手笨脚地把相关文献翻阅了一通，最后定夺说，猎杀的熊属于屠宰牲口的范畴，应当交由兽医检验。这时候，教父插了进来，告诉站长老法子是怎么处理的：猎人不加包装地把熊运到莫斯科，沿途过站声名大噪。到了莫斯科，再把熊不加遮挡地装上雪橇，运往著名的皮货交易和标本剥制地劳伦斯，那里，熊或者被制成标本，或者被制成毛毯。在劳伦斯，猎人还会被邀请来见证剥皮过程，亲眼看看子弹击中了哪儿。

“那年头，打猎可是笔大开销，”教父说，“除了出点名气，还能得到些什么呢。要是严严实实裹着熊，运起来还有什么意义呢?”

听了这话，年轻的站长踌躇了，向我口述了一道指令：

“本站长同意不加包装地运送熊，并为此承担一切后果。”

那熊没有在半路上活转过来，也就谈不上有什么后果了。只是在沃洛格达时，我装着行李票的钱包被人偷了。我很担忧，这下手续可麻烦了，时间拖得一长，怕是熊要被仓库里的老鼠给吃个精光了。我抄下运第二头熊的行李票编号，让朋友们帮我做见证，去了本地的民兵站。站里一个人也没有，非但站长不在，也不见当值的人，连管磅秤的也没了影儿。原来他们都在外面围着看熊呢。来了个驾车人，我们就把熊一起抬到雪橇上。几十个年轻人一路跟着雪橇，一直跟到了车站。有些熟人在窗里看见了我们，还有些则在路上碰见。到了下午三点钟，整个镇子全在谈论熊。不断地有朋友和陌生人打电话给我，问着各式各样的问题，恭喜赞美之词源源不断地传进来。

这条街上，我已经住了三年，大伙儿都认得我。介绍住址的时候，我常说，“就是梅尔科夫旁边那家。”梅尔科夫现在干剥马皮营生。雇辆车子回去的时候，我常吩咐，“到梅尔科夫家停下。”

现在可好，自打打死了一头熊，不论我走到哪儿，小年轻都恭恭敬敬地给我让路。一天，几个人坐在屋前的板凳上闲聊的时候，被我听到了几句。

“就是只母鸡发起脾气来，也要朝你扑腾几下子——想想看，那可是一头熊哪！”

后来，我又听到了几句。

“那剥马皮的打哪儿住呀？”

“住在猎人家旁边。”

“就是打死熊的那个吗？”

“是啊，就是他。他是个作家，名气响遍莫斯科哩。”

现在看来，他们说得不差。比起人类与熊作斗争的漫漫千万年历史来，笔下语词的区区历史真是何等微乎其微！

（本书根据企鹅书局 1987 年英译本译出，书中部分专名译法参考了 1987 版湖南文艺潘安荣中译本，在此表示感谢！）